U0165795

凝煉知識 品味閱讀

凝煉知識 品味閱讀

民視午間新聞幕前幕後

雙語產製與台灣認同的回顧與前瞻

陳淑貞　著

五南圖書出版公司 印行

One aspect of political and/or cultural oppression has involved the promotion of one language spoken by a more powerful dominant group with the suppression of a language spoken by a less powerful group. Usually the dominant group pursues a two-fold strategy-the active promotion of one language for official and public purposes (including its use by the media) accompanied by the neglect of another or other languages. This neglect can range from benign or casual official indifference through to actively policing and punishing anyone speaking the non-officially approved of language. The net result is the decline of the non-official language and its subsequent use in both public and private spaces. Over time this situation is made worse by the fact that both neglect and censorship produce a situation where evolving and new vocabularies of science, medicine, technology and culture have no equivalence in the increasingly 'forgotten' language. Historically the survival of suppressed languages has usually required highly dedicated groups to keep the language alive covertly or through acts of passive resistance-ensuring that a particular language is used in way the dominant group do not find threatening; for example sport, art and culture, festivals and ceremonies and even academic gatherings have all been utilized in the cause of language preservation.

Traditionally the reason for acts of language suppression involves perceived national or ideological interests and today it is possible in political theory to talk of 'language rights' which implicate language suppression with a denial of rights of personal autonomy and freedom of expression. Correspondingly there are now many political movements that have language preservation at their core. Some tend toward ethno-linguistic violence (as we have seen in Eastern Europe) while others are concerned with particular cultures not being lost, with histories being remembered and with expression being encouraged. It is acknowledged today that language recognition is an essential part of any civilized political settlement, so for example the European Union (EU) in Article 22 of the European Charter of Fundamental Rights, states that "The Union respects cultural, religious and linguistic diversity"; a declaration which is supported by an official EU language policy which actively promotes and supports multilingualism and aims for a situation in which every EU citizen can speak at least two foreign languages in addition to their mother tongue.

As Dr. Shu-chen Chen makes clear the suppression of the Taiwanese language was systematically pursued throughout the 1950s and 1960s due to the KMT/Nationalists hostility to its official use. Schools and education at the time were particularly subject to a doctrine 'official language' instruction. With the advent of mass TV it was immediately appreciated that television represented a potent rhetorical force as a medium for the expression of Taiwanese socio-cultural values, beliefs and most importantly identity. From this point of view it was quickly recognised that language control over TV was essential, with the result that the doctrine of an official language became more fixed and rigid. That is until 1999 when Formosa Television Company (FTV), decided to use both the Taiwanese language and Mandarin in a single lunch-time news programme and thus create the only bilingual lunch-time TV news product in Taiwan. To put this decision in some context most TV news programmes are presented in a monolingual format around the world. FTV began boldly, there were no rules with regard to the ratio that each language should be used, nor were news stories categorized in terms of which language they should belong to, at the same time the programme was expected to find a niche, make money and to bring about greater awareness of Taiwanese culture. This decision and what form and structure the lunch-time news programme took, its audience, its evolution and its consequences are the subject of this timely and interesting book.

Professor Jackie Harrison

Professor Jackie Harrison/ University of Sheffield

Head of Journalism Department and

Professor of Public Communication

Chair, Centre for Freedom of the Media www.cfom.org.uk

推薦序之一（譯文）

在政治與（或）文化上出現的一種壓迫，涉及某一較具支配權力的團體說某種語言，卻壓制一個較無權力的團體說其他語言。通常此一具支配力的團體會採用兩種策略—為官方或公共目的（包括媒體使用）而積極宣揚某種語言，並忽視另一種或多種其他語言。此種忽視的幅度，可以從較手軟或隨意的官式輕忽，擴展到積極地監督或懲罰任何說非官方語言的人。而其結果就是非官方語言的衰頹，並影響了受壓制語言在公開及私下場合中被使用的方式。時日既久，在科學、醫藥、科技及文化等領域衍生出的新辭彙，在日漸「被遺忘」的語言中找不到對等用語。此一事實，終於使得非官方語言的衰頹更形惡化。歷史經驗顯示，受壓制語言的存活，通常要依賴高度奉獻的團體隱誨地、或以消極反抗的行動來保持其存活，以確保具支配力的團體不會因為某種語言正以某種方式被使用而感到威脅。例如，在體育、藝術、文化節慶儀式中使用某種語言，或甚至經由學術界對語言資料的蒐集，都是曾被運用過的語言保存管道。

傳統上而言，壓制語言的行動涉及認知中的國族或意識型態的利益。而今日，在政治學理論中已可能論及「語言使用權利」。此一概念意謂，壓制語言即否定了人民自主及言論自由。因此，許多政治運動中蘊涵著語言保存的核心理念。某些政治運動（就像我們在東歐所見）因而有種族—語言的暴力傾向。另一些政治運動關切的是，與特定語言有關的文化與歷史能夠不被遺忘，並鼓勵人們常說被壓制的語言。今天大家都承認，確認特定語言的地位，乃是所有文明政治措施中的一項核心工作。因此，像是歐盟就在其基本人權憲章中的第22條裡說：「歐盟尊重文化、宗教及語言的多元性。」這是歐盟官方語言政策的一項宣示，它積極地宣揚並支持多語主義，並期望達到一種境界，讓每一歐盟公民可以在母語之外，至少會說兩種外語。

就像陳淑貞博士清楚指出的，從1950到1960年代，由於國民黨對台語官方地位的不友善態度，使台語遭受有系統地壓制。學校及教育系統特別受制於「官方語言教條」的教學要求。之後，隨著大眾傳播事業的來臨，電視立刻被認為是展現台灣社會——文化價值、信仰、以及最重要的，即台灣認同的一項強而有力的、能顯示修辭力量的媒介。從此一觀點出發，便會立即發現，控制電視節目中使用的語言，是一項重要工作。於是，在台灣，國語才是官方語言的教條式宣傳，便愈形僵固。直到1999年，才有民視決定在午間新聞中同時使用國語及台語，而開創了台灣唯一的午間雙語新聞節目。在全世界大多數新聞節目都只使用一種語言的情境中，民視大膽地開啟了雙語同時出現於一節新聞中的做法。對於國語及台語在新聞中出現的比例，以及哪一類新聞該用何種語言發音，都無定規可循。而這樣的雙語午間新聞又被期望要能獲利，並使觀眾能藉著收看雙語新聞而增加對台灣文化的認識。此一新聞製播創舉的決策過程，以及節目的型態與結構、觀眾的反應，以及節目開播後的發展與演變，是陳博士這本專書的主題。

對台灣的讀者而言，這確是一本既富時代意義，又饒富趣味的著作。

賈姬・哈里遜教授
英國雪菲爾大學新聞系主任暨公共傳播教授
媒體自由中心主任
www.cfom.org.uk

站在資訊獲取機會均等這個基礎上，我完全贊成本書作者心心念念地，要在一個多語社會中，主張用自己熟悉的語言，獲取資訊，與人交流。因此我願意應作者之邀，在這裡說幾句多餘的話，表示我個人認同的焦點。

1989年6月，個人有幸應邀前往泰國、新加坡、以及澳大利亞，考察他們的公共廣播制度。聽到不少動人的故事，特別令人動容的是，在泰北一個人口不過數十人的族群，也能獲得一個社區廣播執照，整個社區因此頓時鮮活了起來。做為人類的一份子，這是他們應有的基本權利。

台灣是一個進步多元的民主社會，多數人所使用的語言，怎麼可以被忽視呢？

拜讀陳博士的大作，不論在理論上或實務上，都滿足了我的好奇心，如今他的面世，相信同樣可滿足更多人的期盼。從時機上來說，一家電視雙語新聞製作幕前幕後的推出，正當其時。

本書實際上要討論的是，民視午間雙語新聞製作的每一個環節，包括理論上的立基、方法的論列、節目製作動機、製作技術層面、製作團隊的分析，一直到商業效果和觀眾的回饋。作者關照了各個層面，細微末節，無一遺漏。此一力作，在學位論文中，應屬少見。

令人佩服的是，陳小姐在本書中毫不避諱地指出，她的若干假設，在深度訪談和焦點團體反應中，顯然未竟獲得認同。這可顯示以下一些意涵：

從長遠觀點來看，雙語新聞的製作畢竟是一個過渡的設計，目的在引導觀眾重視母語的價值，更藉此鼓勵不同族群說台語，同時也鼓勵人們學習國語和其他族群的語言。因此，正常的做法是，有充分的頻道，製作充分的單語節目，讓習慣自己語言的人，有使用自己語言的便利。換言之，人們的傳播環境是自由而開放的。不論你是說台語、國語、客語、或原住民語，你都能用自己的語言，獲取訊息，與人溝通。這才是多元社會真正的樣貌。此時，在雙語製作過程中，語言轉換的困擾，自然不存在了；而不諳國語、台語、或其他語言的人，也不會因為政治因素，缺少頻道，以及不同語言節目，而有被宰制的壓力。（見ch.8 sec.2，ch.1 & ch.2）

本書多次強調，雙語新聞製作的政治動機，和文化動機（實際上屬於一種強烈的政治文化），還特別引述電視創辦人的談話，民進黨創黨宣言，與一九九九決議文（ch.2）對於一篇討論雙語新聞製作的學術論述來說，是否過於沉重，個人持保留的態度。幸好，作者指出，在深度訪談及焦點團體的反應中，多數人未必同意這種動機說。（ch.10, sec3 & ch.11, sec.1）其實，任何媒體在推出某一節目前，他第一個要考慮的問題是，給誰看？會有多少收視？其他想法，皆屬多餘。

潘家慶教授

曾任國立政治大學新聞系教授、

政大廣電系主任、政大傳播學院院長

陳淑貞博士所著《民視午間新聞幕前幕後：雙語產製與台灣認同的回饋與前瞻》（以下簡稱《民》書），旨在探討民視雙語新聞製播與台灣認同發展的關係，其主要內容涵蓋雙語新聞節目在社會文化、政治及營收等方面背景因素的分析，雙語新聞的語言選擇特色、製作過程、困難與解決方法的描述，以及以台語播報電視新聞，增進觀眾的「台灣認同」的效果蠡測。《民》書共分十一章，都十五萬言，很有創意，資料閎富，研究態度嚴謹，堪稱頗具水準的學術論著。

淑貞以在英國雪菲爾大學攻讀高級學位，經過八年的努力才完成的英文博士論文，譯成中文出版，可見其孜孜矻矻，花了很多心思，才能用兩種語言呈現傳播專著，多麼不容易，治學的毅力值得肯定。

一般來說，電視新聞是電視公司的靈魂，播報電視新聞是一個人人稱羨的迷人行業。

電視新聞每天提供地球上任何角落的新鮮事，它擴大了人們的視野，拉近了人與人的距離，使地球村得以形成。電視新聞的播報提供美不勝收的聲光畫面，使高潮迭起的新聞事件如同千變萬化的劇情，在彩色繽紛的襯托下，吸引了觀眾的眼光，人們因電視增加了生活的樂趣。

陳小姐自從民視於1997年創立之後，就加入其新聞部，開拓電視新聞的生涯，曾擔任主播、記者、製作人，歷練多年，工作經驗豐富，這樣資深媒體人的特質從這本學術著作中，字裡行間流露出來，尤其她長期擔任民視雙語午間新聞的播報，使她能觀察、蒐集該項新聞製播過程第一手資料，從而領悟從事雙語午間新聞製播的甘苦。台灣電子傳播事業發達，擔任電視新聞主播者大有人在，但能長期以雙語主播電視新聞者實在很少，尤其由於歷史的因素，台語在電子媒介的使用可謂歷盡滄桑。日據時期的台灣，日本政府在台宣揚講日語，禁止台灣人說台語，國民黨於1949年播遷台灣，推行國語政策，於50年代後期下令各級學校不得講台語，台視、中視、華視等三家無線電視台成立後，電視節目也限制使用方言。

語言是人類所獨具的特色，而語言能衍生出各種人文現象，如藝術、科學、政治和經濟體系、宗教信仰等，沒有語言，文化無以生存。語言的功能是做為說者彼此之間、說者與環境之間的橋樑，尤其，語言與政治意識有密切的關係，一種語言的推行與禁止端賴統治者的意識型態。

一四九二年，有人把一本文法書呈獻給西班牙的伊莉莎白女王，女王大惑不解地問道：「這本書有什麼用處？」在一旁的主教答道：「陛下，語言是帝國最有利的武器。」在整個人類歷史上，語言和國家一直是如影隨形，密切相關。古代的希臘人和羅馬人將他們的語言遠播到任何兵威所及之處，其他的殖民國家也都努力嘗試這麼做。國家常令其國民使用統一的國語，以示愛國。即使是本國的方言，政府也不太信任，因為人民使用那些方言，表示他們對地方效忠，而不是對獨一無二的國家效忠。明乎此，睽諸台灣殖民的歷史，台語從未成為國定語言，其來有自，後來國民政府遷都台灣，為貫徹反共國策，實施戒嚴，藉著限制傳播媒介使用台語，以淡化台灣認同，似可理解。

《民》書以犀利的筆觸從學術的觀點，條理井然剖析民視午間新聞的幕前幕後，探討問題相當深入，主要在探究雙語新聞製播過程、動機和效果，從而釐析台灣認同的底蘊。研究者多年來沉潛於雙語新聞製作與播報，早已是這方面專家，熟練實務運作，平素觀察細膩，瞭解這項極具特色的台語電視新聞的創立背景、現況與效果，所涉獵的主題才能如此面面俱到，論述鞭辟入裡，實在難能可貴。

《民》書原是一篇高級學位的英文論著，以參與觀察、深度訪談、內容分析和焦點團體訪談等多重研究方法完成的，這顯示作者在追尋雙語新聞開播的歷史軌跡，描繪現況與效果，以及檢驗其與台灣認同的連結時，都以嚴謹的社會科學研究方法來進行的，從這裡可以看到作者針對不同的研究子題與研究階段，嘗試運用適當的研究途徑，來觀察不同的現象，這在在顯示其治學態度的認真，與治學方法的實踐。做學問原本是不容易的，而作者以長年累積的媒體經驗，基於電視語言的使用與認同的創意思維，融合媒介組織、新聞學觀點、閱聽人理論等相關文獻，展現雙語製作與台灣認同的研究架構，甚具理論意涵，對新聞學術的開拓頗具啟發性。尤其，在台灣認同曾是禁忌的漫長歲月裏，新聞自由受到扭曲，人們尚懷抱台語不易從螢光幕聽到的悲情，《民》書以傳播學術的立場予以探究，為歷史見證，更具意義。

《民》書自第六章到第十章對民視雙語新聞的特色、製作過程、觀眾收視的情況等考察詳細，值得一提的是，幾乎所有論述都是基於證據與文獻，信而有徵，符合社會科學實證研究的精神。對於研究發現的詮釋頗能發揮作者長久以來對台灣社會觀察之獨到，與實際參與雙語新聞製作播報的心得。這些研究成果可作為新聞實務的參考，在台灣或許有不少有關電視新聞的研究，但鑽研雙語新聞的學術論著似乎是鳳毛麟角，本研究彌足珍貴。

傳播制度與政治制度，宛如一體兩面，幾不可分。1940年代晚期，美國學者對報業四種理論的闡釋充分顯示其精義。傳播內容足以反映時代思潮，台灣近四十年的戒嚴時代，無可諱言，政治因素限制了新聞自由，台語在傳播媒介的使用遭到嚴格的限制，已如前述。隨著社會變遷，戒嚴解除了，民視雙語新聞的出現象徵台灣民主政治正在脫胎換骨，彷彿嚴冬過後的一聲春雷，驚蟄沉鬱已久的大地，旖旎春景，百花齊放，早已降臨。

陳博士早已是著名主播，後來，有志於傳播學術，不畏艱難，遠渡重洋，負笈英國著名大學，多年來與中外學者問學論道，其好學深思、追求真理的精神，實可敬佩。本人有幸在其博士論文的中文版問世之時，先行拜讀，乃不揣愚陋，略表數語，是為序。

王石番教授
現任佛光大學社科院院長暨傳播系教授兼任所長
前國立政治大學傳播學院院長
於宜蘭縣礁溪林美山香雲居
2010.4.26

台灣的媒體產業長期以來大多受到政府嚴格的管制，早期報紙在民國45年即限制新廠商進入，直到民國76年才開放報禁。廣播電台產業亦復如此，民國47年行政院新聞局以調幅頻譜用罄，無法開放新廣播電台設立，市場上一直只有29家電台，直到民國82年廣播電台開放為止。無線電視台在民國60年華視設立完成，主管機關宣稱頻譜須留用軍事用途，無法設立新的電視台，直到民國86年民視的成立為止。老三台受政府保障26年。

80年代台灣進入民主自由、媒體市場開放的時代，新的媒體廠商乃紛紛進入市場，參與媒體市場的競爭，但是沒有特色的報紙媒體，很快的在激烈的競爭環境中為市場所淘汰。但是有兩份報紙例外，一是自由時報，它藉由連續三波的大量廣告策略，終於在市場上站穩腳步，甚至在民國92年成為國內的第一大報。二是由港資組成的蘋果日報，於民國93年進入市場時，藉由產品差異化的策略，以圖片取代原有的文字敘述，不登地方新聞，以影視與運動新聞作為競爭之利器，終於於民國98年榮登國內報紙的第一名。

同樣的，無線電視的市場，民視的崛起亦如同報紙市場的情節，民視於民國86年進入市場，民國90年廣告營收超越台視，接著的兩年連續超越華視與中視，成為國內無線電視的龍頭。它所以有今天的成就，由陳淑貞博士的論文第五章與第九章的分析，即可看出其端倪。換言之，在當前競爭激烈的媒體環境下，媒體業者如欲繼續生存下去，甚至變成該媒體的領導者，所需要的是求新求變，以及因應該社會大多數人民的需求，這點由名視午間新聞雙語製作結果可獲得印證。

陳淑貞小姐的博士論文，由多方面的角度出發，論述民視為何發展出獨特的新聞播報方式，中間有台灣過去媒體發展歷史過程、有政治因素的考量、有經濟商業誘因的思考，以及雙語播出新聞製作的甘苦與問題，閱讀其論文如同回顧一部台灣媒體發展史，此內容非常值得當代的年輕學子參考，與好好閱讀的文獻。就其敘述午間雙語的製播內容、過程與顯示之意義，亦十分值得所有媒體業者之參考，不單單只限於無線電視市場之業者。

由於該書之內容具有上述多重之貢獻，除真誠的推薦給當前學子閱讀之外，本人亦樂之為序。

莊春發教授
現任景文科技大學財務金融系教授
前淡江大學產經系教授
前台北大學經濟系教授
前中央大學產經系教授

現在的七、八年級生，大概很難想像過去會發生在校園裡的一種場景，那就是大約在我就讀小學時期，當時只要有人在學校裡說台語而讓國語糾察隊聽到的話，就會在全校週會時，被要求在胸前掛上「我要說國語」名牌，然後上司令台公開示眾並罰站。

最近有幸搶先拜讀民視主播陳淑貞博士將其博士論文改寫成的新書《民視午間新聞幕前幕後：雙語產製與台灣認同的回顧與前瞻》，內容涉及前述與我小學際遇相關的台灣語言政策，喚起那段我曾因在學校講台語遭處罰，但卻已逐漸被我（及台灣社會）淡忘的歷史記憶。

陳博士本書從台灣語言政策出發，描繪民視製播雙語午間新聞的政治、經濟、社會、文化、以及媒體經營的背景與脈絡，進而探究台灣語言政策發展的困境，以期解構這段語言政策與媒體經營間複雜糾葛的歷史，其企圖心令人讚佩。其次，從筆者過去曾參與實務工作而目前從事傳播研究的角度來看，個人很樂於見到的就是，能將實務經驗與學術理論作結合以進行相關研究，並提供實務建議與學術反思的作品，而陳博士這本書的出版，正可以同時對實務與學術有所貢獻，她的努力令人感動。

不過寫序好像還是要在雞蛋裡挑點骨頭，不然即便前述都是實話，還是會被誤為語偏諂媚，所以不能免俗的總要提點建議。不可否認，媒體的語言運用，不僅有其文化表徵，亦具備其社會功能，更可顯現其政治意涵，甚至政治企圖，因此有關過去執政者如何透過媒體語言的控制，達成其政治控制的目標，但文中對這段歷史的描繪，讓筆者讀來有點意猶未盡。

雖然本書聚焦在民視雙語午間新聞的產製，但其理論框架則建構在台灣認同的概念上，因此如果能在描繪台灣廣電媒體發展歷程中，解構執政者如何利用其媒體語言政策，以削弱台灣認同意識（或所謂建構中國認同意識），進而提供思辯台灣認同與媒體語言間互動關係的理論基礎，相信對讀者而言，應該大有助益。特別像我這種身歷其境但不得其解的讀者，應會更有解惑的作用，因為在個人的反思過程中，總還會想要知道更多有關兩者間互動的史料與實例。

或許這期待對作者有點苛責，只是不知道這是否是作者刻意保留的「待續」？因此寄望陳博士能有機會再處理這段有趣但鮮少被討論的媒體語言史。

從政治、從媒體、從理論、從實務等的角度來看，這是一本值得閱讀與推薦的書籍，相信有助大家回顧台灣媒體語言政策的發展歷程，也有助前瞻媒體語言產製的規劃運用。

陳炳宏教授
國立台灣師範大學大眾傳播研究所教授兼所長

自序

這是我的第一本學術著作，原文是在英國雪菲爾大學經過八年努力後完成的博士論文，為方便與台灣及全球華人讀者分享學術研究心得，改以中文出版全文。

自從民視於1997年創立後，我有幸加入這個嶄新的電視新聞工作團隊，並一直在民視學習與服務至今。在民視新聞部中，我擔任過主播、記者、製作人，並長期負責播報民視雙語午間新聞。這樣的工作經驗，不但豐富了我的新聞工作歷練，也為我在新聞學術研究方面，提供了最佳的研究靈感，以及在新聞室裡參與觀察並蒐集到民視雙語午間新聞製播過程的第一手寶貴資料，而終於孕育並誕生了這本學術著作——**《民視午間新聞幕前幕後：雙語產製與台灣認同的回顧與前瞻》**。

在電視新聞研究領域中，新聞製作常規、新聞價值及專業意理、新聞室社會化過程、新聞組織的權力結構關係、新聞專業人士的工作滿意程度，乃至新聞工作者的教育訓練過程，都曾是重要的研究課題；唯獨語言使用對電視新聞節目製播過程的影響，是新聞學界相對而言較為忽視的探索主題。由於全世界的電視新聞節目，大都只以某種特定的單一語言播出，也就難怪新聞傳播學者容易忽視語言使用對電視新聞節目製作過程的重要影響。即便是在一個雙語或多語社會中，為服務弱勢語言族群，以維繫文化認同為目的而製作的新聞節目，也多半是以某種單一的弱勢語言播送新聞節目。像民視無線台午間新聞節目這樣，在同一節新聞節目中，常態性地同時出現台語及國語，甚至偶爾夾雜外語的語言使用型態，可謂非常罕見。這種獨特的電視新聞語言使用模式，是我每天親身經歷的工作經驗，也是電視新聞研究拼圖中，有待補齊的一小片珍貴圖像，因此，也觸動了我的研究靈感，而終於完成了對民視無線台雙語午間新聞的個案研究。

民視雙語午間新聞節目的獨特性，除了雙語使用型態，更在於除了商業目標外，節目的語言政策中，也蘊涵了強化閱聽人台灣認同的政治及文化動機。更有趣的是，政治、文化及商業這三種在新聞節目中看似不相容的節目製作目標，卻因為雙語的使用型態，而巧妙地互相結合，使該節目自播出至今，在競爭激烈的午間電視新聞市場中，一直屹立不搖，且有愈戰愈勇之勢。就是這些獨特而又有趣的現象，讓我將每天的新聞播報工作與新聞學術研究興趣，也巧妙地結合在一起，完成了這份學術研究報告。

身為民視超過十年經驗的專任新聞主播，依台灣的習慣，也許我已勉強被列入資深電視新聞人的中段班；但在新聞學術研究陣營中，我毫無疑問地是剛起步的後段班新手。這份研究報告之所以經過八個寒暑才完成初稿，實在是因為只能利用下班後的休息時間埋頭苦讀與振筆疾書。所以，對於研究品質的講求，只能盡力而為，距離至善至美，仍有相當落差。又因研究過程遷延時日，書中若干實證資料已略顯陳舊。例如，第六章的內容分析資料距今已有時日，只因民視雙語午間新聞節目的語言使用模式，多年來並無明顯變異，所以幾經考慮後，仍在本書中呈現論文寫作過程中蒐集的資料與分析結果。又例如節目收視率資料日日更新，但因民視雙語午間新聞節目的市場利基並未變動，所以，在書中也仍然呈現論文寫作時所獲相關收視率資料。這些實證資料更新的工作，將於日後修訂本書內容時一併補齊。

無論如何，之所以決定先將研究報告內容出版成書，是希望早日將研究發現向台灣新聞傳播學界諸先進及所有關心民視雙語新聞節目的社會賢達，做個完整的報告，以便及早獲賜指教，精進個人未來的新聞學術研究能力。

事非經過不知難！得之於人者太多，只有由衷感謝。能完成這項個案研究，實在要萬分感謝民視創辦人蔡同榮先生、總經理陳剛信先生、副總廖季方先生、副總王明玉女士、前總監葉文宗先生、新聞部胡婉玲經理、副理蔡滄波先生、製作中心主任蘇義崧、副主任李靜婷、業務部經理趙善意，以及許許多多厚愛我、支持我的民視新聞部長官與同事，沒有他們的鼎力協助，我斷然無法完成這項研究工作。國內、外傳播學界的幾位師長，包括政大彭芸教授、台師大社科院長林東泰教授、胡幼偉教授、陳炳宏教授、陳雪雲教授、台大張錦華教授、彭文正教授，以及中華企業經理協進會秘書長劉偉澍先生、中研院副研究員王甫昌先生、東吳大學英文系魏美瑤教授、英國Leicester大學大傳系主任Barrie Gunter教授、英國雪菲爾大學東亞所教師Jeremy Taylor博士、論文口試委員英國雪菲爾大學新聞系Ralph Negrine教授、西班牙CEU San Pablo大學大傳系主任Karen Sander教授等學界先進，在我就讀博士班期間，耐心提供建議並指引研究方向，讓我銘感五內。我的論文指導教授——英國雪菲爾大學新聞系系主任Jackie Harrison教授，對我諄諄教誨，循循善誘，讓我終能突破障礙，完成研究，更是我永遠感謝的恩師。長輩好友大億集團董事長吳俊億先生、幼獅文化公司總經理廖翰聲先生、救國團秘書處長許石欽先生、台大朱靜美教授、港明高中郭文泉老師、遠傳電信業務經理黃紫誼、補教業者陳雅莉、明新科技大學助理教授余毓琦、亞洲大學副教授唐淑美、逢甲大學副教授顏上詠、還有Anne、Ted、Brian、Roger、Guy、Rebecca、Ramesh等友人，對我在職攻讀博士期間的鼓勵與支持，是我前進的動力。當然，最後要再度感謝胡幼偉教授，在此書付梓過程中協助翻譯校正。更令我萬分感激的是，我的博士論文指導教授，英國雪菲爾大學新聞系主任Jackie Harrison教授，以及國內新聞與傳播管理學界我最敬重的潘家慶教授、王石番教授、莊春發教授，及陳炳宏教授在百忙中慨允賜序指導，使本書奠定可讀的基礎。前輩大老對初入學術殿堂的晚輩如此厚愛，筆者不但永遠銘感五內，更將以幾位前輩泰斗的指引，做為個人日後努力向前的導航與定位。此外，也要感謝五南圖書出版公司陳念祖副總編輯及文字編輯李敏華小姐與美術編輯童安安小姐，他們專業與高效率的編輯作業，使本書生色不少。

謹將本書獻給最愛我的父母及家人，以及多年來支持我的民視雙語新聞節目觀眾。願本書的出版，能讓大家更瞭解民視雙語新聞工作團隊日夜不懈的努力與付出。

陳淑貞

2010年5月

目錄

表目錄

從電視裡的語言談起

第一節　雙語主播的沉思

在1950及1960年代，台語一直受到台灣執政當局有系統地抑制。尤其是在教育及廣電體系內，這種壓制特別明顯。根據一位研究台灣問題的英國學者Taylor的觀察，在當時執政的國民黨政府對台語並不友善的環境裡，大眾傳播體系中，有關台語作品的唯一例外，就是台語電影的拍製。當電視開始普及於一般家庭後，執政者對電視節目的語言政策，也限定在以使用國語這種唯一的官方語言為主。

經由使用特定教材，教育體系當然臣服於官方這種教條式的語言政策。但電視節目的語言政策，則有其他問題的考慮。電視的多元性、無所不在的特性、快速發展的程度，甚至越洋的影響力，都成為執政者要控制電視節目的理由。

從台灣電視事業發展初期開始，執政者就已注意到，電視有可能成為表達台灣人的社會文化價值觀、基本信仰，以及特別重要的、所謂「台灣認同」的一種有力的修辭媒介。因此，執政當局對電視節目使用語言方面的控制，就變得愈來愈嚴峻。直到1990年代，這種控制才稍加放鬆。

其實，中央政府遷台之初，語言與文化政策的考慮因素之一，就是如何抑制台灣獨立政治議題的發酵，讓整個社會以執政當局的意識型態為依歸。因此，在1999年，當國語仍是台灣唯一的官方語言時，以促進台灣人意識著稱的民視無線台推出雙語午間新聞，就成為特別值得重視的傳媒現象。在這個雙語午間新聞中，民視同時使用了國語及台語，而成為全台灣唯一在同一節新聞節目中，同時運用國、台語的雙語午間新聞。製播這樣的節目，不但打破了台灣電視新聞獨尊國語的傳統，也彰顯了民視創辦者藉由在電視新聞中加進台語，以強化閱聽人台灣認同的強烈企圖心。

民視雙語午間新聞的特色，就是在同一節新聞中，混合使用國語及台語；而其他無線台的午間新聞都只使用國語。在民視雙語午間新聞節目中，主播主要用台語播新聞，記者因為不一定能說流利的台語，而多半在節目中用國語做新聞報導。由於是雙語新聞，主播在報新聞時，常常需要在國、台語間做語詞意義的轉換。這種雙語新聞的表現型態，讓台語在電視新聞中的重要性大增，而首度與國語一樣，成為主要新聞時段中經常使用的語言。

有鑑於此，新聞學界確有必要研究民視創建此種雙語新聞節目的社會及政治背景，及其背後在營收方面的考慮因素。此外，雙語新聞的製播會不會改變傳統的國語新聞製作流程，也是值得深入探究的問題。畢竟，過去有關電視新聞製作的研究，相當忽略語言的選擇對電視新聞製作過程可能造成的影響。以民視雙語新聞的個案而言，捨棄單一語言而改採雙語的表現型態，很有可能增加新聞製作的難度。例如，在進用新聞部人員時，語言能力或就要成為一項考慮因素。另外，為能有效率地將國語新聞帶轉成台語帶子，公司可能要添購器材並聘用過音編輯。同時，或許也要投入更多成本於訓練新聞部人員的台語表達能力。此外，混用國、台語也可能會對記者、編輯或主播造成一些難以預料的雙語轉換問題。而這些問題，又必須在極大的時間壓力下設法克服。換言之，選擇雙語的表現型態，可能會使電視新聞的製作難度及製作成本升高，但過去有關電視新聞製作過程的研究，卻並未對此現象進行有系統地研究。因此，有關雙語電視新聞的研究，應可幫助新聞學界更加瞭解，語言選擇會如何成為影響電視新聞製作過程的一項重要因素。這是本研究的主要價值所在。

簡言之，本研究的主要內容，就是在探討民視創建的台灣唯一的雙語電視新聞節目，在社會文化、政治及營收方面的背景因素，雙語新聞在語言選擇方面的特色，雙語新聞的製作過程，特別是因為選擇雙語而造成的困難及解決方法，以及在電視新聞中增加使用台語，對增進觀眾的所謂「台灣認同」，是否具有某些效果。這是本書要依序探討的課題。

第二節 什麼是雙語主義？

根據Uriel Weinreich（1968: 1）的說法，講雙語的人，必須要處理使用兩種語言時會出現的問題。Hoffmann將雙語使用的特點歸納成：干擾（interference）、借用（borrowing）、個人創造（individual creation）、混用（mixing），以及符碼轉換（code-switching）。Hoffmann（1998: 95-100）指出，所謂干擾，在音韻學的層次，通常被稱為「外國人口音」；在文法層次，則涉及諸如字詞在語句中出現的順序、代名詞、介系詞、時態使用等語法結構的問題；在語句層次，則可能是說話時，從另一種語言借用一個字，或是將某種語言中某字的意義，過度延伸到另一種語言的語句中。至於在進行翻譯工作時，則可會因為書寫的傳統方式而造成拼字問題。

談到語言的借用，Hoffmann（1998: 101）解釋說，借用來的語詞，可能只是沿用原來發音，或略做語音型態改變或兩者兼具後，融入另一種語言的語句中。至於語言符碼的轉換，是指在同一段發聲中，使用了兩種不同的語言。儘管使用雙語的人，常常會在談話中同時使用兩種語言，Hoffmann（1998）卻認為這表示說話的人，在使用語言的能力上有所不足，也就是指，說者無法在處理兩種語言時，避免造成聽者的困惑，或表示說者無法分開運用兩種不同的語言。不過，David Crystal卻認為，雙語主義是阻止或預防語言衰頹消失的良方。因為在雙語社會中，雙語主義可以形成一種空間，讓具支配力的語言與另一種語言可以和諧共存（Crystal, 2000: 80）；也就是讓兩種語言發揮互補作用，而非處於競爭狀態。然而，很諷刺的是，在一個被壓抑的語言社群中，成員對於弱勢語言的態度，內部衝突愈大，愈可能加速這種語言的衰頹。在一些弱勢語言族群中，老一輩的人往往指責年輕成員說的族群語言不夠道地。但在Crystal（2000）看來，愈是堅持某種語言的一成不變，愈會加速這種語言的衰亡。因此，讓兩種語言在一個社會中自然地被交互運用，反而是延續弱勢語言的較佳策略。

談到這裡，就必須指出，所謂語言的標準化，往往與社會情境有所關聯（Milrory and Milrory, 1991）。Hudson（2001: 33）認為，某種語言在一個社會中，被建構成標準化的主要語言，通常會經過四道程序，包括(1)選擇：語言的選擇涉及社會與政治因素的考量；(2)制定符碼：以文字表述的字典和文法書籍，讓社會成員學習所謂標準語言的正確形式；(3)語言功能的深化：中央政府的運作功能與官方文件的書寫，都被要求以標準化的語言來完成；(4)接受：語言的標準化有賴社會成員接受其為官方語言。

根據Milrory and Milrory（1991）的說法，一般而言，無法在文法或發音上使用官方語言的社會成員，往往是社會地位較低的人。因此，對非官方語言顯露無法接受的態度，其實是一種歧視，也可以說是以政治力界定官方或非官方語言所造成的影響。換言之，判斷某種語言為標準或非標準語言，通常和社會情境有關，而絕非僅僅是一個語言學上的議題。其實，將某種語言標準化的過程，就同時涉及對另一些語言的壓制。事實上，以語言學的觀點來看，任何一種口說的語言，從未能夠真正所謂標準化；只有拼字和書寫體系還比較能夠標準化。而永遠一成不變的語言，就是死的語言。因此，所謂的語言標準化，只是一種意識型態。將某種語言標準化，只是「一種心中的想法」，而從未能真正完全實現（Milrory and Milrory, 1991: 22）。

語言學家通常認為，以所謂不夠標準的方式，使用某種語言，通常是由於說者堅拒官方語言，或是沒有能力學習所謂「正確」的語言（Milrory and Milrory, 1991: 25）。語言的標準化，通常被視為某個社會在某一時期被要求具有某種一致性的結果。在此時期內，某種語言被選定為所謂標準語言。同時，另一些語言就被視為標準語言的競爭對手。長期下來，只有一種語言被有影響力的社會成員接受為標準語言，而這種標準語言又經由大眾傳播、教育體系、官方文件、書寫系統等方式，散布到整個社會，並同時開始歧視無法使用標準語言的社會成員。因此，語言學視標準語言為一種強加於社會中的語言（Milrory and Milrory, 1991: 27）。

電視是推廣某種標準語言並維持其地位的有力工具。電視使用某種特定的語言，可以讓人們知道這種語言，並且看到及聽到使用這種語言的「正確方式」（Milrory and Milrory, 1991: 27）。然而，儘管大眾傳媒可以強化人們對某種標準語言的認知，卻未必能讓人們在生活中就採用這種語言。例如，BBC的英語，經由節目播送出去後，被認為是標準的口語英文，但是，幾乎沒有人在日常生活中說這種英文。雖然BBC被質疑在語言影響上，並沒有扮演適當的角色，但BBC反駁，該公司角色的扮演，並不在影響英語的表現形式，而是反應語言流動與不斷變化的本質（Humphrys, 2004）。Bell（1982）的一項研究中也發現，在紐西蘭的數個廣播頻道中，節目主持人是跟隨聽眾、而非領導聽眾如何使用語言。

第三節　看看其他國家的例子

對身處多語言環境中的電視新聞工作者而言，在製作電視新聞節目時，一項最重要的決定，就是到底要讓主播用哪一種語言播報新聞。當然，在一個單語國家中，這不是什麼問題；但是，在一個雙語或多語的社會中，電視新聞的語言選擇，可能就會牽涉到很複雜的考慮因素。以筆者的看法，語言的選擇與認同（identity）之間，可能有緊密的關聯。選擇以某種語言播出電視新聞，可能意謂著想要強化某種特定的國家或文化認同。有學者已清楚地指出，語言是認同的一種表現（Crystal, 2000），也是維繫認同的最重要指標，以及傳播的核心符碼（Howell, 1992）。Edwards（1985: 3）也指出，擁有某種語言，對維繫團體認同無比重要。Fishman（轉引自Berg, 1986: 29）則是發現，語言可以將一個民族的本質符碼化，標示出一個族群的特色。如果說政府或有心的政客，藉由某種語言來強調某種特定的國家認同，並強化公民對國家的歸屬感，那已經是一點也不讓人驚訝的作為（Wei, 2005）。在此狀況下，電視被視為一種重要工具，經由語言選擇後的文化再現，來建構人們的認同（Hamers and Blanc, 2000）。此外，選擇以某種語言播出電視節目，也可以達到保存弱勢語言（Mackey, 2000），或是宣揚某種強勢語言的目的（McMillin, 2002）。

之所以用電視節目來保護或宣揚某種語言，是因為電視通常被認定為具相當說服效果的一種媒介（Price, 1995）。電視不但被認為是可以涵化觀眾某種特定認同的媒介，甚至就長期效果而言，還可以改變人們的行為（Barker, 2000; Gerbner, 1992; William, 2003）。電視節目可以讓人們產生某種心像，改變人們對家人、國家或政府的態度（Price, 1995），乃至於間接地影響人們的行為（Curran, 2002）。電視節目的功能之一，是認同的強化，提升觀眾對某一群體的歸屬感（Harwood, 1999）。已有學者明白指出，在歐洲、後殖民時代的非洲、美洲及亞洲，語言與認同的關聯，都是重要議題（Hoffmann, 1998: 193）。

在歐洲一些國家中，像是英國、德國、義大利、瑞典、瑞士、法國及西班牙，語言與認同是重要議題。政府經由對廣電節目的語言選擇，制定規範來保護弱勢族群的價值觀與文化（Blumler, 1992）。傳播科技的快速發展，特別是電視成為普及於社會的媒介後，學界對「認同」一詞的定義，以及認同與傳播之間的關聯，有了新的理論觀點（Blumler, 1992: 156）。

以下筆者要介紹幾個國家中，有關電視節目語言選擇與認同之間的關係。這些事例與本研究要討論的民視雙語新聞中的一些議題，在本質上相當近似。若從電視新聞與認同的角度來看民視的雙語新聞，簡言之，那就是一種企圖心，想要運用電視新聞來為台灣的電視觀眾重新界定一種政治、社會與文化的基本認知，同時也為了保護台語，並積極地宣揚台語的重要性。現在，讓我們先來看看其他國家的事例。

威爾斯經驗

威爾斯雖然是大英國協的一部分，但由於威爾斯政府有決心，決定要保護威爾斯語，並設置國家級的威爾斯語電視台。在意識到威爾斯語的衰微，以及威爾斯文化岌岌可危的狀況後，若干威爾斯的有識之士創立了威爾斯國家黨，並藉由製播威爾斯語電視節目，來提升威爾斯的國族與文化認同（Edwards, 1985）。在威爾斯，威爾斯語並非官方語言。但是，在1967年通過的威爾斯語言法案，確保威爾斯公民在威爾斯的法院及公家機關內，有使用威爾斯語的合法權利。這一法案也帶出了英語及威爾斯語並用的公共標示及雙語學校，並促進了威爾斯人對以雙語播出政治辯論的支持（Howell, 1992）。

根據1982年通過的威爾斯廣電法，威爾斯語電視頻道S4C在1982年開播，每周大約播出30小時的威爾斯語節目（Cormack, 1995; Howell, 1992; Edwards, 1985）。在不播威爾斯語節目時，該頻道的節目就以英語發聲。Cormack（1995: 211）指出，這些威爾斯語節目是由BBC威爾斯部門、HTV及獨立製作人所製作，並由政府資助。在1990年代S4C播出的威爾斯語節目中，連續劇是最受歡迎的節目，約有十萬威爾斯觀眾常看威爾斯語連續劇。其他威爾斯語節目的觀眾，很少超過兩萬人。雖然威爾斯人成功地開創了威爾斯語的電視頻道，但要製播威爾斯語的電視新聞節目，就無可避免地遭遇到翻譯方面的實務問題。Howell（1992）指出，因為電視新聞一定要用現今人們使用的語彙與科技設備播送最新訊息，於是，電視新聞製作人就得克服為英語新聞帶配上威爾斯語發音，以及字幕的翻譯難題。這種困難一直存在，觀眾也一直不太滿意（Howell, 1992）。

愛爾蘭經驗

和威爾斯一樣，愛爾蘭也是個雙語社會，也曾借助電視節目來保存及宣揚愛爾蘭傳統本土的塞爾特語（Celtic language），因為語言被認為是一種認同及傳統文化的展現（Howell, 1992）。雖然政府支持經由傳媒來宣揚愛爾蘭語，但愛爾蘭語在語言使用的品質上，卻不盡理想。在1970年代，愛爾蘭也經歷過在英語仍為強勢語言的環境中，如何在英語及愛爾蘭語電視節目中求取平衡的爭議。愛爾蘭政府曾組織一個委員會，來檢討雙語廣電節目問題。

由於愛爾蘭語在愛爾蘭是弱勢語言，因此，愛爾蘭語節目中的愛爾蘭語就不太標準，於是，閱聽人就開始要求節目中的愛爾蘭語要更加標準化，以改進節目品質，並提升傳媒在這方面的責任（Howell, 1992）。愛爾蘭加入歐盟後，愛爾蘭語在2007年1月1日起，被歐盟認定為歐盟中的一種官方語言。歐盟文件與演說內容都有愛爾蘭語譯本，愛爾蘭語節目的地位也獲得提升。

魁北克經驗

在加拿大人口中，由於具文化多元性，因此，加拿大的傳媒政策也涉及語言與認同議題。移民，讓加拿大成為世界上最具文化多元性的國家之一。例如，在魁北克這個加拿大最大的省份中，有六百萬說法語的人住在這裡。當1952年加國有了電視後，魁北克便成為全世界僅次於法國的第二大法語電視節目製作中心。Fletcher（1998）指出，加拿大廣播公司（Canadian Broadcasting Corporation, CBC）製播的法語節目，將焦點放在魁北克省內的議題上，並忽視加國其他地區的事務，於是助長了魁北克人自成一國的國家意識。Balthazar（1997: 47）也認為，法語電視節目讓魁北克的法語族群更加緊密團結，因此，大大助長了所謂的魁北克意識或魁北克國族主義。經過強化後的魁北克國族主義及文化上的認同，深化了加國人口中英語族群與法語族群的分裂，並可能成為魁北克舉行公投獨立的因素之一（Mowlana, 1998）。

印度經驗

印度也是一個多元文化、多語系及多元族群的國家。在印度境內有多達18種官方語言，包括英語、印度語，以及1,651種方言，每個地區及語言區域都有自己的獨特文化與認同（Bansal, 2003）。於1959年建立的印度國家電視台，最初扮演印度政府「文化旗手」的角色，負責促進印度的全國團結一致，並大力宣揚印度語為印度的主要官方語言（McMillin, 2002; Skinner, Melkote and Muppidi, 1998: 2）。因此，在印度國營電視台的節目中，黃金時段節目都以印度語播出。在接受衛星電視的挑戰之前，只有少部分節目以英語製播（Skinner, Melkote and Muppidi, 1998: 2）。然而，在1990年代，衛星電視打破了印度國營電視的壟斷局面，並加速了非印度語節目在印度的出現。

面對衛星電視的挑戰，印度國營電視台提升了節目的多元性，並增加了數個頻道播送非印度語節目。在1996年，印度國營電視台已有15個頻道，其中包括以印度地方語言製播節目的頻道（Rao, 1998）。Skinner（1998）及其他學者認為，衛星電視事業在印度的興起，加速了印度境內非印度語節目多元呈現的風貌。Mowlana（1998: 33）也表示，經由衛星傳送的多語混合節目，強化了對印度少數族群的服務。印度衛星傳播科技的發展，確實讓印度快速增加了不少多元語系的電視頻道。

歐盟經驗

歐盟的創立，標示著形構一種新的所謂「歐洲認同」的企圖。關於經由傳媒，特別是透過電視來強化「歐洲認同」的想法，近年來引發了對於歐盟傳播政策的爭辯

（Morin, 1988）。由於傳播科技的快速發展，歐洲的媒體市場隨之擴張，並出現了更多電視頻道。然而，僅僅借助傳播政策，就想建構所謂「歐洲認同」，並非易事（Harrison and Woods, 2000）。Casero（2005）指出，之所以無法建構「歐洲認同」，是因為少了政府力量的支持。此外，歐洲語言的多元性，也是新的「歐洲認同」難以成形的一項因素。Dessewffy（2002: 11）認為，共同的語言是建立共同認同的關鍵因素，而歐盟中有很多種的語言，對建立一致的「歐洲認同」就是一大難題。Schlesinger（1996）也指出，多種文化之間的差異，也是無法建立「歐洲認同」的另一項主要原因。

根據Schlesinger（1996）的說法，建構「歐洲認同」的失敗經驗，可以從兩方面來看。首先，每一會員國中的傳媒，只呈現該國自己的國家認同。各國傳媒難以將節目中展現的本國認同，轉變成共通的歐洲認同，也很難在製播新聞時呈現歐盟觀點，而不偏向本國利益。其次，歐盟有多達二十多種官方語言，在如此複雜的狀況下，也很難建構出能夠包容會員國語言因素在內，而又實際可行的歐盟傳媒政策。因此，如何經由傳媒的節目播送，在共通的歐洲認同中，反映出各國本身的國家或文化認同，實在相當困難。這是目前歐盟仍待解決的問題。

回顧了幾個國家中，電視、語言與國家或文化認同的關聯議題後，可以發現，這些事例都指出，試圖運用電視強化認同可能遭遇的問題。然而，印度及歐盟的經驗，又與其他國家的情形不太相同。在愛爾蘭、威爾斯及魁北克的事例中，當地政府支持電視台，以播送弱勢語言來對抗強勢的官方語言。但是在印度，則是國營電視台在節目中強力宣揚印度語，以促進國家團結一致。歐盟則是另外一種狀況。由於沒有共通的語言與文化，又缺少政府力量的支持，導致難以經由電視播送的新聞或其他節目，建構新的所謂「歐洲認同」。

第四節　幾個重要的問題

本章在前一節中，提到若干國家中的事例，只是想指出，試圖經由製播電視節目來強化社會成員的某種國族或文化認同，並非什麼新鮮想法。對於一向強調提升台灣意識的民視而言，或許也可以從此一角度來理解，該電視台在重要的午間新聞時段，打破國語壟斷電視新聞的傳統，製播國、台語並用的雙語新聞之用意。當然，如前所述，對於新聞學者而言，除了探究民視製作雙語午間新聞的動機之外，進一步瞭解雙語新聞在語言呈現上的特色，以及雙語新聞的製作流程、在製作過程中遭遇的困難及解決方法、雙語新聞的市場營收支撐，乃至於觀眾對雙語新聞能否提升台灣意識的反應，都是值得關注的問題。

以下筆者就試圖從歷史背景、語言呈現特點、媒介組織內的社會面向、新聞製程面向及媒介經濟面向，以及傳播效果等方面入手，對民視雙語午間新聞此一獨特個案，提出以下幾項研究問題，並在本書以下各章中，依序呈現對這些問題的研究發現及其涵義。

- 研究問題1：民視雙語午間新聞在政治、文化及營收方面的製播動機為何？
- 研究問題2：民視雙語午間新聞在新聞主題選擇及語言呈現方面有何特點？
- 研究問題3：民視雙語午間新聞製作團隊成員，在社會背景方面有何特色？
- 研究問題4：民視雙語午間新聞的製作流程、所遇之困難及解決之道為何？
- 研究問題5：民視雙語午間新聞的營收狀況及收視觀眾背景分布狀況為何？
- 研究問題6：民視雙語午間新聞觀眾，對節目的使用狀況與滿意程度為何？

在那個台語還是禁忌的年代作電視新聞

本書在第一章中已指出，電視節目的語言選擇，有其在政治或文化上的涵義。民視決定打破國語電視新聞壟斷的傳統，在午間新聞中混用國、台語，而形成一種獨特的雙語新聞表現形式，也有政治及文化上的涵義。在探究此一雙語決策的動機之前，應該要先談一談，在台灣，電視新聞的語言選擇與政治意圖之間的關係。台灣社會近年來的一些改變，對語言使用已產生重大影響。就像Shi and Song（1998: 522）所說，語言是傳播的媒介，也是文化的一部分。語言不只反映了它的文化、政治及社會背景，也可以被操弄來獲致社會功能，並顯現政治意涵。

因此，在本章中，筆者要先簡單回顧二次世界大戰後，台灣語言政策的政治背景，並說明台灣電視事業使用台語的歷史進程。

第一節 思想起：台灣語言政策的政治背景

過去六十年來，在台灣，語言與政治之間一直密切相關。在這一段歷史中，關於在公開及官方場合中，究竟應該宣揚使用哪一種語言，一直是重要的政治議題。台灣從1895年到1945年是日本殖民地，但在1945年時，因日本戰敗而將台灣歸還中華民國。在日本殖民時代，日本在台宣揚講日語，並從1937年到1945年，禁止台灣人說台語。學生在校說台語，會遭教師制止及處罰。國民黨政府於1949年自大陸撤退來台後，則是推行國語政策，以穩固對台統治。

國民黨政府推行的國語政策可謂相當成功。台灣省政府教育廳於1956年下令各級學校禁止講台語。省政府又於1964年下令，所有機關及學校在上班上課時間內，必須講國語。學生如果在學校說台語，會受到處罰。在台灣的三家無線電視台，即台視、中視和華視，分別於1962年、1969年及1971年成立後，政府也曾對電視節目中使用方言，提出若干限制（Chen, 2000）。儘管當時台語是最被廣泛使用的語言，而講台語的人，當時也占全台人口數的85%（Huang, 1993: 358），但國民黨政府仍以國語為唯一的官方語言，並將台語、客家話等其他語言視為方言。

台灣於1987年解除戒嚴令，被視為政治體系的一大轉變。基本上，這標示台灣從國民黨威權統治轉向民主發展。解除戒嚴令後，對傳媒的限制也逐漸放鬆。到了1990年代，對傳媒管制可以說已完全鬆綁。民進黨要求台灣住民自決，並積極參與各級公職人員選舉。經此過程，民進黨逐漸開始握有政治權力。民進黨的陳水扁贏得2000年總統大選並於2004年成功連任後，民進黨一度成為執政黨，台語也在公開場合中經常出現。儘管英國學者Taylor認為對台語的承認，實際上發端於國民黨本土政治人物，特別是李登輝在1990年代的作為，但其實不管是當時的國民黨或民進黨，都藉由在非正式或正式場合使用台語，來彰顯己方在修辭上的本土性。

民進黨於2000年成為當時台灣的執政黨後，在2001年制定新的教育政策，讓國小學童在校學習台語。時至今日，台灣大多數社會成員已共同體認到學習台語的重要性。而事實上，政治人物已把台語和台灣先民在台灣這塊土地和周邊大海上奮鬥的歷史，做了浪漫的聯結，讓學習台語成為一種高尚而不忘本的行為。這和早先說台語被視為教育程度不夠，或傳媒內容不宜以台語呈現的社會認知，確是明顯對比。

從1956年開始，直到1987年廢除戒嚴令為止，國民黨政府一直依照大中華意識來運作，並極力要求台灣人說國語而非台語（Lin, 1997）。在這段時間裡，學校除外語課程外，只能以國語教學，並禁止在校內使用台語。同時，在公開場合中，也只能使用國語。國語說得好，是求職者的重要條件，公職候選人在競選時也被要求只能說國語。學生在校內說台語或其他方言，會被教師或偶爾會被其他同學羞辱。當時在學校裡常會看到「好學生，說國語」，或是「愛國家，說國語」的標語（Lin, 1997: 32）。說國語被認為是正面的、高尚的、愛國的，以及高社經地位的象徵；而講台語則是被貼上負面的、低社經地位的標籤。例如，在電視節目中講台語的演員，總是有教育程度較低、鄉下人的負面社會形象。在那個時代，國語說不好的人，工作機會也較受限（Lin, 1997）。

不過，很有趣的是，儘管國民黨政府極力推行國語政策，也不允許學生在校內說台語，但是，就像筆者在第一章中提到的，國民黨政府卻並未在1950年代禁止拍攝台語電影。根據Taylor（2007）的說法，台語電影在1950及1960年代早期，相當興盛。當時也是政府嚴禁在學校內講台語的時代。這也就突顯了一個重要的現象，那就是當電視於1960年代出現於台灣後，國民黨才開始關切在傳媒中使用台語的問題。例如，在1960年代以前，政府並不禁止拍攝台語電影。不過，當台灣引進電視後，國民黨政府便決定限制方言節目的播出時數。政府對台語節目的限制，包括節目時間長度、播出時段，以及製作成本，因而降低了台語節目的品質。但在1950年代，對台語電影卻沒有關於放映時數的限制。換言之，政府很早就體認到，電視節目可以呈現社會或文化特質，因此要控制電視節目內容。那些對電視節目的限制，顯示國民黨政府體認到，要在台灣推行國語並壓抑台語或其他方言，限制電視節目內容是重要的政策。Tsao（2004: 310）也發現，自從電視於1962年引進台灣後，政府就大力運用電視推行國語。

到了1990年代，政治氣候有了轉變，國民黨和民進黨都開始使用台語，以爭取執政的正當性，國民黨內的改革勢力也開始宣揚台語的重要性。這股改革力量，促成在1993年對廣電節目的語言使用解禁。在電視節目中使用台語，以及改革呼聲，似乎超越了對政黨的忠誠性，反映出人們更加體認到應多瞭解本土文化與歷史（Taylor, 2007）。很顯然地，這股重新關懷本土語言與文化的風潮，在國民黨於2000年總統大選失利前，就已展開，並一直延續到民進黨在2000年成為執政黨之後。

國民黨在李登輝主政時期，就已積極地鼓勵大家說台語，他也在一些公開演講中，以總統身分說台語。這是他推行本土化政策的一部分（Corcuff, 2002）。但在2000年總統大選失敗後，國民黨就不再強調所謂的本土化政策。

進入二十一世紀後，台語的社會形象又有所改變。現在，學台語成了一種時尚，由於愈來愈多名人公開說台語，許多年輕人開始流行學台語。現在常有影劇新聞指出，某一位演員正在努力學講台語，以便能在電視連續劇中演出（Tsai, 2004; Wu, 2005; Yi, 2004）。現在，台灣社會已有學講台語的有利氣氛。一些名人，像江蕙、黃乙玲等歌手都在說台語，並試圖建構出說台語很優雅的社會形象。此外，像伍佰這樣的知名歌手，將台語歌曲和農民或勞工生活結合在一起，也很受歡迎。

民視於1997年開播以來，卻是台灣第一個真正宣揚台語的組織。當時的社會情境是，已有愈來愈多的政治人物在公開場合發言時講台語或國、台語並用，以爭取台灣人的好感。Wei（2003）在一項研究中指出，自從陳水扁贏得2000年總統大選後，包括總統在內，有愈來愈多的政治人物在正式場合，為官方目的而說台語。

因應國語及台語在社會經濟及社會政治地位的消長，台灣出現愈來愈多使用台語的文化活動。一些大學裡也成立了台語社。一些孩童假期營隊，也以結合學講台語及戶外活動為號召。例如，在民視內部，就有一個由員工自行成立的台語社，而這個社團也為社會大眾舉辦過一些跟台語有關的公開活動，像是在2001年辦的兒童台語夏令營，以及分別於2000年、2001年及2002年主辦的台語研討會。可以說，有不少人正努力去除台語專屬於勞動階層的刻板印象，並開始宣揚教育程度較高的人也說台語的新形象（Taylor, 2007）。

而民進黨執政時，也努力於宣揚台語。台灣歌仔戲的復甦，嘗試教孩童以台語唸唐詩，或是用台語拍攝藝術電影，也是台灣文化在藝術領域的形象改革。這些活動，部分是由像行政院文化建設委員會這樣的政府機構贊助的。於是，除了在學校裡學台語外，社會上也有愈來愈多讓人們可以參與以台語為主的各類活動。

前面說過，語言的使用可以展現認同（Crystal, 2000）。就此觀點而言，在進一步討論目前仍在爭議中的所謂「台灣認同」與台語及台灣政治的關聯性之前，應該先追溯一下，台灣早期漢人移民語言使用情形的歷史情境。

台灣其實是一個多語言的社群。目前，台灣的社會成員包括四大族群。其中，人數最多的是台灣本地人，也就是所謂的本省人。他們占台灣總人口的72%～76%，其祖先多半來自中國大陸福建沿海地區，也是早期台灣漢人移民的主體。他們說閩南語，也就是今天大家所說的台灣話（Taylor, 2007）。客家人是台灣早期漢人移民中的另一群體。客家人約占台灣人口中的10%～12%，他們的語言是客家話，其祖先多半來自大陸廣東地區。事實上，由於來台灣時間很長了，台灣的客家人可以說也已經是台灣本地人了。台灣第二大族群是一般所稱的外省人，約占台灣人口數中的12%～14%，他們隨著國民政府於1949年左右從大陸遷來台灣，多半說國語。此外，台灣也有原住民，他們在台灣已有將近六千年的歷史，遠在漢人移民到台灣之前，就已在台灣生活。台灣原住民有自己的語言，他們約占台灣人口中的1.7%（Chang, 2003; Wang, 2002; Wei, 2003）。詳細列表如下：

表2.1 在台灣不同母語族群的人口比例分布

族群	母語	人口比例
本省人	台語	72%～76%
外省人	國語	12%～14%
客家人	客家話	10%～12%
原住民	原住民語	1.7%

資料來源：Fu-Chang Wang, 2002.

所謂的本省人，雖占台灣人口中的絕大多數，但在國民黨唯國語是尊的語言政策下，台語受到壓抑，而國語卻成為台灣最具支配性的語言。直到現在，國語仍是台灣唯一的官方語言，而台語、客家話及原住民語則被視為方言。為減輕族群之間的緊張關係，政府於1992年修改了人口普查規定，不再調查社會成員的族群背景（Wang, 2002）。此外，族群之間的通婚經常可見，也減低了族群之間的隔閡（Huang, 1993）。然而，當台語在台灣民主化之後更常被公開使用，所謂台灣認同的呼聲，已成為當今台灣研究中的一項新興議題。

在台灣的歷史進程中，語言選擇一直和政治企圖有緊密聯結。在Wei（2005）的一項有關語言選擇與強化國族認同關聯性的研究中，她指出，選擇某種語言為官方語言，對希望強化人們某種國族認同的政治人物而言，其實是一項政治議題。在台灣，日語及國語這兩種非本土語言，曾在不同時代中，被台灣統治者選定為官方語言，以促進執政者希望台灣人民具有的國族認同。日本殖民台灣期間（1895～1945），日語是當時台灣的官方語言；在國民黨威權統治台灣期間，國語則被選擇為台灣的官方語言。這種語言選擇，以及限定媒體使用官方語言的目的，是要讓台灣人民建立日本人或中國人的認同。

Wei（2005）進一步指出，台灣自從在1980年代政治鬆綁後，當民進黨試圖以台語強化人們的台灣認同，並以此來對抗國民黨，語言選擇在台灣就成為一項熱門議題。誠如Taylor（2007）指出的，有人認為台語是台灣獨立運動最重要的一項標誌，一些政治人物也改以常講台語，彰顯自己真心相信台灣應該獨立。換言之，從有企圖心的政治人物的觀點而言，選擇使用國語或台語，已經成為想要做中國人或台灣人的一種象徵。對中國而言，台語只是中國眾多方言中的一種；但對一些台灣人而言，台語本身就是一種語言。語言的位階不同於方言，語言涉及領土主權問題。因此，當我們發現陳水扁在競選2000年總統時，交互使用國語及台語，以吸引不同族群的注意，並藉此挑動選民的感情，就一點也不會感到意外了（Wei, 2005）。Wei（2005）指出，陳水扁的語言使用策略，在於讓自己獲利最大，並將風險降至最低，而此一策略對他的勝選，確有助益。在陳贏得2000年總統大選後，愈來愈多政治人物開始在公開場合講台語。

因此，我們可以這麼說，在台灣，政黨已有如Crystal（2000）所說的，語言是認同之展現的體認。在民進黨的宣言中，可以看到民進黨以台語來強化人們對台灣國族認同的企圖。在民進黨的創黨宣言中指出，民進黨呼籲經由公投，在台灣成立獨立的台灣共和國，並制定新憲法。在1999年的台灣前途決議文中則表示，放棄建立台灣共和國的主張，並將過去的決議修改為：(1)台灣是一個主權獨立的國家，非經住民自決，不能改變獨立的現狀。(2)台灣不是中華人民共和國的一部分，中國宣揚的一個中國或一國兩制，根本不適用於台灣（David, 2005）。這項修改，被認為是角逐2000年總統大選及之後各項選舉的務實策略，因為台獨主張可能引發中共對台動武，也不為美國所支持。民進黨既不完全放棄台灣獨立，也不自陷於中共或國民黨的壓力，而改採承認獨立現狀，並尋求國際社會承認台灣的策略，被認為是較務實的發展途徑，也受到多數民進黨員的支持，並以此一較務實的主張參與總統大選。

然而，這種對政治兩難困境及海峽兩岸緊張情勢的較溫和態度，卻冒犯了對建立台灣國的死忠支持者，也讓他們對陳水扁政府感到不滿。另一方面，陳水扁政府也要面對當時在野的國民黨，以及其他在國會中主張兩岸終極統一的其他政黨的壓力。因此，陳水扁就被視為台灣的「少數總統」（Wei, 2005）。台海緊張情勢與國內政治鬥爭，以及民主化的政治觀點及國族認同的文化觀點，為所謂台灣研究注入一股新風潮。其中有關國族認同的議題，吸引了不少國內及國際學者的注意。

好些學者為理解台灣認同，提出不同觀點的架構。

John Fuh-sheng Hsieh（2003）指出，當台灣民主化已有相當進展，而占人口多數的台灣人也掌握了國家領導權後，族群議題就被比較情緒化的國族認同問題所取代，而這又牽涉到台灣與中國未來的關係。Hsieh（2003）進一步指出，年紀在50歲以上，以及教育程度較低的台灣人，比較支持台灣獨立；而台灣的外省人，以及社會成員中年紀在30到39歲，及教育程度較高者，則比較支持兩岸統一。然而，由於多數人是居於兩端之間，即主張維持現狀，也仍然懼怕中國入侵台灣，於是，有關國族認同的嚴重衝突就難以避免了。

Chi Huang（2003）進一步指出，儘管大多數台灣人主張在兩岸關係上維持現狀，和其他三類族群相比，外省人比較願意兩岸統一；相對而言，台灣人最無此種意願。此外，就國族認同而言，外省人顯現最高的一致性；而台灣人則是在此方面，內部差異較大。

G. Andy Chang and T. Y. Wang（2003）也發現，從1994年到2001年，台灣人在國族認同方面的顯著改變。實證資料顯示，有愈來愈多台灣公民的國族認同，從中國人轉變為既是中國人，也是台灣人，而年輕人特別有此趨勢。Wang（2002）指出，談到台灣族群間的競爭，在選舉期間，媒體和政治人物常以攻擊對手在族群意識上的分歧，藉以影響選民的思慮。這種在族群議題上的攻擊，在總統大選及直轄市長選舉中，特別明顯，也因此在過去十年間，激化了台灣公民的族群意識。

除了從政治觀點看待族群認同，有些學者曾經從台灣人的歷史根源出發，討論其自我意識，並觀察台灣人如何自我認同（Corcuff, 2002; Katz and Rubinstein, 2003）。Tsai（2003）指出，很明顯地，台灣的政治轉型可以被視為中國人與台灣人國族認同之間的競爭結果。台灣人認同可以說是台灣民主運動中的一項重要基礎。在台灣的歷史情境中，Tsai認為台灣人認同將繼續扮演重要角色，使台灣文化更豐富，並繼續宣揚台灣獨立。

在談到如何以台語電視節目讓台灣文化更加豐富時，Wu（2003）指出，電視布袋戲做為台灣認同的一種象徵及台灣傳統文化的再現，是一個明顯的成功案例。電視布袋戲和台灣傳統戲曲之不同，在於前者運用了更多科技特效及音效。根據Wu的說法，儘管國民黨也曾一度用布袋戲，以說國語及穿現代服裝的演出方式，宣揚反共抗俄理念，布袋戲現在卻被台灣人用來標示他們的台灣人認同。電視布袋戲在台灣一直很受歡迎，其周邊商品也很熱銷。不過，談到電視節目的語言選擇問題時，Wu（2003: 109）進一步指出，在電視布袋戲中使的語言，誠如一位電視布袋戲創始人所言，其實是一種國語化的台語。因為有些從國語來的詞彙，並未照其意義翻譯成適當的台語，而僅僅是以台語為漢字發音。此外，也有學者指出，有些台語詞彙根本就是來自國語語彙（Sinorama, 1998: 149）。

電視節目裡出現國語化的台語，正反映出當前台灣社會追求台語標準化的衝突。目前，在台灣社會中，多數成員可以說雙語，包括了(1)台語及國語；(2)客家話及國語；以及(3)原住民語及國語。事實上，說台語及國語的雙語使用者，占了台灣人口中的最大多數。我們常常看到台灣人在一段對話中，同時使用台語及國語（Shi and Song, 1998）。然而，自從國民黨壓抑台語達四十年以來，台語一直被視為一種方言，而並未發展為一種標準語言。對於要不要將台語發展為標準語言，社會上仍有爭議。即使有些人熱心推廣台語，他們在對於如何在書寫及口語中呈現標準台語，仍常遭遇困難。此一現象，反映出台語在當前台灣社會中的兩難困境。

就像A-Chin Hsiau（1997）所觀察到的，在台語中某些詞彙的不同發音及書寫方式，對於如何將台語建構為標準台語，是一項關鍵議題。這些不同的主張，競相爭取公眾的同意而產生了不少辯論。有些人主張，用早先由西方傳教士引進的羅馬拼音系統將台語標準化；另一些人則是主張用漢字系統書寫台語。還有人主張併用羅馬拼音及漢字，因為有將近30%的台語詞彙無法適當地用漢字來表達。甚至有人主張用韓語字母來書寫那些無法用漢字表達的台語詞彙（Hsiau, 1997）。雖然教育部在1998年，已頒訂「TLPA」為台灣閩南語音標系統，但各派系中仍有爭議，並未普遍化；經過整合，教育部於2006年10月14日，公告「台灣閩南語羅馬字拼音方案」。僅管台語因為拼音系統與用字紊亂，導致在書寫和傳播上有這些困難，但推廣台語，仍被視為是肯定台語價值的一項不可或缺的努力。這也是為了建構台灣人的國族認同，以對抗國民黨的中國人認同（Hsiau, 1997: 312）。

台灣的民主化以及在1990年代的媒體解禁，讓國族與文化認同議題可以在傳媒上，有更廣泛的討論。在政治轉型之後，台語電視節目的發展，也在台灣出現了戲劇化的轉變。

第二節　從過去到現在：台語電視新聞的發展歷史

台灣從1960年代開始，有台語電視新聞節目。然而，由於國民黨對多語言電視節目的壓抑，台語電視新聞節目有製播上的限制。台語電視新聞早年在台視、中視及華視播出時，只侷限於所謂農漁新聞，以服務台灣的農、漁民為製播目的。台語新聞早先也被稱為閩南語新聞，以強調節目中使用的語言，是源於中國福建南部。從1972年開始，政府對廣電事業頒布若干禁令，三家無線電視台每天不得播出超過一小時的台語節目（Huang, 1995）。在此禁令限制下，以及政府於1976年訂定廣播電視法之後，台語電視新聞的製播就更顯困難。廣電法最初在第二十條中規定，國內廣電業者應優先製播國語節目，並逐年減少方言節目。這一規定到1993年修訂廣電法時才廢止。

台視在1962年成立時，並無台語電視新聞節目。之後有了由台灣省政府贊助，稱為農業指導的台語電視新聞節目。該節目每周播出半小時，以服務台語使用者為目的。節目內容以地方農業及漁業新聞為主，其目的在為政府做宣傳工作。直到1972年，台視才有每日台語新聞。該節目每周播出五天，每天半小時，以服務更多的台語使用者。不過，每天實際的播出時間經常更動。2002年時，台視從周一到周五，仍在每天早上播出一小時的台語新聞。不過，到了2007年，台視就不再播出台語新聞了。

中視是第一個製播一般性質的台語電視新聞的無線台。中視於1969年成立後，每周以台語播出一小時的新聞集錦。之後，中視播出每天半小時的台語新聞節目（Tsai, 2000）。

華視的台語新聞節目開始於1979年，起初是每周以台語播出一小時的新聞集錦，一年後，改為每周一到周五從上午十一點到中午十二點，播出一小時的台語新聞。節目重點在於地方事務、休閒及農業消息。從1996年到1998年中期，台語新聞移到每天下午四點播出，但節目名稱改為華視客語及閩南語新聞，整節新聞中不再只使用台語，也包含了客語新聞。

一般而言，台視、中視及華視都將台語新聞視為位階次於國語新聞的電視新聞節目，因為國民黨政府宣揚的是國語，而非台語。台語新聞的播出時段，也集中於像是下午三點到四點、四點到五點，或是上午十點到十一點、十一點到十二點的非黃金時段。此外，電視台在特定節目中使用語言的方式，也反映出政府對該種語言的政策取向（Taylor, 2007）。例如，台視製播台語電視劇，遠早於製播台語新聞節目。這表示，語言使用與節目型態之間有重要關聯。除非是製播所謂農漁新聞，否則，電視新聞被認定為是為知識階層或受過教育的人看的節目。而電視劇則被認為可接受以台語播出，因為其觀眾中，有較多為教育程度或社會階層較低者。

儘管國民黨政府早年對所有廣電媒體使用台語多方設限，終究在1990年代對此解禁。有鑑於本土意識興起，以及台灣日漸民主化，許多對傳媒的限制也就廢止了。這包括在1988年解除報禁，廢除廣電法對廣電媒體使用方言的限制，以及在1993年訂定有線電視法。民視這第四家無線電視台也於1995年獲准成立，並於1997年開播（Chai, 2003）。自此之後，台語新聞節目的數量及播出時數皆逐漸增加，而國語電視節目也開始面對台語節目的挑戰。在此變局下，近年來，台灣傳媒事業之間的競爭日趨激烈，節目內容與型態也更加多元。

在諸多傳媒限制一一解禁後，一項很重要的發展，就是採用多語言途徑製作電視節目，尤其是民視大量用台語製播節目。在此之前，台灣沒有那麼多台語電視節目，台語節目也並未引起較多關注（FTV Communication, 22, November 2001）。隨著民視的台語節目興起，台語電視新聞節目的播出，也受到台灣電視新聞史上從未有過的重視。對台視、中視及華視而言，在台語新聞節目中，讓主播講台語，並且把國語新聞帶配音成台語後播出，是比較省錢的做法，這樣他們就毋須聘用會講台語的記者。這也反映出這幾家電視台，其實還是認為國語新聞比台語新聞更重要。不過，儘管民視一開播就製播了台語節目，在實務上，還是出現在台語新聞節目中的新聞報導，多半仍須台語配音的製作程序，因為記者們多半無法用流利的台語採訪及報導新聞。為解決此一問題，民視積極鼓勵記者用台語做現場連線報導、並親自為自己完成的國語新聞帶配台語發音，以磨練並改進說台語的能力。

以上所說的，就是台語新聞節目在台灣發展的簡史，以及台語電語新聞與台灣執政當局在形構人民國族認同方面的政治聯結。在下一章中，筆者將要轉回新聞學術層面，回顧與分析民視雙語新聞節目有關的學術文獻，以做為理解民視雙語新聞製作流程的理論框架，並在說明此一個案研究所採用的研究方法後，呈現本研究各項研究問題的主要發現。

理論上，我這樣看雙語新聞

本章將說明筆者進行民視雙語午間新聞個案研究的理論架構，並回顧過去相關的學術文獻，以做為進行個案分析的基礎。這些理論架構包括電視、語言與認同觀點、媒介組織觀點、新聞產製觀點、市場導向新聞學觀點，以及觀眾認知觀點。

第一節 電視、語言與認同

「創立民視的目的是要確保台灣安全，阻止中國併吞，所以民視要宣揚台灣的歷史、地理、文化、風俗習慣、語言、使人認識台灣、疼惜台灣。換句話說，培養台灣國民主義（Taiwanese nationalism）是民視最高指導原則。因此，民視每天有一半以上的台語新聞……這對建立台灣文化有很大的貢獻。」（民視創辦人蔡同榮，FTV

Communication, 22, November, 2001）

電視與認同的關聯，至關重要，因為電視曾被國家決策者或掌權者認定為建構閱聽人國族或文化認同的有效工具。然而，不管是傳媒傳遞認同的方式，或是閱聽人理解或詮釋認同的方式，都很複雜（Harrison and Woods, 2000）。電視讓閱聽人看到節目中人物的感情與生活方式，以及其文化認同，這些可能都是閱聽人未曾親身經歷過的經驗（Barker, 2000）。閱聽人以其特有的方式，對節目內容解碼，並恢復或新構其文化認同。誠如Barker（2000: 7）所言，電視是建構文化認同的一項主要而又豐富的資源。Arthur Siegel（1983: 179）也指出，電視可以有助於形構認同。同時，電視的另一項特有而重要的功能，就是促進文化的一致性。

電視在形塑公眾對社會實況的信念方面，也被視為一種有力的媒介。根據涵化分析（cultivation analysis）的研究發現，長期看電視可能會影響觀眾的信念或行為，因為電視節目可以將某種特定的世界觀「涵化」進閱聽人心中（William, 2003: 179）。Gerbner（1992）及其同僚指出，電視可以扮演一種角色，將不同社會團體的意見予以一致化，因為長時間看電視，可以經由電視節目對世界的再現，讓閱聽人對世事之意見愈趨接近。因此，經由電視節目對世界的再現，電視被認為是建構人們文化認同的一項重要媒介。

Barker（2000）曾談到Morley（1980）對名為

Nationwide的英國電視新聞雜誌所做的研究，以及Ang（1985）的一項研究，及Liebes and Katz（1991）的另一項有關美國電視連續劇Dallas（台灣翻譯為《朱門恩怨》）的實證研究。Barker指出，觀眾用他們自己的國族或文化認同，來解碼節目內容。此一解碼過程，便可能有助於他們強化原有的國族或文化認同。根據Martin-Barbero（1995）的說法，在電視播出的各類戲劇節目中，連續劇最能讓觀眾建構國族認同。以在美國播出的西班牙語電視連續劇為例，電視連續劇藉由散播國族符號與迷思，創造出一種團結的感情，而讓觀眾產生某種國族認同。經由此一途徑，西語電視連續劇強化了美國西語觀眾對西語族群的文化認同。

另一方面，認同是散漫的、動態的（Barker, 2000; Rawnsley, 2003），以及是社會建構的（Barker, 2000），而且是經由文化再現而建立的（Barker, 2000: 33）。Hamers and Blanc（2000: 200）對認同的界定是，「把自己看成某一團體成員的心理過程」。Barker（2000）認為，在現代社會中，電視是散播文化再現之最重要傳播工具；在建構文化認同方面，電視節目中使用的語言，是最為核心的元素。畢竟，就像Barker（2000）所言，認同是以語言來描述的自我意識。

電視和認同緊密相關，語言亦是如此。人們用語言展現認同（Crystal, 2000）。而且，就像Carroll（1956）跟隨Whorf所說，所有較高層次的思考，都要依賴語言。

同時，一個人使用語言的慣性方式，會影響此人如何理解環境（Carroll, 1956: vi）。Whorf也指出，一個人的思想，會不自覺地受其所使用的語言影響（Whorf，轉引自Carroll, 1956: 252）。使用某種語言的人，和不使用這種語言的人，享有不同的文化與思維空間。

Whorf比較過Hopi這種美國南方印第安人語言、標準一般歐洲語言、英語、法語、德語等不同語言。他發現，語言的文法與文化有關。例如，Hopi語和標準一般歐洲語，對時間的提法就不同。Hopi將時間等同於「愈來愈晚」，將時間之流逝，看成是持續進行的狀態（Singh, 1999: 26）。然而，歐洲人對時間的感覺，是將時間區分為過去、現在及未來三個部分。Hopi人和歐洲人因為對時間的經驗有不同的文化觀點，對時間這個概念在語言上的呈現，也有所不同（Singh, 1999; Wardhaugh, 1998）。根據著名的Sapir-Whorf假設，每一種文化不僅因為以不同的語言對實況製碼，而對世事有不同的詮釋，語言也會影響人們的思考方式，因為語言為人們提供了思考的框架（Singh, 1999）。就像Whorf強調的，毫不費力地說話，以及我們從小下意識地使用語言的方式，讓我們覺得說話和思考是一件直接了當的事（Whorf，轉引自Carroll, 1956: 238）。因此，既然國族意識尋求用語言來和一個群體產生種族、文化與語言學的聯結（Millar, 2005: 28），也就難怪有些民族主義者會選擇用某種方言，來召喚某些社會成員心靈底層的情感認同。畢竟，一個人使用什麼語言，會決定此人住在何種世界中（Whorf，轉引自Singh, 1999），也會因此展現出某種認同（Crystal, 2000）。

Edwards（1985: 3）強調，擁有某種語言，對維繫團體認同至關重要。Ralph（1990: 1）也指出，人們使用語言時，不僅僅是想讓別人理解其思想或感情，同時，說者和聽者也正以微妙的方式界定彼此的關係，並展現雙方對某一團體的認同。Ralph（1990: 265）還表示，如果一個內部人際網絡緊密的團體，因為某種因素（或許由於外部壓力）發現需要增強自身的認同，該團體可能就會藉由使用某種自家人的語言，來標示認同。Hamers and Blanc（2000: 199）則指出，語言是文化的產物；語言也形塑文化，因為我們的文化再現須靠語言來成形。如果一個社區中的成員不能使用共通的語言，他們就無法分享社區中所有的意義及行為（Hamers and Blanc, 2000: 200）。因此，在一個多元文化社區中，唯有當多元文化主義成為共識，並成為社區中的一種價值觀，才有機會發展和諧的雙語及雙文化認同（Hamers and Blanc, 2000: 214）。

語言不僅和文化認同密切相關，也與國族認同有關。就像Crowley（2003: 56）指出的，語言與國族認同之間的關係，由語言所呈現的歷史概念中展現出來。Muller也清楚地表示，語言是整個人類歷史的口說及鮮活的見證（轉引自Crowley, 2003: 56）。Crowley（2003: 56）進一步解釋Muller的理念時也指出，語言是國族的鮮活與口說的見證。Vossler（2000）也認為，語言可以被用來標示一個國族的特性與其一致性。他指出，當一個民族被迫否認其母語時，其民族意識反而愈見甦醒。如果一個人的住家被掠奪了，他會在母語中找到精神寄託。他無時無刻不能忘其母語，這種精神慰藉有時會再給他力量重建家園（Vossler, 2000: 259）。因此，難怪民族主義者會運用語言尋找國族之根，藉由語言喚醒人們對某一國族的歸屬感（Smith, 2001）。誠如Smith（2001: 28）所言，民族主義者會致力於經由一些途徑，像是歷史、語言等等，來追尋國族的根源與特質，以提供一些框架來找出「我們是誰」、「我們起源於何時」、「我們如何茁壯」，以及或許像是「我們應往何處去」等問題的答案。在此過程中，新聞工作者也會參與其中，來幫助傳遞與散播國族認同的心像與再現（Smith, 2001: 28）。Crowley（2003: 59）進一步強調語言與國族認同的重要性。他表示，語言下意識地與政治發生關聯，因為人們至少會同意，由於我們說同樣的語言，所以，從歷史或文化層面而言，我們有共同的背景。

電視節目既重要又有說服力（Price, 1995）。電視節目被認為可以涵化觀眾特定的認同，甚至長期下來，可以改變人們的行為（Barker, 2000; Gerbner, 1992; William, 2003）。Price（1995）指出，看電視可以改變人們對家人、國家或政府的態度，或至少間接影響人們的行為（Curran, 2002）。同樣地，看電視可以強化人們對某一團體的認同與歸屬感（Harwood, 1999）。難怪有企圖心的政治人物，會利用在電視節目中使用某種語言，來宣傳特定的國族或文化認同，或是某種特定的政治觀點（McMilin, 2002; Price, 1995）。

電視節目也可以被用來保護某種少數語言及弱勢價值（Blumler, 1992; Crystal, 2000；Riggins, 1992）。Mackey（2000）觀察到，電視是維繫雙語主義的最有力媒介之一。尤其，當雙語中的某一種語言，是此人在生活領域中，唯一被普遍使用的語言時，此時，對此雙語使用者而言，電視節目或許可以成為維繫雙語中另一種語言的重要因素（Mackey, 2000: 33）。Paulston（1986: 134）也指出，接觸大眾傳媒，特別是電視，被認為是在雙語環境中，宣揚第二種語言的重要因素之一。Appel and Muysken（1987: 37）指出，大眾傳媒可以顯著影響語言轉移。他們也提到Hill的主張說，製播少數族群語言節目，可以讓這種語言更風行（Appel and Muysken, 1987: 37）。

Andrew Woodfield（1998）分析印度傳媒的語言政策時發現，有三項原則被用來保存少數族群語言。這些原則都植基於種族信念。第一項原則提供了一項全球觀點，並認為基於物種多元性的考量，人類有責任宣揚語言與文化的多元性（Woodfield, 1998: 112）。另外兩項原則根據種族－政治的考量，認為在一個國家裡，不同語系團體和諧共處並相互尊重，符合大家的共同利益。此外，每一語系團體也有權利使用自己的語言，過正常的社會及商業生活（Woodfield, 1998: 113-4）。

語言是傳播的重要符碼核心，而傳播則是文化的關鍵要素（Howell, 1992）。Howell認為，任何語言如要存活，它必須被人們在日常生活中所使用，並且被大眾傳媒散播。也就是說，即使人們在家裡或學校中說某種語言，語言之存活，仍必定要依賴大眾傳媒將這種語言傳播給社會大眾。政府決策人士很清楚，傳播科技是一種有力的平台，可以藉此保存少數族群的語言與文化，或甚至藉此尋求國家之一統局面（Appel and Muysken, 1987; Blumler, 1992; Crystal, 2000; Edwards, 1985; Riggins, 1992; Spolsky, 1986; Tsao, 2004）。

簡言之，電視是一種有力的媒介，在電視節目中使用某種語言，可以宣揚觀眾的政治或文化認同，並有助於保存某種語言。對於讓人們知道何謂標準語言，電視也是一種比較有力的途徑，因為經由看電視，人們知道如何正確地使用某種語言（Milroy and Milroy, 1991: 27）。對本研究而言，電視、語言與認同之間的關係，是重要的議題。現在要進一步探究的是，民視雙語午間新聞如何經由一定的製程，藉由在新聞節目中使用台語，提升觀眾的台灣人意識，而其效果又如何？

第二節　媒介組織觀點

在界定人們對世界的認知方面，新聞被認為扮演著特別重要的角色。就像Curran所言，傳媒經由新聞界定世界（Curran, 2002: 136）。在新聞中，傳媒決定要保留或刪除哪些資訊，並且提供框架，讓人們藉此或經此理解世事。新聞不僅僅被認為是框架，也是建構出來的實況。也有學者指出，新聞是一扇認識世界之窗；往窗外看到的世界，取決於窗之大小，以及窗框之多寡（Tuchman, 1978: 1）。除了提供選擇性的觀點，傳媒也突顯並詮釋某些世事。傳媒為這世界做定位，並解釋世界的運行方式（Curran, 2002: 136）。傳媒界定世界的力量，不僅涉及人們如何理解世界，也可能間接影響人們的態度或行為。Curran（2002）同意傳媒在議題設定方面的角色，他引述Iyengar（1991）之言，確認傳媒的力量，並強調傳媒可以為人們提供理解世界的框架。議題設定理論指出，傳媒的影響力，在於告訴人們去關注哪些議題，而非告訴人們該如何對議題下判斷。傳媒有時可以改變人們的態度（Barker, 2000; Gerbner, 1992; William, 2003），而其議題設定功能又是如此重要，以至於可以影響選情（McCombs, 1982）。在談到傳媒的力量時，Price（1995）指出，電視節目的影響力既有效又快速。當國家積極嘗試操控電視與廣播，以強化人民的國族認同，就是所謂的宣傳。儘管新聞工作者必須在基本的新聞規範下工作，他們也還是新聞組織中的受雇者。因此，新聞工作者如何在新聞專業意理及新聞組織目標中，求取平衡，就成為新聞學中重要的課題。本節就將回顧有關在新聞組織中，組織目標、人員召募及組織文化關聯性的相關文獻。

在早期的新聞學研究中，White（1950）進行了第一項守門人研究，他分析了編輯的新聞選擇模式。在這項研究中，White展示了編輯根據新聞價值的評估，在層層把關的守門過程中，控制了新聞的取捨。然而，Shoemaker分析了守門人與新聞機構的關係後發現，守門人對新聞取捨的判斷，不僅根據個人的經驗判斷，也依照著一般新聞專業原則與個別媒介組織的新聞政策（Shoemaker, 1991: 59）。她指出，新聞機構聘用守門人，並為守門人制定規則。就像Shoemaker and Reese指出的，說到底，媒介老闆及他們任用的高階幹部，對於媒介的作為有最終決定權。如果員工不高興，可以辭職不幹，別人會被找來遞補職缺，而新聞產製的慣例也總是可以改變的（Shoemaker and Reese, 1996: 163）。

在Becker等人（Becker et al., 1987）對新聞媒介員工實務的研究中發現，員工的決策過程與新聞機構的目標有關聯。他們也發現，員工如果僅需具備技術能力，聘任的決策過程會比較簡單。相對的，聘用電視新聞記者或主播的決策過程就比較複雜，因為要考慮的因素不只是專業技能，也要顧及電視台所處的市場情境。例如要不要聘用少數族群人士，就需要斟酌。Telfer（1973）做過一項研究，名為〈訓練少數族群新聞工作者：舊金山檢查報（San Francisco Examiner）實習計畫個案研究〉。該項研究發現，語言能力非常重要，而通常安排的為期13周的實習計畫，讓少數族群的受訓者深感挫折。Telfer下結論說，這項實習訓練，要不是得教會少數族群受訓人員基本的傳播能力，就是得承擔異化他們的風險。

除了召募新人，新聞機構還要設法將員工社會化到日常作業模式之中（Shoemaker and Reese, 1996: 169）。根據Shoemaker and Reese的說法，在這種媒介組織社會化的體系中，編輯控制記者，發行人控制編輯，而老闆控制發行人。他們也發現，大部分的控制都很直接，並經由一套獎勵制度竟其功。工作表現好的人，獲得晉升及加薪；表現不好的人，被降級或開除。經由這套組織化的控制體系，新聞內容得以被間接地經由聘用與晉升，以及自我檢查而獲得控制（Shoemaker and Reese, 1996: 173）。

Sigelman（1999: 85-96）寫過一篇論文，名為〈報導新聞：一項組織化的分析〉。論文中指出，新聞機構運用「選擇性的召募」與「社會化的過程」來教誨員工具有某種態度，並藉此控制新聞產製過程。根據Sigelman的說法，新聞室社會化的過程是指，新聞工作者經由個人日常工作經驗，或是經由觀察同事如何工作，學到某一新聞機構採用的新聞政策及新聞價值。關於選擇性的召募，Sigelman（1999）發現，在面談時，主持面談者似乎很注意應徵者諸如工作經驗或工作能力等條件，而對於應徵者的政治觀點並不感興趣。這似乎顯示，他們並不在意應徵者的政治觀點會影響其日常工作。此外，新進記者通常會被指派去採訪那些毋須瞭解媒介組織較複雜新聞政策的消息，例如，生活新聞或犯罪新聞。Sigelman認為，新聞室社會化的過程進行得很鬆散，而非很正式。換言之，新進人員是經由一段時間的學習後，才瞭解媒介組織的新聞政策。Sigelman（1999）指出，新聞室社會化的機制有三：(1)同化；(2)編輯改稿；以及(3)編輯會議。他認為，新進記者會從資深記者的表現中觀摩學習。資深記者被認為是支持媒介組織新聞政策的典範，因此，資深記者為新進記者提供角色典範與資訊，引導新進記者被同化。其次，由於編輯改稿的權威，新進記者從工作經驗中瞭解，編輯要什麼樣的稿子，然後，新進記者會自動調整他們的新聞寫作，迎合編輯的需求，以節省時間並減少麻煩。第三，編輯會議被認為是最有組織性、內聚力、持續性，以及集中化的一種社會化過程（Sigelman, 1999: 89）。資深人員及主管才能參加編輯會議，新進人員不能參與。在會中，根據媒介組織的新聞政策，討論當天新聞採訪的重點。就像Soloski（1997）所發現的，編輯會議是控制新聞內容的關鍵途徑，因為就是在此一會議中，編輯決定今天的新聞重點。藉由分配採訪工作，編輯確保較重要及較具新聞政策涵義的消息，由最可靠的記者去進行採訪工作（Soloski, 1997: 149）。

Sigelman（1999）進一步指出，大部分記者的採訪任務是由新聞室中的資深人員所指派。此外，記者要將寫好的稿子交給編輯，而編輯有改稿的權力；儘管此一過程，和新聞機構在不同層級上確保記者工作品質有關。事實上，Sigelman（1999）發現，有時候編輯會直接運用權力，修改稿子的部分實質內容，並要求記者對稿件內容做某種傾斜。根據Sigelman（1999）的說法，只要記者對自己完成的稿件滿意，他們就會被認為夠專業，同時，長官也會對新聞採訪的成果表示滿意。也許比較穩當的假設是，在不同層級的新聞工作之間，和諧還是多於衝突的。關鍵在於，新聞偏差既不導因於共謀，也非衝突，而是「來自於合作及共享的滿足」（Sigelman, 1999: 94）。

新聞機構經由管理操控及組織社會化達成目標，也可以發展出特定的組織文化。一個新聞機構會深受其企業文化所影響，因為企業文化存在於「一種共享的下意識的假設之中，並且在媒介組織中扮演重要角色」（Kung-shankleman, 2003: 95）。

Kung-shankleman（2003）分析BBC及CNN這兩家國際新聞機構的運作後發現，它們的成功深受其企業文化所影響。企業文化界定了新聞機構的新聞政策，而不同的新聞機構通常會發展出自己的新聞政策，以達成各自企業文化的要求。例如，CNN的企業文化是製作最好的新聞節目；而BBC的企業文化則是強調公共服務的價值，必須是該公司專業理念的底蘊。Kung-shankleman（2003）

下結論說，有四種因素影響著BBC及CNN的企業文化。首先是創辦人的理念。BBC及CNN的企業文化仍深受各自的創辦人Reith勳爵（1920年代）及Ted Turner（1980年代）的影響。其次，是新聞機構與其國家文化的相似性。CNN的企業文化反映出美國文化中的拓荒精神；BBC的企業文化則是反映出英國的公共服務理念。第三，是對觀眾需求的詮釋。BBC標榜的公共服務精神，試圖引領出公共服務的一種標準；CNN宣稱的公共服務，則是迎合觀眾的需求。第四，是企業文化在電視事業中扮演更加重要的角色。基於它們的成功經驗，BBC和CNN對各自的新聞產品愈發有信心，並強化了各自的企業文化。它們自信自己在做「對的事情」。

綜合以上文獻，我們可以說，從組織的觀點而言，很明顯地，民視的雙語新聞必須符合民視的企業文化。也就是民視創辦人蔡同榮所強調，要藉著在電視新聞中加入台語，強化觀眾對台灣人的認同。就像筆者稍後會揭露的，在此一企業文化的主導下，民視新聞部必須發展出一套製作雙語新聞的日常作業流程，以有效地達成新聞政策目標，並設法克服媒介組織的結構性限制。他們能成功到什麼程度，是稍後要討論的主題。

第三節　新聞學觀點

電視台的新聞部是「動態的」、「有時很狂熱的」，並充滿「緊張、壓力與限制」，而又必須像所有的組織一般，遵循「他們自己的規範與傳統」（Harrison, 2000: 109）。為確保在特定時段都有新聞可以播出，以達成最低限度不會開天窗的要求，新聞機構必須按照進度，有效率地製作新聞節目（Bennett, 1996: 124）。Harrison（2000: 108）分析英國媒介組織的新聞產製過程及其內容後發現，即使不同的電視新聞部有不同的工作環境，新聞專業人士仍共享新聞專業文化，並因而形成「新聞實務界的一致性」，這就確保了「一種專業的標準與品質」。於是，很重要的一點就是，不管是民視的雙語新聞，或是其他任何的單語新聞，電視新聞必須發展出一套產製常規。像是新聞價值、新聞正確性等要素，都是重要的考量因素。

新聞價值

Golding and Elliott（1999: 118）在有關新聞價值與新聞產製的分析中指出，編輯選擇新聞內容，並決定新聞播出的順序；記者則是過濾新聞事件，並安排新聞寫作角度。那麼，什麼樣的事件值得被報導呢？Halberstam（1992）認為，一項事件的新聞價值取決於三項因素。首先，是新聞工作者的主觀判斷或偏好。其次，是記者和編輯認知到的事件相對重要性。第三，是閱聽人對該事件的興趣。Fuller（1996: 7）在其著作《新聞價值》中，採用了新聞學的批判觀點。他也提出了判斷新聞價值的三項要素，包括即時性、對某一社群的利益多寡，以及事件的重要性。不過，他認為，這些要素也導致新聞寫作中的某些基本偏差，包括即時性只強調最新發生之事；迎合閱聽人的興趣，讓記者偏好報導負面及災禍事件；而地理接近性，則讓記者較喜歡報導與閱聽人居住社區靠近的事件。然而，許多記者仍沿用這些傳統的新聞價值判斷標準於新聞實務中。儘管每天的新聞內容不同，根據長期觀察，記者多半採用共同的新聞價值判斷標準（Gans, 1979: 182; Glasgow University Media Group, 1976: 17）。

Gans（1979: 39-69）分析美國新聞媒介的發展後發現，在美國媒介組織產製的新聞中，有八種持續存在的價值。第一項價值是民族優越感。這見於國際新聞中，也就是用美國的價值評斷其他國家。例如，在越戰時，美國新聞媒體就用「敵人」一詞來指涉北越人。第二項價值是利他式的民主。美國的新聞媒體支持民主自由，它們認為，施政應關切公共利益及公共服務，因此，新聞應監看政府行政乃至於競選承諾是否兌現。第三項價值是負責任的資本主義。美國新聞媒體確信，資本主義可以促進社會繁榮，但非理性的利益則對社會有害。第四項價值是小城田園情趣。此項價值中的另兩項更寬廣的價值，就是「小」及「自然」之可貴（Gans, 1979: 49）。就像Gans所解釋的，環境保護已成為美國的一項重要議題，也是數十年來一項主要的新聞採訪類目。除了宣揚小之美，新聞中也常揭露大政府、大工會、大企業的問題。Gans（1979: 49）進一步解釋說，政府或民間組織規模一大，就會讓人害怕，並且被看成是「沒有人味」，對個人主義也是一大威脅。第五項價值是個人主義。美國的新聞媒體主張維護個人自由，新聞處理角度通常也支持個人自由。第六項價值是溫和主義。新聞中會批評個人主義極度擴張到危害社會安全的程度。第七項價值是社會秩序。這一部分可以區分為非常態現象新聞，以及新聞重視社會秩序的本質。非常態現象新聞指的是天災、科技災害與意外、社會暴力，以及犯罪事件。非常態新聞經常出現，也顯示社會秩序是新聞中的一項重要價值。第八項價值是國家領導。美國的新聞支持有力且負責的國家領導，因此，美國總統被視為國家秩序的最終保護者。

在Galtung and Ruge（1965）的國際新聞選擇模式中，列出了影響新聞工作者新聞價值判斷的八項因素，包括：時間遠近、事件要緊程度、事件明朗程度、文化接近性、與媒介組織新聞政策的一致性、反常性、持續性，以及事件複雜程度。其他學者則指出，事實上，對刊播國際新聞的媒介組織而言，社會文化價值及守門人的個人偏好，可能在國際新聞的取捨上，比Galtung and Ruge所列的影響因素更重要（McQuail and Windahl, 1993: 173-175）。Peiser（2000）在訪談過983位德國記者後發現，記者對採訪議題的取捨，取決於記者的背景、世界觀及個人意見，以及某些媒介因素，像是新聞室社會化、媒介組織的日常作業流程及若干限制。

談到新聞價值，Le Grand and New（1999: 113-116）指出，經營電視事業的兩項社會目的，是公共服務及滿足觀眾的需求。他們認為，電視應該經由製播節目，為觀眾提供資訊及教育，並且強化社會整合。他們進一步解釋，在不同地區的人們可以毫無困難地在同一時間收看同一節目，這就有助於社會整合。他們認為，電視可以為弱勢團體發聲，使其不至於因為感到被社會排斥而被邊緣化。

根據Harrison（2000: 111）的說法，許多有關電視的研究，對新聞產製過程的研究都有類似發現。換言之，在電視台的新聞部門中，不但有著類似的製程、結構、常規、壓力與限制，編輯對新聞型態與內容的取捨模式，也都相近。因此，如果發生了一項新聞價值夠大的事件，除非該事件的新聞價值不符合媒介組織的新聞政策，否則，不同電視台的編輯，都會指派記者前往採訪。不過，這些過去完成的實證研究，多半只是對一或兩家電視台的新聞產出進行了內容分析。Harrison（2000: 27）指出，到1990年代中期後，電視台為競爭收視率，往往會在新聞內容的次級類別上，再求變化。她認為，新聞類別的更加多元化，是為了維持現有收視率外，再開發新的收視觀眾。這也表示，不同的電視台對新聞價值的概念，已有不盡相同的認知。

正確性

除了新聞價值，正確性也一直是新聞報導中的一項專業意理，因為新聞的目的並不是在宣揚、說服或宣傳，而是將當代的事件正確無誤地報導成新聞（Harrison, 2000）。就像Harrison指出的，新聞的一項核心品質就是，新聞應該誠懇地嘗試成為所報導事件之再現（Harrison, 2000: 106）。

Kovach and Rosenstiel（2001）也強調正確性的重要，並指出基於事實的正確報導，是一項基本要求，也是新聞事業為了追求真實，經年累月所建構起來的工作流程中的一項規範。根據Kovach and Rosenstiel（2001）的說法，追求真相是記者的一項重要原則。然而，基於事實的正確報導，卻不必然能保證對一項事件有合乎真相的報導。例如，某一機構發布的新聞稿，也許其內容可以被正確地報導，但這可能只是報導出其中所蘊涵事件的假象。於是，正確性為新聞報導帶來的風險，就是「事實正確，但實質上謬誤」（Kovach and Rosenstiel, 2001: 43）。為避免此一狀況，Harrison（2006）建議，新聞工作者最好不要太依賴新聞公關稿及官方消息來源，並對新聞事件進行更多調查研究，以便在新聞報導中獲致更寬廣的正確性。

新聞工作的常規化

美國社會學者曾提到所謂新聞工廠模式（Bantz, McCorkle and Baade, 1997），並曾發現，雖說每天的新聞內容都不相同，但製作每日新聞的基本結構卻與任何其他組織生產產品之流程，無太大差異（Hirsch, 1977）。來自於媒介組織及外在環境中的壓力，讓電視新聞部門不得不將製作新聞的過程常規化（Tuchman, 1977）。

根據Bantz, McCorkle and Baade（1997: 274）的說法，新聞工廠跟從一般工廠的生產線模式，將工作任務切割成數個小區塊。在新聞工廠模式中，新聞產製過程包括起心動念報導某事件、分派編採任務、出外採訪並整理出採訪所得資料的架構、組裝資料，以及呈現完整的新聞作品等五項步驟。這五道程序，是依新聞工作者的技術來分工（Bantz, McCorkle and Baade, 1997: 274）。在每道程序中，新聞工作者要完成各自工作，然後以一種一個步驟接著一個步驟的模式，將每個步驟的工作成果結合起來。因此，新聞工廠是個「混合的生產線」，而在此生產線上的每一位新聞工作者，必須完成各自的工作責任，並遵循工作常規。Bantz, McCorkle and Baade（1997: 273）進一步指出，將新聞工作常規化，可確保截稿時間不會延誤，也使刊播出去的新聞有必須具備的品質。電視新聞工作者必須懂得如何尊重及服從常規，不耽誤截稿時間，以及在新聞製作過程中的其他限制（Harrison, 2000: 114）。

新聞工作常規化的目的，是控制新聞工作的流程（Tuchman, 1997: 173）。依據事件發生的方式，新聞工作者將新聞內容區分為五種型態，包括：硬性新聞、軟性新聞、突發新聞、發展中的新聞，以及持續進行中的新聞（Tuchman, 1997: 188）。每一種潛在的新聞事件，都被包含在新聞製作流程中，以至於即使發生了未預期的事件，像是緊急事件和災難事件，它們仍然可以被帶進新聞製程常規中，並且被新聞機構所控制（Tuchman, 1997）。

Harrison（2000, 126-129）強調，在所有的媒介組織新聞部門中，「有計畫的工作程序」都是工作常規中的重要部分。她指出，有些資深編輯、節目主編、採訪主任、國外或國內新聞部門主管，以及某些資深特派員及節目製作人，都必須參加每周舉行的編採會議，並在會議中提出採訪計畫。一旦某些點子被採納了，採訪主任就會開始分派採訪任務，然後被確認要用的新聞就會被安排在某日推出。預先計畫好的新聞不會被抽掉，除非由於新聞型態或製作成本的考量，可以在另一天使用。此外，每天播出的新聞，多半要通過預先計畫好的工作流程。Harrison（2000: 127）進一步指出，在英國，大多數的政府機關、反對黨、警方、大學、壓力團體，以及其他規模較大的機構，會定期發新聞稿給新聞機構，讓新聞媒體知道它們未來會有什麼活動。這些資訊，按活動日期先後被輸入電腦。當某一活動的日子快到時，新聞製程常規中的計畫機制會檢查，並確認是否有必要派一位文字及攝影記者去採訪該項活動。一般而言，既然所有新聞機構都會收到相同的新聞稿，如果是重要活動，就會有許多記者前往採訪。

然而，電視新聞工作常規化的後果，倒不見得都是正面的。根據Bantz, McCorkle and Baade（1997: 279）的說法，常規化也會導致新聞工作者的四項負面批評，包括：缺乏彈性、缺少個人獨創空間、以生產量能為評判工作之基礎，以及將個人期望與新聞工廠的生產流程做錯誤的配對。

從媒介社會學的觀點而言，常規化理論認為，新聞機構的老闆很少直接介入像是新聞採訪及新聞寫作的新聞產製過程（Eliasoph, 1997）。然而，Eliasoph（1997）發現，老闆會聘用與自己有關係的主管，於是，那些想要獲派重要任務的新聞工作者，就不會冒險得罪那些主管。常規化理論指出，在主流配置中，常規不但將新聞產製過程結構化，也為隱藏的意識型態提供不在場證明。常規讓新聞對新聞工作者及觀眾而言，都像是自動化的、專業的產品，是由一群知道何事重要的專業人士決定與生產出來的資訊（Eliasoph, 1997: 232）。相反地，Eliasoph（1997）認為，經濟的及組織的因素，比常規更能決定新聞內容。Eliasoph（1997）曾經研究過美國加州柏克萊地區的一家反對派電台KPFA-FM。她發現，新聞工作者的意識型態，和電台與政壇受訪者及聽眾之間的關係，同樣重要。

因此，即使新聞機構的老闆突然換了人，新聞內容也許不會如常規理論所預期的，出現立即而又戲劇化的改變。

從實際上能完成什麼事的角度來看，新聞工作者製作新聞的常規，也就是新聞採訪所獲得的資訊，為人們提供了世事實況的心像（Fishman, 1997: 211）。換言之，新聞既不反映也不扭曲實況。就此而言，如果說新聞的確在反映什麼，它其實只是反映出新聞工作者在新聞機構中怎麼製作新聞（Fishman, 1997）。Fishman（1997）也指出，有固定採訪路線記者的常規工作，重要關鍵之一，就是決定某一事件有無報導價值。根據他長年觀察有固定採訪路線記者的工作常規，他發現，記者在觀察新聞事件時，和採訪機構中的官員用同樣的架構界定活動或事件的性質（Fishman, 1997: 215）。在他看來，採訪機構中的科層組織結構，為記者提供了消息來源，並藉此感應是否有何新鮮事將要發生或正在發生。當某件事從科層體系中的某一層級，轉移到另一個新的層級去處理時，就意謂一項新聞事件發生了。此一處理層級的轉移，讓記者有了寫稿的新點子，但這並不能保證此一事件真能被寫成新聞（Fishman, 1997: 218）。

新聞工作的時間壓力

每天的電視新聞工作既已成為常規，在新聞產製過程中，就必須納入某些工作限制的考慮因素。電視新聞實務工作必須無可避免地在常規中做出妥協。在那些工作限制中，「時間」必然是一項主要的限制因素。就像Frost（2000: 14）所說，不論是就掌握事件或是當事件變得具有新聞價值而言，在新聞採訪作業程序中，時間都很重要。一項事件必須是在新聞刊播時，才成為熱門話題。沒有一家報館願意登出舊聞，廣播或電視台也希望更新前一節新聞的內容。

電視的午間新聞可以說是在每天各節新聞時段中，壓力最大的新聞節目，因為午間新聞的時間壓力最大。由於時間壓力大，午間新聞編輯幾乎沒有機會做新聞選擇。就像Harrison（2000: 169）觀察到的，在午間新聞時段中，通常是趕緊湊合一些新聞就播出去了。這時候，編輯常常是有什麼新聞就用什麼新聞，以填滿時段。不過，午間新聞內容卻可以為一天裡接下來的新聞時段，訂定基本的新聞走向。她進一步指出，每則新聞的長度通常不會超過兩分鐘，而且在24小時新聞頻道出現之前，在英國，每則電視新聞的長度通常還比兩分鐘短得多。

就像Harrison（2000: 124）強調的，新聞長度的限制，使消息來源在新聞中的發聲很短，也逼得記者只能順著消息來源已經說過的話，補充兩、三句而已。此外，為確保新聞影片與新聞稿能對得起來，電視新聞記者要能夠對著畫面說話。儘管每天的新聞內容不同，新聞製播的裝備與結構都很相近。例如，主播例行性地介紹新聞主題、和記者做現場連線報導、消息來源發聲，還有新聞影片及圖卡，就這樣每天將消息傳遞給觀眾（Harrison, 2000: 124）。有時候為了趕截稿時間，在新聞製作過程中，電視新聞工作者也許會採用比較無趣的消息來源談話或新聞畫面。雖然這樣做必然會影響新聞品質，卻可以確保不會誤了截稿時間。截稿時間一定不能被耽誤，因為從電視新聞實務及後製的角度而言，製作新聞就像是一般工廠，要按常規生產產品（Harrison, 2000: 125）。

Tunstall（1993: 23）指出，電視新聞的產製過程比傳統的平面媒體新聞更加複雜。平面媒體記者也許只需要準備一本筆記本、一支鉛筆和一部電話，就能完成採訪工作；相對地，電視新聞的採訪工作要靠一組人員才能完成任務。電視記者及其工作小組要攜帶攝影機、錄下聲音的器材、燈光設備及其他電子採訪設備，才能完成採訪工作（Tunstall, 1993: 23）。此外，後製團隊也要準備好提供必要的支援。

新聞部門中的衝突

除了採納專業新聞價值，在新聞製播的常規中，也要處理新聞部門中的衝突問題。這是新聞學者在檢視新聞製程時，另一項關心的議題。

Bantz（1997: 123）在一篇名為〈新聞機構：衝突成為精巧的文化規範〉的文章中指出，新聞機構，特別是電視台新聞部門中的衝突，應該被當作是規範中的、正常的、例行化的、可預期的、理性化的，以及或許甚至是有價值的現象。他進一步指出，在新聞機構中，衝突、爭吵和歧見是可預期，也應被界定為適當的狀況。他認為，新聞機構中滿是衝突。他用五項因素，包括：新聞工作者不信任消息來源並與其爭執、專業規範與商業規範犯沖、專業規範與娛樂規範相剋、在控制範圍內的相互競爭，以及電視新聞的訊息結構來支持自己的觀點，並認為上述五項因素的交互作用，強化了一種衝突文化發生的可能性。

首先，記者通常試圖與消息來源建立並維持良好關係。然而，當消息來源和記者的公共責任有衝突時，記者也許就不信任消息來源，並與其爭執。其次，當一個新聞機構已經建立一套組織存在的意義（例如，做得好就是要有效率），而接下來的期望（例如，做得快又做得多，是員工常被賦予的期待）卻與工作者的專業規範不合，新聞機構中表面化的衝突就會加劇。Bantz, McCorkle and Baade（1980）也發現，當一個新聞機構的文化是被商業規範所支配，而員工卻較喜歡遵循專業規範，這就會產生衝突。第三，新聞專業規範意謂，新聞專業工作者必須負責提供資訊及決定新聞內容。娛樂規範卻意謂，決策必須取決於觀眾的意見，而觀眾想看的是有娛樂性又有趣的新聞。於是，不管新聞機構中的決策者多麼中意一項特定的新聞產品，如果觀眾一直不喜歡，決策者遲早也只好順從觀眾的口味。第四，Bantz（1997: 132）指出，新聞機構間的競爭，以及新聞工作者間的競爭，意謂著衝突應該被認定是必要也有益的現象。此外，新聞機構間及新聞工作間的關係，並不只是競爭，合作也是有的。因此，當新聞工作者和新聞機構試圖在緊張的競爭與密切的合作之間求取平衡時，衝突就發生了。第五，電視新聞是電視新聞工作者每天生產的產品，而電視新聞工作者喜歡以戲劇化的方式呈現新聞。衝突被認為是戲劇化型態中的一項要素，於是，當新聞工作者以衝突做為建構新聞的基礎時，衝突的意義就被視為正常的、每天都會發生的、例行性的，以及或許是社會生活中的要素（Bantz, 1997: 133）。

談到新聞報導中的某些限制，Soloski（1997）解釋如何運用新聞專業理念及新聞政策，來控制新聞部門中新聞工作者的行為。Soloski（1997）指出，新聞專業理念是控制記者及編輯的一項既有效率又有效果的方法。然而，從管理階層的角度來看，為了限制新聞工作者可自由支配的行為，新聞機構必須建立規章，也就是新聞政策，以進一步控制新聞工作者的行為。在Soloski看來，新聞專業理念及新聞政策被用來減輕新聞機構中的衝突。這就像是在一場比賽中，新聞專業理念及新聞政策就是選手必須知道及遵守的競賽規則。這些規則很少明文化，但也很少被公開質疑。Sigelman（1999）指出，新聞政策有助於將新聞工作者與管理階層間的衝突減到最低，我們也沒有理由假定，新聞政策會引發新聞工作者和管理階層間的緊張關係。只要新聞政策不會強迫新聞工作者違背他們自己的新聞專業理念，就沒有理由去假設說新聞工作者會認為那些政策是一種工作限制，儘管新聞政策會禁止記者報導某些消息（Soloski, 1997: 153）。

簡言之，就像上述文獻所指出的，為使新聞產製過程有效率，新聞機構必須發展出一套作業常規。這種新聞事業的常規，涉及在新聞部門中將資訊處理程序標準化、設定一套新聞價值觀，以及建立解決衝突與應付限制的機制。

第四節　市場導向的新聞學

Harrison（2000: 186）發現，商業化及媒體間的競爭，是導致新聞內容一致化的重要因素。為了追求收視率，英國無線電視新聞趨向提供更大眾化的新聞，甚至連BBC也有此傾向。此一趨勢導致減少國際新聞、縮短新聞長度，以及增加人情趣味及暴力事件的報導。另一方面，在美國，研究人員發現，為能掌握美國觀眾，美國的電視新聞愈趨煽色腥，並模仿小報的八卦風格（Hume, 1996）。然而，Hume（1996）認為，增加煽色腥及八卦新聞，只能短期提高收視率，長期而言，卻會降低新聞品質及觀眾對電視新聞的信賴。

此外，新聞機構的老闆必須考量製作新聞的成本。Harrison（2000: 186）指出，目前電視新聞機構強烈地趨向更「有效率及有成本效益」。例如，在1990年代展開的對BBC的改革，目標就是讓新聞製程更加精細，以製作出有成本效益的新聞（Harrison, 2000）。

再者，在西歐，商業化及媒體間的競爭，也已影響到公共電視領域。Siune and Hulten（1998）指出，大部分的公共頻道已經接受廣告主的財務支援，而早先為確保中立及公共服務品質而對商業化的限制，也已放鬆了。對公共頻道而言，廠商的贊助及廣告是重要的收入來源。商業化就經此途徑，影響了電視的公共服務品質（Siune and Hulten, 1998）。

目前，新聞編輯和節目製作人必須注意市場動向。有鑑於市場力量對電視事業的影響，新聞已經更加是新聞機構老闆眼中的產品（Hirsch, 1977; McManus, 1994）。於是，成功的收視率已經愈發成為評斷電視新聞成就的指標（McManus, 1994）。因此，如何在觀眾興趣、公共服務和市場考量之間求取平衡，已經成為經營電視新聞機構的一項重要任務。

McManus指出，自從一百五十年前《便士報》問世後，追求利潤已經成為美國新聞媒體的一項特質，也讓新聞被看成是可以買賣的商品（1994: 59）。直到現在，販售新聞的企業愈來愈多，重要性也日漸提高（McManus, 1994）。新聞現在被看成是商品，閱聽人被視為消費者，發行區域及電波範圍則被視為一種市場（McManus, 1994: 1）。

McManus（1994: 77-8）指出，廣告主及個人消費者對新聞機構而言，是兩類主要消費者。廣告主直接付錢給媒介組織，但個人消費者通常不這麼做（除了因數位化電視事業興起而出現計次付費，以及訂購額外付費的娛樂節目）。如果電視節目不能吸引觀眾的注意，節目中的廣告時段就賣不出好價錢。根據McManus的說法，新聞事業一旦順從市場取向，如何吸引閱聽人的注意，就比提供公共服務更為重要。在此情境下，新聞會優先提供娛樂內容，甚至在新聞中注入戲劇、情感及衝突，以吸引閱聽人的注意（McManus, 1994: 78）。新聞的取捨必須滿足廣告主的利益。也就是說，吸引較有購買力的有錢人和年輕人的注意力，比窮人和老年人的注意力更有價值（McManus, 1994: 197）。新聞機構也可能因利益的引誘，而避免刊播廣告主不喜歡的負面消息。

談到如何對付市場新聞學的壓力及其對公共服務的影響，McManus（1994: 203-8）建議五種解決方法，包括：教育新聞工作者成為專業人士、對媒體老闆及管理者提出應有社會良心的訴求、增加政府的管制及資助、以新科技來提升新聞環境中的多元性，以及重新塑造公眾的要求，導引閱聽人要求改進新聞品質。

在論及新聞與語言的關係時，Fuller（1996: 114）指出，修辭學的研究目的，是如何吸引人們的注意並改變其想法。當其目的為賣出產品時，修辭就被稱為行銷（Fuller, 1996: 114）。他也指出，新聞媒體應該儘量讓更多更多閱聽人同意他們的新聞報導內容，因為新聞不是只做給專家或同業看的。McManus（1994）也指出，對新聞工作者及廣告主而言，讓更多人看到新聞，是正當的考量。Larson（1992）也觀察到，尼爾森公司做的收視率調查，對文化、社會及電視節目內容都有影響。由於收視率是如此重要，大多數觀眾已經知道尼爾森公司的作為。根據Webster, Phalen and Lichty（2000: 159）的說法，收聽率或收視率調查在估算，每15分鐘有多少人在聽某一電台的節目，或是每分鐘有多少人在看某一節目。這些調查結果標示出媒體消費型態（Webster, Phalen and Lichty, 2000: 12）。在他們看來，做為一種有力的影響因素，收視率調查結果讓電視公司管理者願意投資於特定節目。收視率調查結果，可以導致停播某些節目、開發新的新聞節目、或改變節目播出時段，通常都是以收視率調查所顯示的收視行為，做為調整基礎。此外，從節目內容型態與收視者人口特質的關聯性中，可以看出什麼人偏好什麼樣的節目（Webster, Phalen and Lichty, 2000）。例如，電視新聞較受年長觀眾的喜愛，而男性比女性更喜歡看體育節目（Webster, Phalen and Lichty, 2000）。

第五節　觀衆的認知

大眾傳播學者長期以來對媒介使用動機有研究興趣。Rayburn（1996）指出，從1940年代開始，學者研究過人們為何及如何接觸像是報紙（Berelson, 1949）、書籍（Waples, Berelson and Bradshaw, 1940）、廣播猜謎節目（Herzog, 1944），以及電視連續劇（Warner and Henry, 1948）等各類大眾傳媒內容。此一名為使用與滿足的「分類研究」傳統，不但出現於早期文獻中，也被用來分析較新的傳播科技，例如，有線電視（Heetetr and Greenberg, 1985）及網際網路（Perse and Dunn, 1998）的使用與滿足型態。

使用與滿足是閱聽人分析的主要架構之一。根據Katz, Blumler and Gurevitch（1974: 20）的說法，此一研究途徑關切的是：閱聽人需求的社會與心理背景、因需求而對大眾傳媒或其他來源產生的期望、這些期望導致對各類傳媒內容的接觸，以及因接觸而產生的滿足和其他或許未料到的後果。

很顯然地，就像Palmgreen, Wenner and Rosengren（1985）所指出的，此一功能論取向的閱聽人分析途徑，假設閱聽人是主動的，而接觸傳媒是有目的的行為。換言之，閱聽人接觸各類傳媒內容，是為了獲得各種不同的滿足。

事實上，從1940年代以來，學者已開始探究人們接觸特定傳媒內容的動機，或是接觸傳媒內容後獲得的滿足。例如，Berelson（1949）發現，人們讀報以瞭解公共議題、獲得日常生活的指引、為社交生活準備話題、打發時間，以及維持讀報的習慣。

在過去三十年中，許多使用與滿足的研究發現到接觸媒體的不同動機，以及接觸後所獲得的各種滿足。例如，

Blumler and McQuail（1969）發現，英國閱聽人有幾種觀看電視選舉新聞的動機，這些動機包括：為更瞭解候選人及不同政黨的政策、蒐集有關哪一黨會選贏的資訊、尋找與別人討論選情的論述主張，以及為享受選舉帶來的刺激。McQuail, Blumler and Brown（1972）也指出，監看環境、強化個人認同、維持人際關係，以及放鬆娛樂，是看電視節目的四種主要動機。

此外，Greenberg（1974）發現，英國年輕人看電視的主要動機為：打發時間、獲得刺激、逃避緊張、學習新事物，以及拿電視做伴。Levy（1978）也發現，看電視新聞的主要動機是：監看環境、蒐集與別人交談的題材、維繫個人認同，以及逃避緊張。Palmgreen and Rayburn（1979）及Rubin（1983）的研究也有類似發現。

Paimgreen and Rayburn（1979）發現，觀看公共電視節目的主要動機為：學習新事物、蒐集與別人交談的話題、拿電視做伴、打發時間，以及放鬆娛樂。Rubin（1983）的研究結果顯示，看電視可以成為一種習慣性的行為。此外，人們看電視也是為了打發時間、蒐集新資訊、拿電視做伴，以及逃避每天的生活。Gunter and McAleer（1997）的研究則指出，孩童看電視是為了獲得資訊、追尋娛樂，以及打發時間。這些動機近似於成年人看電視的動機。

簡言之，不同的研究都發現，媒介消費的主要動機為：學習新事物、獲得與別人交談的話題、維繫個人認同，以及放鬆娛樂。除了探究媒介消費動機，學者也分析過人們的社會背景與心理特質與媒介消費的關聯性（例如，Greenberg, 1974; Lometti, Reeves and Bybee, 1977; Lull, 1980; Palmgreen, 1984; Rubin and Rubin, 1982; Windahl, Hojerback and Hedinsson, 1986）。學者發現，就像Palmgreen（1984）所指出的，閱聽人的媒介使用有社會與心理背景，像是：年齡、性別教育程度、收入、家庭傳播型態、人際傳播狀況、社會組織的成員身分、生活型態、逃避的需求，以及需要社會指引。

使用與滿足的進一步發展，是探尋使用動機與媒介傳播效果間的關聯。Paimgreen（1984）檢閱了數項研究後指出，閱聽人從媒介使用中尋求與獲得的滿足，與認知及態度改變的傳播效果有關。此外，就像Rayburn（1996）所說的，若干研究發現，在大眾傳播的各種主要效果中，與媒介使用有關的是對媒介的依賴。換言之，大眾媒介已成為人們獲得生活指引的一項重要來源。

有些學者對使用與滿足研究的貢獻在於，提出媒介使用的期望－價值模式。就像Paimgreen and Rayburn（1982）所說的，人們從媒介中期望獲得的滿足，因人們對媒介內容屬性的信念與評價而不同，而實際的媒介消費行為將接著影響對所獲滿足的認知。然後，從媒介使用中獲得的滿足，又會回過頭來強化或改變人們對媒介內容屬性的認知。此一模式為使用與滿足研究，提供了一個更理論化的觀點。

除了使用與滿足研究，學者也嘗試從文化研究的觀點探究媒介使用，特別是研究看電視的行為。在此一取向的閱聽人分析中，最著名的貢獻來自於英國學者David Morley。Morley（1980; 1986; 1992）採用民族誌學途徑研究人們如何看電視。和大部分使用與滿足研究不同的是，Morley的研究是有關電視收視行為的質化研究。

根據Morley（1992: 76）的說法，他對電視收看行為的分析，是探究人們如何理解媒介所提供的世事樣貌；而看電視是「一種解碼與詮釋的主動過程，而非被動地接受與消費媒介中的訊息」。Morley（1992: 138-9）也建議學者觀察在家庭情境中的電視收視行為，而不要將看電視當做是一種個人行為。於是，在研究人們如何看電視時，Morley提出像是「在家裡，電視如何被掌控？看電視時的討論是如何進行的？哪些家中成員在何時看哪些節目時參與討論？以及家裡看不同節目而引發討論時，家中成員如何回應？」等研究問題。這些研究問題清楚地指出，家庭中的電視收視行為，涉及家中成員的權力結構與詮釋電視節目內容間的關聯性。

從文化研究觀點分析媒介使用行為，大不同於傳統的使用與滿足的研究途徑。雖然兩種研究典範都認為閱聽人在大眾傳播過程中居於主動；使用與滿足研究的興趣，在於發現媒介使用動機和預期的或實際獲得的媒介使用後的滿足。另一方面，文化研究學者比較關切人們如何在社會情境中詮釋媒介內容的行為細節。

然而，在Melissa Butcher（2003）對像印度這樣的多語言國家的社會情境，人們如何看電視的研究中，卻發現對電視節目的選擇，與對語言的選擇密切相關。例如，該研究的焦點團體訪談中發現，有些人喜歡看英語節目，另一些人卻比較喜歡看印度語或Kannada語的電視頻道。從問卷回答中也發現，當某人不喜歡印度語配音的節目時，此人也對Kannada語的節目一點都不感興趣。特別是在位居鄉間的Karnataka地區，人們強烈排斥外語節目。在這一研究案例中，語言的選擇成為影響節目收視的重要因素，對使用雙語或多語的觀眾而言，尤其會有此狀況。換言之，人們有收看以特定語言播出的節目的需求。

Peng（2004）研究台灣客家人收看客家電視之動機後發現，客家意識等元素，包含觀眾的客語能力及期待透過客家電視挽救客家文化，都會影響客家觀眾的收視意願；同時，客家話能力普遍不佳的年輕客家族群，收視客家電視的意願低落；反之，普遍年齡愈大、教育程度愈低的客家族群，客語能力愈好，收看客家電視的意願也愈強。

McMillin（2002）也發現，人們在家中使用何種語言，會顯著影響這個家庭看哪個頻道的節目。他在一項研究中舉例說，一位住在印度Kannada地區的女性，不看Kannada語節目，因為Sun TV這個頻道播送Tamil語的節目，而這正是符合她需要的電視節目。這位女士說，儘管我一直住在Kannada地區，但我生活在講Tamil語的家庭中。我不需要去學Kannada語，那麼又為何要看你聽不懂的節目？（McMillin, 2002: 128）從這個例子中可以看出來，當一個人選擇看某個電視節目時，此一決定也與節目播出的語言有關。

簡言之，本章所回顧的文獻，集中於媒介研究的五個面向，包括：電視、語言與認同觀點、組織觀點、新聞學觀點、市場導向新聞學觀點，以及觀眾認知觀點。這些理論觀點為筆者進行的民視雙語午間新聞分析，提供了理論架構。這些理論觀點被用來分析民視創辦人如何想用雙語新聞，強化觀眾的台灣人認同，而又不會賠錢或失去市場。瞭解電視、語言與認同的關聯，以及知道媒介組織如何經由人員召募及管理機制來達成組織目標，有助於理解新聞工作者在新聞組織中，身為員工的地位及行動。瞭解雙語主義的基本特性及其社會功能，有助於理解民視午間新聞團隊面對的雙語問題。除了要面對各種語言問題，民視雙語午間新聞工作者還要處理每天在製播新聞時，要遭遇的種種限制與壓力。這種緊張狀態，來自於一方面要成為負責任的新聞工作者；另一方面則是要處理在新聞專業理念、雙語主義的要求，以及電視製作過程中固有的限制與壓力之間的衝突。這種新聞部門中的緊張狀態，值得進一步探究。

此外，由於民視是一個商業電視台，民視的雙語午間新聞也被期待要有利潤，好讓這個新聞節目能持續播出。這是市場新聞學的基本理念。創造利潤的方法不是提供娛樂資訊，而是在新聞中，增加使用台灣人普遍熟悉的台語，以滿足台語觀眾的需求。此外，民視這種既要提升觀眾的台灣人認同，又要獲利的目標，達成到何種程度，可以經由分析觀眾對該新聞節目的認知與節目廣告獲利來尋找答案。在本研究中，觀眾會被要求指出，對民視雙語午間新聞的期望與實際從該節目獲得的滿足之間，是否存有落差，並應筆者之請，對該節目的製作團隊提供縮小落差的建議。在下一章中，筆者將說明進行本研究所使用的研究方法，讓讀者瞭解如何經由分析相關資料，並從民視新聞部及觀眾身上，獲取回答研究問題所需的資訊。

方法上，我這樣研究雙語新聞

本研究主要使用的研究方法為參與觀察法、對民視無線台雙語午間新聞製播過程中關鍵人士的深度訪談法，以及邀請觀眾參與的焦點團體訪談法。此外，也以內容分析法來比較民視無線台雙語午間新聞，及台視、中視、華視等三家無線電視台的國語午間新聞，在內容取向與語言使用方面的特質。

筆者將先介紹參與觀察、深度訪談、內容分析及焦點團體訪談法的性質，再說明本研究如何運用這些方法來蒐集並分析資料，以回答各項研究問題。

第一節　參與觀察

參與觀察法是一種資料蒐集方法。研究人員在運用這種方法時，會在觀察情境中，連續待上一段比較長的時間（Jr. Straits and McAllister, 1988; Marshall and Rossman, 1999）。研究人員此時嘗試融入要觀察的團體中，不僅僅是一位觀察者，也是一位參與者。就像Gunter（2000: 49）所說，參與觀察者是被觀察活動中的一位常態參與人員。對參與觀察者而言，很重要的是，要參與觀察情境中的日常活動，並且被觀察對象的團體或社區接受為其成員中的一份子（Jr. Straits and McAllister, 1988; Payne and Payne, 2004）。經由觀看、聆聽、非正式地向其他團體成員問問題、參加團體日常活動，以及學習與經歷團體的日常生活，觀察者可以對與研究問題有關的現象，有更深入的理解，並能獲得充足的第一手資料（Jr. Straits and McAllister, 1988; Marshall and Rossman, 1999; Payne and Payne, 2004）。

參與觀察法要求研究人員實際參與，以便對所觀察之情境能徹底瞭解；因為若不這樣，就很難掌握所有狀況，並對觀察到的現象做適當地判斷（Jr. Straits and McAllister, 1988）。因此，一位參與觀察者並非局外人。事實上，參與觀察法要求觀察者就是所觀察團體中的一份子。觀察者通常會在觀察情境中找到一份工作或生活於其中，以便融入所觀察團體或社區中（Jr. Straits and McAllister, 1988）。就像Payne and Payne（2004）所說，參與意謂著扮演某種角色，並投注心力於角色職務中，讓團體中的其他成員覺得觀察者工作或生活於團體中，以掩飾真正的研究目的（Payne and Payne, 2004: 166）。

Marshall and Rosman（1999）也指出，這種融入，讓研究人員有機會直接從自己在情境中的經驗來學習。這些個人的學習反思，對興起中的文化團體分析至為重要。由於某些工作需要夠格的專業技能，那就難怪那些進行過以參與觀察法完成的健康研究的護士，有時候研究做得愈來愈道地，而終於成為社會學家（Payne and Payne, 2004）。

筆者目前是民視雙語午間新聞節目的主播之一，因此，以參與觀察法研究民視雙語新聞中的語言使用型態與新聞製作之間的關係，便是很自然而又恰當的一種安排。身為本研究的參與觀察者，以及在民視超過十年的電視記者、製作人與資深主播的工作經驗，民視新聞部成員都將筆者視為同事，也讓筆者獲得仔細觀察民視雙語午間新聞製作過程的難得機會。由於民視的管理階層與新聞工作者對工作理念與遭遇的困難都不諱言，因此，筆者得以經由參與觀察及深度訪談，精確地描述民視製作雙語新聞節目的過程。本書在第五、七、八、九等四章中，論及民視製作雙語新聞的動機、製作團隊的社會背景、新聞製作過程，以及該雙語新聞節目的成本與營收狀況時，將分別呈現參與觀察的資料分析結果。

身為民視雙語新聞製作團隊的成員之一及本研究的觀察者，筆者具有蒐集及驗證有關民視雙語新聞製作動機、製作成本與效益，以及新聞製作常規等方面第一手資料的優勢。更大的優勢在於瞭解以雙語製作電視新聞節目時，會遭遇的困難及解決方法。一般來自學術界的局外人，恐怕不容易觀察到這些製作雙語新聞節目時的難處，因為電視台或許不願意讓局外人得知任何有關新聞製作過程中的負面現象。

本研究進行觀察的時間為自2000年至2007年。在這段時間內，筆者對民視無線台雙語午間新聞的製作過程，進行觀察並詳做筆記。所記錄的包括民視雙語午間新聞製作過程中，筆者已熟知及以前不知道但與本研究相關的現象。例如，在觀察期間內，筆者每發現主播、記者或編輯遭遇國語、台語之間的翻譯問題時，都會將問題及解決方法記錄下來，並將筆記內容做為本研究的實證資料。

第二節 深度訪談

根據Gunter（2000: 99）的說法，深度訪談法已被學者廣泛地運用於研究媒介使用。傳播學者通常使用深度訪談法對閱聽人蒐集資料，以進行批判或詮釋取向的傳播研究。

此外，除了分析媒介使用狀況，深度訪談法也被認為是研究媒介組織規章的一種適當的資料蒐集途徑（Jankowski and Wester, 1991: 60）。由於本研究正是關切電視新聞節目製作過程的制度特性，因此適合在研究中使用深度訪談法。

為能瞭解人們對其所處世界如何感受與思考，深度訪談法是一種有力的工具，它能讓研究人員瞭解人們的生活與經驗。經由傾聽與分享社會經驗，人們可以獲得新資訊、重構事件的意義，甚至在他們未曾參與過的情境中，擴展智識與感情（Rubin and Rubin, 1995: 1）。一位有技巧的訪談者，可以經由積極地傾聽、適當的人際互動、系統化的問題框架，以及溫和地追問與刺探，完成深度訪談任務（Marshall and Rossman, 1995: 81）。

儘管Silverman（1993）指出，深度訪談的資料可能無法完全反映社會實況，但Miller and Glassner（1997: 99）卻認為，經由描述、改寫，以及重新架構訪談內容，可以獲得有關社會實況的資訊。

當然，深度訪談在方法學上的一項問題是，由於社會距離之存在，受訪者或許不太願意向訪談者公開個人生活狀況，或是訪談者無法完全理解受訪者所提出的觀點（Miller and Glassner, 1997）。所幸，此一方法學上的問題，在本研究中並不嚴重，因為筆者身為訪談者，正是民視雙語午間新聞主播之一，而受訪者也都是與訪談者在同一新聞部門工作的民視雙語午間新聞製作團隊成員，因此，在進行深度訪談時，筆者能夠理解受訪者描述的工作內容、使用的技術用語和專有名詞簡稱、新聞部中常聽見的口語，以及受訪者在訪談過程中提出的各類觀點。

關於深度訪談的型態，筆者基於兩項考慮，選擇半結構式訪談。第一，由於訪談者與受訪者都在民視新聞部工作，訪談者對民視雙語午間新聞的製作過程，已有大致上的整體瞭解。也因此，進行深度訪談的目的，就不是要瞭解有關受訪者日常工作方式的基本資訊，而是要進一步經由特定問題，追問受訪者對工作內容的反思。第二，由於筆者已經在本研究中提出有關民視雙語午間新聞組織特性的研究問題，因此決定以比較結構化的方式進行深度訪談，以確保能獲得與研究問題有關的答案。

深度訪談的型態，也可以用所尋求資訊的性質來區分。在本研究中，筆者要經由深度訪談，探究民視雙語午間新聞的製作過程，因此，這種深度訪談可以被稱為「話題式訪談」（topical interview），其目的在於瞭解特定事件或過程（Rubin and Rubin, 1995: 6）。

根據Rubin and Rubin（1995）的說法，在進行話題式訪談時，研究人員應該以與訪談主題有關的背景資訊為基礎，準備一套特定的訪談題目。訪談開始後，研究人員通常會問受訪者幾個涵蓋整個研究主題的問題，然後，也許從每個問題衍生出一些刺探或追問的問題。如果某些訪談題目包含敏感議題，研究人員就要注意受訪者是否提供了誠實開放的資訊。

在本研究中，筆者根據對民視雙語午間新聞製作過程常規的瞭解，設計訪談題目。經由對該新聞節目製作團隊成員進行深度訪談，筆者想要瞭解的是，受訪者對其工作意義、成就、工作所遭遇困難的深思與反思。

筆者在本研究中共訪談了14位民視成員。其中一位是民視創辦人，他設定民視節目的語言政策，就是要宣揚台語，以強化觀眾對台灣的國族認同。其他受訪者包括民視總經理、民視新聞部採訪中心主任、新聞製作中心主任及副主任、一位雙語主播、一位雙語新聞節目資深編輯、一位新聞導播、兩位新聞採訪中心的文字記者及兩位攝影記者，以及新聞製作中心的兩位台語過音編輯。所有訪談都在民視辦公室中完成，每次訪談約進行45分鐘到1小時。筆者於2003年3月30日到10月6日進行訪談，並於2005年10月1日到2006年元月11日對部分受訪者再進行第二次訪談，以補強訪談資料，並更新受訪者提供的資訊。每次訪談都有一份訪談題綱。在訪談過程中，也提出若干刺探或追問題目。

訪談題綱如下：

1.民視為何投注如此多的心力於製作包含台語在內的雙語電視新聞節目，並且成為台灣所有各電視台中，在新聞節目中使用台語最多的電視台？
2.製作像民視雙語午間新聞這樣的電視新聞節目，意謂著在節目中要經常在國語和台語間轉換。請解釋節目製作動機為何？
3.您在民視雙語午間新聞製作過程中，負責的工作內容為何？
4.您對民視雙語午間新聞現在的節目型態，滿意程度為何？目前的節目型態有無改變之可能？
5.製作雙語新聞與製作單語新聞的差異為何？
6.為配合雙語新聞節目型態的需求，在選擇新聞主題、新聞角度、新聞標題、新聞片段，以及安排新聞播出順序時，有何特殊考慮？

7.民視如何召募雙語新聞製作團隊成員？是否有特殊的徵才條件？

8.製作雙語新聞節目時，遭遇哪些困難？解決方法為何？

9.民視對參與製作雙語新聞節目的新聞工作者，有何特殊要求？新聞工作者對此有何回應？民視又如何處理這些回應所產生的問題？

10.您在參與民視雙語午間新聞節目的製作過程中，最重要的成就為何？使用兩種不同的語言，是否會影響您在工作中的自我期許及自我認知？

每次訪談開始後，筆者會先解釋訪談之目的，並向受訪者出示訪談題綱。在訪談進行過程中，筆者鼓勵每位受訪者知無不言、言無不盡。除了民視創辦人及總經理同意揭露姓名，筆者向每位受訪者保證談話身分的匿名性。在14位受訪者中，有11位的談話內容以錄音機記錄，另外3位則是以筆記方式記錄談話內容。不過，每次訪談也都有筆記整理談話內容。所有錄音內容都先整理成逐字稿後，再進行資料分析。受訪人員接受深度訪談後至本論文完成其間，或有內部職位異動或有人因故離職，但皆不影響資料蒐集與分析結果。

深度訪談的目的，是要補強參與觀察之不足，並用以探究民視雙語午間新聞節目的製作動機，以及該節目在社會、新聞和經濟層面的特質。

第三節　內容分析

本研究使用的另一項研究方法是內容分析。此一方法是用來探究民視雙語午間新聞及其他三家無線電視台的單語午間新聞，在節目內容型態上的差異。

根據Gunter（2000: 55）的說法，內容分析的起源，可追溯到第二次世界大戰，當時，盟軍情報單位使用此方法，監看德軍與日軍放出的消息。Gunter（2000: 56）也指出，在1940年代後，內容分析法發展為一種研究方法，並被學界用來研究各類媒介議題。

Berelson（1952: 18）將內容分析法界定為「對明顯可見的傳播內容進行客觀的、系統化的，以及量化描述的一種研究技術」。Holsti（1969: 14）認為內容分析法是對訊息特質進行客觀及系統化辨識，以進行推論的技術。Kerlinger（1973: 525）也將內容分析法界定為：對傳播訊息以系統化的及量化的方式，進行分析的一種方法，其目的在於測量變項。對Krippendorff（1980: 21）而言，內容分析是一種研究技術，其目的是經由訊息資料，對其出於何種情境，進行可重複檢驗及有效度的推論。Weber（1990: 9）對內容分析法的定義是：一種研究方法，運用一套程序，對訊息產生情境進行有效度的推論。

Riffe, Lacy and Fico（1998: 20）也對內容分析法下過詳細的定義。內容分析就是「對傳播符號進行系統化及可重複檢驗的量化分析方法。進行內容分析時，要以有效度的測量規則，將傳播符號轉為量化資料，並以統計方法探討資料中的變項關係，以便描述訊息特質，或從訊息推論其產生之製作或消費情境」。因此，就像Gunter（2000: 60）所說，內容分析法的主要任務，就是對媒介文本進行描述性的解釋，而其分析過程可以被他人重複檢驗。

雖然不同學者曾對內容分析的用途有過不同建議，此一研究方法最基本的用途，是描述媒介內容的型態與趨勢（Berelson, 1952; Wimmer and Dominick, 1994）。這被稱為「實務的內容分析」（Janis, 1965）。就像Gunter（2000: 61）指出的，在進行這種內容分析時，研究人員需要對分析資料建立隨機或準隨機的抽樣架構，以便選擇實際進行分析的資料，並建立分析類目編碼架構，以便測量資料在分析類目上的屬性。

在本研究中，內容分析的目的在於瞭解以下問題的答案：新聞的選擇與雙語午間新聞節目在雙語使用方面的特質為何？民視雙語新聞節目會不會因為語言政策，而在新聞處理方式上與單語新聞有所不同？為能回答上述問題，筆者進行了兩個不同的內容分析。其一是比較包括民視在內的四家無線電視台午間新聞節目的新聞播出順序。由於在四家無線電視台中，只有民視播出國、台語並用的雙語午間新聞，而台視、中視及華視都只製作國語午間新聞，因此，這項內容分析可以被用來觀察新聞內容類目與語言選擇之間的關係。

在此項內容分析中包含的兩個主要研究問題是：

1.新聞主題的選擇與分布，會不會因為電視新聞語言政策之不同而有所差異？

2.四家無線電視台的午間新聞，在新聞處理的方式上有何異同？特別是民視與其他三家電視台的差異為何？

第二項內容分析的目的，是要找出民視雙語午間新聞在雙語使用上的特質，包括：國語及台語在新聞節目中使用的程度，以及兩種語言在節目的哪一部分被如何使用。兩項內容分析都以一週的民視雙語午間新聞做為資料分析樣本。

節目樣本

筆者原準備以2002年5月20日（週一）到2002年5月26日（週日）的民視及另外三家無線台的午間新聞節目做為分析樣本。然而，由於在2002年5月25日發生一起罹難人數在200人以上的空難事件，2002年5月26日各台午間新聞都以空難事件做為唯一主要新聞。為了避免此一現象影響分析雙語在各類新聞中的使用狀況，各台5月26日的午間新聞就不納入分析範圍內。因此，內容分析的樣本週，就從2002年5月20日（週一）開始，到2002年5月25日（週六）為止。

編碼架構

內容分析的分析單位為每則新聞。新聞主題類目以每則新聞的主要屬性來進行編碼。通常，主題類目包括在台灣常見的十多類新聞。例如，在Wang（1999）的研究中，以13類的新聞主題來分析台灣有線電視新聞節目內容。Wang（1999）所採用的主題類目包括：國際新聞、政治新聞、軍事新聞、財經新聞、犯罪與社會新聞、地方新聞、文化與教育新聞、醫藥新聞、體育新聞、娛樂新聞、生活新聞、科學新聞，以及兩岸新聞。不過，像Harrison（2000）就用了50種新聞主題來分析英國的電視新聞節目。

為了反映台灣電視新聞主題的特性，本研究採用了上述兩位研究人員制定新聞主題類目的優點，訂定出稍微不同的新聞主題類目。筆者嘗試以不同的代碼，區別較廣泛的新聞主題與較詳細的次主題類目。例如，以不同代碼區別國內政治新聞及其次類目的總統府新聞。較特別的是，和Harrison使用的新聞主題類目相比，本研究使用的新聞主題類目中，包含了四個較能反映台灣電視新聞特色的主題類別，包括：中共議題、八卦新聞、怪異事件，以及疫情與大眾中毒事件。此外，在國際新聞中，包括一個新的反恐次主題，以便登錄國際通訊社在美國911恐怖攻擊後傳來的反恐資訊。

編碼員間信度

在使用內容分析法時，測試編碼員間的信度是重要工作。在本研究中，兩位編碼員分析了從民視雙語午間新聞中選出的一系列新聞。這些新聞，來自於2002年5月20日到2002年5月25日民視雙語午間新聞的側錄帶。除掉每日新聞節目中的主播開場白與結語及氣象單元，在樣本週中總計有92則新聞出現於民視雙語午間新聞節目中。

在2002年5月20日（週一）的民視雙語午間新聞中，兩位編碼員各自登錄了16則新聞，其中有15則的登錄結果相同。在2002年5月21日（週二）的15則新聞中，有13則登錄結果相同。週三的15則新聞中，登錄結果相同的有12則。週四的16則新聞中，登錄結果一致的有13則。週五是在14則新聞中，有11則登錄結果相同。週六的16則新聞中，有12則登錄結果一致。兩位編碼員嘗試經由討論取得共識，但發現兩人的登錄結果都各有道理，因此難以獲得共識。

本研究中的兩位編碼員分別為筆者與一位民視新聞部編輯。第二位編碼員經筆者訓練，並完全瞭解編碼規則後，開始進行登錄工作。經過編碼員間信度檢驗公式計算後，本研究的編碼員間信度為0.83；同一編碼員間信度則為0.9。這些信度係數被認為是可以接受的結果。

根據Holsti的編碼員間信度檢驗公式，進行內容分析時，研究人員應同時檢驗編碼員間信度及同一編碼員信度。

編碼員間信度：$2M/N1+N2=2\times 76/92+92=0.83$

在此公式中，M代表兩位編碼員間登錄結果相同的新聞則數；N1為第一位編碼員登錄則數，N2為第二位編碼員登錄則數。因此，M = 76，N1 = 92，N2 = 92。

同一編碼員信度：n ×（編碼員間信度）/〔1 + (n−1)×（編碼員間信度）〕

$= 2\times 0.83/[1+(2-1)\times 0.83]$

$= 0.9$

此公式中的n代表編碼員人數。

第四節　焦點團體訪談

焦點團體訪談法首用於1940年代，並曾被認定為深度訪談法中的子項（Gunter, 2000; Marshall and Rossman, 1995）。就像某些學者指出的（Birn, Hague and Vangelder, 1990; Gunter, 2000; Krueger, 1994; Marshall and Rossman, 1995），焦點團體訪談法已被廣泛運用於市場研究中。根據Krueger（1994: 3）的說法，許多研究人員用焦點團體訪談法，來探究人們對新產品或現有產品的偏好。Krueger（1994: 3）也指出，焦點團體訪談法用於瞭解人們為何這麼想或這麼做，是特別有效的研究方法。就像Krueger（1994: 3）強調的，焦點團體訪談是一種有用的研究方法，因為它可以讓參與訪談的成員經由互動，而更能洞察為何人們會有某種意見。研究人員曾運用焦點團體訪談法改進新計畫的設計、找出評估現有計畫的方法，以及為拓展行銷策略產生洞見（Krueger, 1994: 3）。

焦點團體訪談有幾項特點。人們被聚集到一個團體中，團體成員具有某些相似點。在焦點團體訪談中，訪談題目以質化型態出現（Krueger, 1994: 16）。一般而言，有6到12人被邀請參加一個焦點團體的訪談。這些參與者通常具有與訪談主題有關的共同特質。Marshall and Rossman（1995: 84）強調，焦點團體訪談的主要任務，是創造一種自由的環境，提出焦點問題，以鼓勵討論並呈現不同觀點的意見。Marshall and Rossman（1995: 84）也指出，研究人員經常在執行一系列焦點團體訪談時，邀請不同的參與者，以便辨識出不同意見的類型與趨勢。

談到焦點團體訪談法在傳播研究上的應用，Gunter（2000: 43）指出，在1970到1980年代，焦點團體訪談法被用來當做進行閱聽人研究時，在量化研究方法之外的另一種研究方法。Gunter（2000）也強調，儘管有些研究人員將焦點團體訪談看成是調查法的一種補充方法，有愈來愈多的學者，特別是批判或詮釋學派的學者，採用焦點團體訪談法，視其為一種單獨成立，可用於閱聽人研究的研究方法。對那些支持焦點團體訪談法的學者而言，和像是調查法或實驗法等量化研究方法相比，從焦點團體訪談法獲得的資料，更具有「生態上的效度」（Gunter, 2000: 46）。這主要是因為焦點團體訪談通常是在比較非正式的，以及較自然的情境中進行，而不是在受到高度控制的環境中進行訪談。

Gunter（2000）指出，焦點團體訪談主持人可以準備一些問題，讓訪談參與者討論，但不預先決定參與者的反應。主持人也可以允許在討論過程中，出現未預期的議題。Gunter（2000）也表示，主持人的任務是讓參與者繼續討論手邊的議題，並引導出廣泛的意見。此外，在準備階段，研究人員應該要有很好的理由，來決定焦點團體的規模及成員組合方式。如果針對同一議題進行不止一場的焦點團體訪談，研究人員就有機會比較系列訪談中所獲得的資料。

本研究從2002年8月4日到2003年1月19日，依參與者年齡層及性別的不同，總計進行了六場焦點團體訪談，以瞭解民視雙語午間新聞觀眾對該節目的認知。這些焦點團體訪談的參與者有男有女，較年輕觀眾參與者的年齡從16歲到34歲不等，中年觀眾參與者的年齡是從35歲到54歲，較年長觀眾參與者的年齡都超過55歲。除了一個年長團體有7位參與者外，每一焦點團體容納6位參與者。每一年齡層團體，又區分為男性與女性團體。年輕男性團體參與者，都以英文字母A為開頭進行編號；女性年輕參與者的編號，則以英文字母B為開頭。中年男性參與者，以字母C依序編號；中年女性參與者的編號，開頭都是字母D。年長男性參與者編號，開頭為字母E；女性年長參與者的編號，開頭為字母F。每一團體參與者在開頭編號之後，再加上1, 2, 3, 4, 5, 6等數字編號，以區別為不同的參與者。

兩位公關顧問、一位會計師，以及三位商界員工參加了年輕女性團體。年輕男性團體參與者有兩位電腦工程師、一位律師、一位學生、一位建築師，以及一位醫師。中年女性團體成員包括一位中學教師、一位公務員、三位商界經理，以及一位商界老闆。中年男性團體參與者有一位小學老師、一位公務員、一位資深電腦工程師，以及三位商界經理。年長女性團體參與者包括兩位退休商界老闆、一位退休商界員工、兩位退休農婦、一位退休漁婦，以及一位家庭主婦。年長男性團體參與者有兩位退休商界老闆、一位退休商界員工、一位退休農夫，以及兩位退休漁夫。每一場焦點團體訪談約進行60到75分鐘。

所有的焦點團體參與者，都由經常觀看民視雙語午間新聞的部分觀眾推薦其家人、朋友或同事而來。筆者先是聯絡民視雙語午間新聞的固定觀眾，再請他們推薦其家人、朋友或同事來參加焦點團體訪談。年長團體的參與者多半是該新聞節目的固定觀眾，其他幾位年長參與者之所以並非該節目的固定觀眾，是因為他們雖然有時候在轉台選擇收視頻道時，也看過民視雙語午間新聞，但是對電視新聞節目並不特別感興趣。不過，如果他們想看一下午間新聞，由於語言使用因素，民視雙語午間新聞是其首選節目。另一方面，沒有一位中年團體或年輕團體參與者是民視雙語午間新聞的固定觀眾，因為在週一到週五他們不是要上班，就是要上學。不過，他們在週末或假日也許較有機會收看該節目。所有的年長參與者都能說流利的台語，大部分的中年參與者也能說流利的台語，但只有少數年輕參與者能把台語說好。

筆者擔任每一場焦點團體訪談的主持人，並在討論開始前讓參與者看兩支錄影帶。第一支錄影帶顯示2002年5月20日四家無線電視台午間新聞的開頭部分。每一片段的長度為4分鐘左右，各片段分別顯示當日民視、台視、中視及華視午間新聞開頭播放的幾則新聞。四個片段都放給每一場焦點團體的參與者看。參與者看的第二支錄影帶的側錄時間，是從2002年5月21日到2002年5月26日，其內容為這段時間內，民視雙語午間新聞播出過的一則犯罪新聞、一則政治新聞、一則生活新聞，以及一則體育新聞。上述每則雙語新聞搭配一則其他無線台同一新聞事件的國語新聞。

除了錄影帶，筆者也準備了一份焦點團體討論題綱，內容如下：

1.參與者多常看電視新聞？參與者看民視雙語午間新聞的動機為何？

2.參與者認為民視有多必要製作雙語型態的電視新聞

節目？參與者對電視新聞所使用語言的整體偏好為何？是國語、台語，還是國、台語混用？

3.和其他三家無線台的午間新聞相比，參與者對民視雙語午間新聞的語言使用方式、主播或記者在語言使用上的表現，有何好惡之處？

4.參與者會不會偏好看到雙語型態用於特定的新聞主題中？

5.參與者對民視雙語午間新聞主播的台語播報，以及記者以雙語型態進行新聞報導，有何意見？

6.參與者對雙語新聞是在反映台灣社會國、台語混用實況的此一說法，有何意見？

7.對於民視宣稱要藉由在新聞節目中使用台語，以強化觀眾的台灣人認同及台灣國族意識，參與者對此有何意見？

每場焦點團體訪談開始時，筆者會先解釋舉行焦點團體訪談的目的後，再開始討論。筆者鼓勵參與者知無不言，隨後適時提出問題，刺探參與者對雙語新聞型態的意見。參與者的所有談話都先整理成逐字稿，再進行進一步的資料分析。

為什麼要製播民視雙語午間新聞？

多數電視新聞節目以單一語言播出，在同一新聞節目中，以同等地位使用兩種語言，實屬罕見。然而，台灣的民視打破了以單一語言製播新聞節目的傳統，並製播了國、台語混用的雙語午間新聞節目。在開始分析該節目時，很重要的，就是要先瞭解民視製作雙語新聞節目的動機。因此，本章試圖回答本研究提出的第一個研究問題：民視為何要製播雙語午間新聞節目？

經由對民視高層決策者、高階經理人，以及中層主管進行深度訪談後發現的三項主要動機，將在本章中一一討論。這些動機包括：

1.政治動機：宣揚台灣國族意識與國族認同；

2.商業動機：追求利潤；

3.文化動機：強化人們對台灣文化的認同、提升台語的社會地位，以及反映台灣社會的語言使用實況。

就政治動機而言，民視高層很明顯而自覺地想要藉由製播雙語新聞節目，宣揚台灣國族意識、台灣獨立及台灣認同。這是民視創辦人蔡同榮及民視高層決策者主要關切之事，也是希望藉由該節目達成的目標。其次，藉由該節目追求最大利潤，是民視其他高階及資深主管的一貫理念，他們以較傳統，也就是非意識型態的角度，看待自己的職位目標。第三項動機是宣揚台灣文化，並希望人們藉由收看該節目而體驗台灣文化，並進而對此產生認同，這是民視高層決策者、高階經理人及中層主管都有的想法。這三項動機是民視雙語午間新聞的製作基礎，需要在本章中詳加討論。

第一節　政治動機

有學者發現，形塑電視台新聞政策的組織文化，會深受新聞組織創辦人的影響（Kung-Shankleman, 2003）。就像本書第三章曾提到的，Kung-Shankleman（2003）對BBC及CNN企業文化的個案研究中發現，Reith爵士和Ted Turner的理念，一直強烈地影響著這兩個新聞機構的企業文化。本研究也發現，民視創辦人蔡同榮的理念，也是影響民視企業文化與新聞政策的重要因素。

蔡同榮是民視創辦人，也是民進黨立法委員，同時他也是民進黨中常委及台灣公投促進會理事長。根據

Rawnsley（2003）的說法，民視從創立之初就與政治有關。民視的創立，被視為就是要改變國民黨長期影響台灣其他幾家無線電視台的現象。民視與民進黨的關係深厚。民視最早的幾位發起人及其高層決策者，多半是民進黨黨員。這層關係，讓民視與民進黨有宣揚台灣獨立的共同政策目標。由於蔡同榮兼具民視創辦人及民進黨資深活躍人士的雙重身分，民視的創立，讓台獨理念獲得傳播的基地與空間。

實質上，使用並推廣台語，仍被民進黨用來做為「身為台灣人」的象徵與表達方式。民進黨的宣言也表示，宣揚台語的目的，是強化人們對台灣的國族認同。因此，難怪民視也配合性地在其新聞節目中推廣台語，尤其在民視創辦人及主要發起人都是民進黨黨員的狀況下，這就成了很自然的新聞政策。

本研究發現，蔡同榮之所以贊成製作民視雙語午間新聞，確實有明顯的政治動機，那就是藉由在新聞節目中增加使用台語，來強化人們的台灣國族意識及對台灣的國家認同。根據蔡同榮的說法，推廣台語是民視的語言政策，因為藉由此一重要途徑，能夠強化人們的台灣國族意識，防止中共對台灣進行軍事或文化侵略。蔡同榮嘗試鼓勵台灣人對台灣文化有更多的認識與瞭解，並經由媒介使用，強化對台灣的國家認同。他在深度訪談中清楚地指出：

民視要涵化台灣人愛台灣之心。中共一旦侵台，住在台灣的人，才能知道為誰及為何而戰。因此，民視要宣揚台灣的歷史、地理、文化、風俗及語言，也就是要涵化人們的台灣國族意識。民視的新聞及戲劇節目不能違背此一意識型態。

蔡同榮進一步解釋台語和台灣國族意識間的緊密關聯，以強調其觀點。他相信，語言是一個種族的基礎。如果一種語言被禁止使用了，它就會過時，相關的文化也會受到嚴重地影響。這就是為何藉由推廣台語來強化人們的台灣國族意識與對台灣的國家認同，是如此重要之事。他進一步解釋說：

如果你要摧毀一個民族，首先必須要做的就是摧毀其語言。然後這個民族就會失去文化，並成為行屍走肉及過時的民族。因此，如果你要確認台灣不會被中共併吞，你就要建立台灣國族意識。其中最重要的是要先推廣台語。

瞭解民視建立的歷史後，很明顯地，儘管民視宣稱在政治上是獨立的，其實仍是傾向於民進黨及台灣獨立。民視的發起人多半是民進黨員或台灣公投促進會成員。這些支持者合力發起籌建台灣的第四家無線電視台民視，以確保他們有自己的傳播平台，可以在一般事務上傾向於民進黨，或是在有關台灣國族意識或台灣獨立的事情上，積極支持特定政策。

形式上，民視最初是由兩家投資公司所共同擁有。民間投資公司擁有四分之三股份，全民投資公司擁有四分之一股份。但民視強調股權大眾化，在兩萬六千名股東中，大多是投資五萬、十萬的小股東，只有幾十位股東投資超過一千萬股金（FTV Communication, 22, November 2001）。民間投資公司和早期的公投促進會有關聯，而民間與全民兩家公司和蔡同榮則有共同的政治理念。蔡同榮解釋為何民視的支持者要競爭台灣第四家無線電視台執照，並指出此一決定的動機是有政治意義的：

> 原因是有一天政府也許要舉行公投，以決定台灣前途。國民黨掌控了三家無線電視台，而我們什麼大眾傳播管道也沒有，又要如何贏他們？於是，公投促進會的執委張俊宏、李鴻禧、高俊明及田在庭，決定爭取第四家無線台及一個有線電視頻道的執照。我們奮力爭取也拿到了執照。所以這幾位先生可以說是在建立民視的過程中，信守了承諾也堅守住原則。我們也需要運用公投來釐清並保護台灣及其人民的安全。

根據蔡同榮的說法，儘管他致力於藉由媒介使用來推廣台語，但他並未直接經營或干涉民視的營運細節。然而，必須指出的是，一般而言，民視的重要政策，都是在董事會中達成共識後，再交由各階層主管將決策付諸實行。所以說，董事會並不是不關心政策的執行狀況，只是不親自負責執行政策，這也是一般企業的運作模式。因此，舉例來說，民視是由董事會決定將晚間黃金時段新聞從晚上六點移到七點播出，因為在台灣，較多觀眾是在晚上七點看晚間新聞。儘管董事會介入了這樣的決策，但有關新聞編採方面的事務，還是交由民視新聞部主管來決定。而蔡同榮也表示，他只是希望在民視新聞節目中增加使用台語，但並未涉入決定以何種雙語型態製播新聞，因為這種較細節的決定並非他關切之事。

然而，這也並不表示民視董事會覺得難以支持製播雙語午間新聞，因為做這樣的支持，符合宣揚台灣國族意識及台灣獨立的既定政策。根據蔡同榮的說法，民視董事會很清楚，民視雙語午間新聞必然有其政治上的考量，那就是，藉由在新聞節目中增加使用台語，來強化人們的台灣國族意識及對台灣的國家認同。當然，我們很容易就認為民視會不計成本地完成創立時的政治理想，但這麼想就太天真了。民視畢竟也還是個商業電視台，它要對投資者負責，也要達成股東對追求利潤的要求。民視管理階層一直很注意電視台在商業經營方面的考慮，也以務實的方法，執行政治方面的決策。現在筆者就轉向討論製作民視雙語午間新聞節目的商業動機。

第二節　商業動機

對任何商業電視台而言，追求利潤都是非常重要的考量。自從約一百五十年前美國出現《便士報》後，新聞機構就有了追求利潤的觀念（McManus, 1994）。自此之後，銷售新聞的事業就不斷成長，也具有商業上的重要性（McManus, 1994）。在McManus（1994）看來，新聞現在被當做是一種可以買賣的產品（也參看Hirsch, 1977），閱聽人被視為顧客，發行區域及電波涵蓋範圍則被視為市場。因此，新聞節目的一項重要任務，就是要儘量吸引閱聽人的注意，以確保節目的獲利，並提高節目的存活機會。

Webster, Phalen and Lichty（2000）發現，節目收視率是影響電視台主管決定取消或投資特定節目的一項主要因素。換言之，就是將一項簡單而又直接的經濟考量，應用於節目取捨的決策過程中。如果節目不能吸引觀眾注意，節目中廣告時段的價格就會滑落，導致收益損失（McManus, 1994）。相反地，如果節目能夠成功的吸引觀眾注意，節目中的廣告時段就能賣得好價錢而增加收益。

因此，民視午間新聞節目蘊涵的政治理念，就必須在商業運作的情境中來落實，也就是節目必須能夠吸引較多的觀眾群，要讓節目有受觀眾喜歡的能耐。坦白說，如果民視雙語午間新聞節目會威脅到電視台的收益，該節目就有可能被停播。不過，到目前為止，這種狀況尚未發生。民視創辦人蔡同榮在深度訪談中很技巧地解釋說，雖然民視的主要任務不是賺錢，但是，當然也不能賠錢。他承認，對任何商業無線電視台而言，追求利潤無可避免地是一項重要目標。他認為，對民視的資深主管來說，將雙語節目的政治理想與商業理念融為一體，並非難事，只要所有的關鍵決定，都能兼顧既要強化觀眾的台灣國族意識及台獨信念，又能儘量提高收視率就行了。就此而言，民視與其他電視台一樣，在製播節目時，必須兼顧收視率與歷史傳承下來的媒介組織政策。幾乎沒有任何一家商業電視台，會只為了宣揚某種觀點而不顧收益。通常是如果某項組織政策會威脅到收益，管理階層就不會積極執行該項政策。

民視總經理陳剛信同意製播雙語新聞節目。他認為，一個節目基本上就是一項產品。他覺得雙語新聞節目是一項有特色的產品，可以吸引觀眾注意。他指出：

> 新聞媒介是一種大眾傳播媒體。既然是大眾傳播，節目就不應該只是做給少數人看，而必須要能夠儘可能吸引最多觀眾收視才對。我把節目看成產品。只要節目有特色，就可以掌握大眾市場。

然而，他也指出，和傳統的國語新聞節目相比，雙語新聞應該被視為以一種比較自然的方式來呈現新聞，因為在新聞節目中混用國、台語，反映出這兩種語言在台灣社會中被使用的實況。同時，因為在雙語新聞中，主播主要使用台語，因此，應該可以吸引平時主要講台語的觀眾收看節目。換言之，基於在台灣有大約72%～76%的人口，在日常生活中習慣說台語，但也能聽懂國語的事實，民視雙語新聞節目就希望能掌握這一大群台語收視群，以提高節目收視率。也就是說，之所以突破只以國語製播新聞節目的傳統，大膽嘗試製作國、台語並用的雙語新聞節目，其實是將台語轉變成一種商品的例證。而這種商品，又能巧妙地嵌入一種特定的意識型態中。

除了高層決策者及高階經理人提出的政治與商業動機外，很有趣的是，民視雙語新聞還有文化動機蘊涵於其中。現在筆者就來對此略加說明。

第三節　文化動機

語言是傳播的基本要素，傳播是文化的實質內涵（Howell, 1992）。根據Hamers and Blanc（2000: 199）的說法，語言會形塑文化，因為文化的再現由語言所形構。唯有當一個社區中的成員能夠分享共同語言，他們才能完全分享這個社區中的所有意義與行為。一種語言的存活，有賴被人們在日常生活中使用，以及被大眾傳媒散布

（Howell, 1992）。要讓一種弱勢語言及其文化受到保護而免於衰頹，一種方法就是在電視節目中，使用這種語言（請參閱第一及第三章的說明）。

一種語言如何被大眾傳媒使用，通常涉及掌權者要鼓吹何種認同，以及是否要在雙語人口中，維護雙語中的其中一種語言（Mackey, 2000）。當兩種語言被使用時，有學者認為，不同的語言團體應該展現互相尊重（Woodfield, 1998: 113-4）。因此，某些雙語或多語系國家，像是威爾斯（Edward, 1985; Howell, 1992）、愛爾蘭（Howell, 1992）等（請參閱本書第一章），借助電視節目保護並推廣某種弱勢語言，就是很平常的事情了。於是，電視被認為是維繫雙語主義的重要媒介（Mackey, 2000）。在本研究的深度訪談受訪者中，不論是民視的高層決策者、高階經理人或中層主管，都提到製播雙語新聞的文化動機。

此一文化動機植基於一項事實，那就是，就像本書第二章所說的，既然大多數的台灣人在日常生活中並用台語及國語，民視的高層決策者、高階經理人及中層主管都認為，製播雙語新聞節目，是對於台灣民眾日常語言使用實況的文化層面反映。民視創辦人蔡同榮指出，我們不太可能在及時新聞節目中完全使用台語，因為台灣畢竟還是個雙語或甚至多語系社會。民視總經理陳剛信也認為，在台灣，很容易看到人們在日常生活中混用國語及台語。他說，「同時使用國語及台語，是台灣的社會實況。」因此，他進一步認為，在台灣，雙語新聞應該被視為一種很自然的新聞呈現型態。民視的中層主管也認為，雙語新聞反映出台灣日常的語言使用文化。民視新聞部採訪中心主任A先生指出：

> 現在大家已經很習慣這樣說台語。很多人在日常生活中，就是又說國語又說台語。在講國語時，甚至還會借用一些外語詞彙。所以，可以說沒有人在台灣是只講一種語言的。一種語言就是一個社會的反映。我想現在大多數人私下聊天時，也會混用多種語言，除了國語和台語，甚至可能包括日語或英語。

民視新聞部製作中心主任B先生同意A先生的看法，他指出：

> 事實上，混用國、台語是台灣一般人民日常生活中常見的傳播方式。因此，一方面製作雙語新聞可以說是在午間新聞的時間壓力下，因為難以製作全台語新聞，而不得不採行的權宜之策；但另一方面，這種國、台語並用的新聞呈現方式，也可以說是在反映台灣人民日常生活中的語言使用方式。

此外，民視新聞部製作中心副主任C先生認為，國語和台語在台灣一樣流行。他覺得在台灣，一般人都可以聽懂國語或台語；而雙語新聞的表現型態，只是反映了台灣社會現有的雙語主義。他說：

> **所謂的國、台語混用的雙語新聞，其實是反映了台灣一般人民及整個社會的傳播型態。……我認為應該將雙語並用視為民視午間新聞節目的一項特色。**

由於將民視雙語新聞視為對台灣社會實況的一種文化上的反映，民視一位母語為台語的中層主管受訪者，將推廣台語視為對鄉土的一項使命與貢獻。因為台語是其母語，他對台語特別有感情。他認為，語言是本土文化中不可或缺的一環。為了保存台灣本土文化，讓新聞工作者以台語報導新聞，也讓台灣民眾經由台語瞭解新聞事件，是很重要的事情。因此，他很樂於推廣雙語新聞，並認為民視製作的台語新聞愈多，對鄉親提供的服務也就愈多。他之所以支持在新聞節目中使用台語，不僅僅是因為這是他在民視的工作職責，也因為他對台灣本土文化有很深的感情。如果雙語新聞的製作團隊在他的協助下能運作順暢，他認為這是一種成就，也是對鄉土的特殊貢獻。基於這種想法，他非常投入於推廣在新聞節目中使用台語。民視新聞部採訪中心主任A先生在深度訪談中說：

> 我覺得台語對我而言比較親切……台語畢竟是我的母語。如果我們能夠製作出很好、或甚至很完美的台語新聞節目，我會很高興。當新聞中使用台語的效果，不會比使用任何一種語言的效果更差，我會對台語及我們台灣人更有信心。所以，我認為，如果能在新聞節目中把台語呈現得很好，這會有助於建構台灣人的尊嚴與信心。

此外，有些深度訪談的受訪者也指出，由於台灣其實是個多語系社會，在電視新聞節目中使用多種語言，應該要成為更普遍的作為。事實上，除了製播國、台語並用的新聞節目，民視也播出一些全國語、全台語，以及全英語的新聞節目。民視也企圖藉由製播不同語言的新聞節目，來展現對不同語言的尊重。在接受深度訪談時，蔡同榮甚至指出，「未來也有可能要製播混用英語、台語及國語的新聞節目。」

有些中層主管的深度訪談受訪者，將推廣台語新聞視為一種多元文化主義的展現。民視新聞部製作中心主任B先生說：

> 民視新聞節目的語言製播理念，要歸因於觀眾的需求，也要照顧到台灣住民中不同族群的需要。此一理念不僅成功地處理了台灣多元文化主義的基本考量，也特別考慮到如何在新聞節目中，專

業地及精確地呈現在台灣被使用的不同語言。

民視新聞部製作中心副主任C先生也同意說：

所有語言的地位平等。不過，我們一定要考慮到，語言是吸引觀眾注意的一項誘因。在台灣，大多數人講台語。但是，在過去，台語新聞是如此地被忽視，以至於台語新聞的品質及收視率都不好。不過，民視投注許多心力於製作台語新聞，也努力於將台語新聞提升到在社會上應有的地位。觀眾也肯定我們的努力。……我一直認為在節目中使用某種語言，是保存台灣不同族群文化的一種方法。

綜合而言，深度訪談所得資料清楚地指出，民視是基於三種動機，製播國、台語並用的雙語新聞。這些動機包括：(1)宣揚台灣國族意識、對台灣的政治認同，以及保護台灣不受中國入侵的台灣獨立主張；(2)追求最大利潤；以及(3)強化人們對台灣文化的認同。在民視新聞組織中，不同層級的管理者關切不同的動機。最高決策階層關心的是政治理念；高階經理人較在意商業動機，或至少對此一動機有較清晰的闡述；此外，高階決策者和高層及中層主管都不約而同地提到文化動機。

最高決策者建立民視的理想，當然是首先要理解之事。本研究發現，最高決策者的政治理念成為高階經理人行事框架，而光是這個政治理念，就足以支持民視製作雙語新聞。當然，在政治理念之外，最高決策者也仍然強調，政治理念必須與商業動機一併考量。不過，如前所述，由於意識型態與商業動機在民視雙語新聞節目中有相容性，因此，決策階層對支持雙語新聞節目並不為難。儘管蔡同榮一直強調創立民視的最重要使命，就是藉由在電視節目中使用台語，來強化人們的台灣國族意識以及對台灣的認同；但民視總經理陳剛信卻比較關心，如何追求利潤，以確保民視成為成功的商業電視台。因此，他把民視雙語新聞節目與其他節目，都看成是一種必須吸引廣大觀眾注意的產品；而雙語新聞節目中使用的台語，則被他視為符合觀眾需求的商品。他認為，民視雙語新聞節目在台灣的電視新聞市場中，是一種典型的可以吸引觀眾注意的新聞產品。

當然，將政治動機與商業考量應用於新聞部門日常運作中，是中層主管的責任。由於這些主管必須服從公司既定的新聞政策，他們被要求要尊重民視創辦人的政治理念及總經理的商業考量，並且在這些較大的目標與他們的新聞專業理念間求取平衡。本研究的一項有趣發現是，民視新聞部的中層主管是從文化取向來詮釋雙語新聞的合理性。他們認為雙語新聞中國、台語並用，是在反映台灣社會的日常語言使用實況，因此，也樂於製作雙語新聞來反映這種實況。他們認為，在新聞節目中使用台語，是在回應觀眾真正的需求。簡言之，他們認為，製作雙語新聞節目，有貢獻本土文化、提升台語地位的成就感。這種文化動機，為融合政治與商業動機找到一條路徑，也容易被各階層主管接受，並被巧妙地用來防止政治或商業動機的過度延伸。

文化動機可以輕易地合理化雙語新聞的製播。在新聞節目中混用國、台語，可以反映人們在日常生活中的語言使用型態，因此而使節目受到歡迎，因此，就算從政治理想的期望或商業現實考慮的角度來看，雙語新聞也都有繼續存在的價值。質言之，文化動機的基礎，就在於雙語新聞符合廣大觀眾的語言需求，也精確地反映出台灣社會語言使用的現況。而就語言的文化意義而言，如同深度訪談的受訪者指出，在新聞節目中增加使用台語，可以提升台語的地位，讓台語和國語同樣成為重要的語言，也是台灣公民可以正當使用的語言。因此，製播國、台語並用的雙語新聞節目，是文化上值得追求的新聞工作目標。

大多數新聞專業人士或許會宣稱，他們製播新聞節目的基本立場，就是為公眾服務，而沒有任何特定的政治或文化上的預存立場。接受深度訪談的民視新聞工作者卻清楚地承認，他們的新聞工作有特定的文化動機，這可以讓他們避免一提到新聞工作，就要碰觸政治或商業教條。在民視新聞部，文化取向的工作理念，是一種既不太政治也不太商業的中性語言。在正常情況下，文化取向的談話本來就是中性的。而在民視，這種文化取向，卻可以讓員工又能應付組織政策，又能安心工作。

說到底，民視的雙語新聞節目就是同時在政治、商業和文化的動機下，完成每天的製播過程。雙語新聞的合理性，是基於在台灣有大約72%～76%的人口，在日常生活中，同時使用台語及國語的社會實況。這是製作國、台語並用的雙語新聞節目的最有力理由，也為節目蘊涵的政治及商業動機找到合理化的基礎，更成為民視上下各階層在主要關切動機不同的狀況下，對製作雙語新聞節目仍有共識的基礎。換言之，在新聞節目中增加使用台語，不但被視為強化觀眾台灣認同的途徑，也被看成是吸引觀眾注意的一種策略。這就說明了民視雙語新聞節目蘊涵的政治、商業與文化動機之間，為何並無矛盾之處。

螢光幕前：民視雙語新聞特色

為了進一步探究民視無線台雙語午間新聞的特徵，筆者進行了一項內容分析，以便瞭解：(1)民視無線台午間新聞節目的雙語使用型態；(2)雙語呈現型態與新聞主題類目之間的關聯；以及(3)民視與其他三家無線商業電視台的單語午間新聞，在新聞排序與新聞處理策略上的差異。本章涉及的具體研究問題包括：

1. 在民視雙語午間新聞節目中，主播、記者及消息來源說台語及國語的比例為何？
2. 民視所使用的雙語呈現型態，與新聞主題之間的關聯為何？
3. 在午間新聞節目中，所選播的新聞主題及新聞排序上，民視與其他三家無線電視台有何差異？

第一節 誰說台語？誰說國語？

內容分析的第一部分，檢視民視無線台午間新聞節目的雙語使用型態。這項分析要看的是，在民視無線台雙語午間新聞節目中，各種語言被使用的一般狀況，以及每種語言在節目中的哪一部分被如何使用。就像先前所解釋的，新聞雙語主義意謂著同時用兩種語言來播報或撰寫新聞。在本研究的內容分析中，很重要的任務是探究台語及國語在節目中被使用的方式。

一般而言，民視午間新聞節目的內容，包括三個部分：主播的讀稿，也就是主播在攝影棚內直接面對攝影機所讀的新聞稿頭；記者的文稿，這是記者所寫文稿的口白，排除任何受訪者在記者文稿中的發聲；以及消息來源的發言內容，這是受訪者在記者所撰文稿中的訪問片段，通常是由記者擷取消息來源完整發言中的一小部分或現場音，有時被稱為消息來源的「聲刺」（soundbites）。在這三個部分中，使用國、台語的次數，會指出在雙語新聞型態中，不同語言的分布狀況。本章圖表中不同語言的簡稱為：台＝台語；國＝國語；英＝英語；法＝法語；日＝日語；德＝德語。

如果在同一則新聞中，主播讀稿、記者文稿及消息來源發言都以國語或台語發聲，該則新聞的讀稿、文稿及發言可以被歸類為「國」或「台」。但假使新聞中的三個部分大都以台語發聲，只有某些詞彙以國語發聲，這就是語言符碼的轉換（code switch）（Hoffmann, 1998: 95-100），這時就會被歸類為雙語的「台／國」。如果一則新聞多半以台語發聲，但夾雜一些英語發音，像是CNN或CBS等，這就被歸類為雙語的「台／英」。有時候一則新聞中沒有任何消息來源的發言，但有時候一則新聞中有一位以上消息來源的發言，此時不同的消息來源，可能說同一種語言，也可能說不同語言，這要看消息來源選擇使用哪一種語言回答記者的提問。

第一項內容分析資料為2002年5月20日到2002年5月25日的民視雙語午間新聞節目內容。在此樣本週中，去除主播的節目開場白、氣象單元及主播結語後，總計有92則新聞。民視雙語午間新聞的語言使用型態，呈現於表6.1中。

表6.1顯示，主播多半以台語讀稿（多達72則），但沒有任何一則新聞的稿頭以國語發聲。有19則新聞的稿頭，以國語加上台語的方式發音。只有1則新聞的稿頭，是以台語加上英語的方式讀出。因此，台語是主播在讀稿時主要使用的語言。主播可能以台語加上國語的雙語模式讀稿，但不會完全用國語讀任何一則新聞的稿頭。英語這種世界性的語言，在民視雙語新聞節目中，是台語及國語之外，較重要的一種語言。

表6.1 民視雙語午間新聞的語言使用型態

	5/20	5/21	5/22	5/23	5/24	5/25	合計（次數）
				主播讀稿			
國	0	0	0	0	0	0	0
台	12	10	12	13	12	13	72
台／國	4	5	3	3	2	2	19
台／英	0	0	0	0	0	1	1
				記者文稿			
國	14	11	13	11	11	13	73
台	0	1	0	0	1	2	4
國／台	0	1	0	2	1	1	5
台／英	0	0	1	0	0	0	1
國／英	0	0	1	0	0	0	1
				消息來源發言			
國	12	10	8	11	9	6	56
台	2	0	2	2	0	0	6
英	1	0	2	1	0	1	5
國／台	0	2	1	0	2	5	10
台／英	0	0	0	0	0	2	2
國／英	0	1	1	0	0	0	2
法／日	0	0	0	0	0	1	1
國／英／德	0	1	0	0	0	0	1

但是記者文稿所採用的語言，卻完全不同於主播讀稿時使用的語言。民視記者多半使用國語讀他們所寫的新聞稿。有多達73則文稿是用國語發聲，只有4則文稿以台語發音。另外，有5則文稿使用了國語加台語的雙語型態，

這個數字還超過了只以台語發聲的文稿數量。此外，有1則文稿中出現台語加英語，另一則文稿中出現國語加英語的雙語型態。

民視雙語新聞節目中的消息來源發言，多半使用國語。有56則新聞中的消息來源完全用國語發言，只有6則新聞中的消息來源全用台語表示意見。在6則新聞中，消息來源全以英語發言。在消息來源發言中同時出現國語及台語的新聞有多達10則，這個數字也多於完全以台語發聲的消息來源發言。此外，在2則新聞中，消息來源發言出現台語加英語，1則新聞中有國語加英語的消息來源發言，1則新聞中的消息來源使用了法語及日語，1則新聞中消息來源使用的語言包括國語、英語及德語。

簡言之，主播讀稿的第一選擇是使用台語，其次是雙語（台語及國語）。民視雙語新聞主播通常避免用國語讀稿，除非不得不如此。相較之下，記者讀文字稿，以及消息來源發言時的第一選擇是國語。然而，記者的第二選擇也是雙語（國語及台語）。記者及消息來源並不避諱使用台語，但是只使用台語是他們的第三選擇。和台語及國語相較，英語是民視雙語新聞節目中第三重要的語言。

因此，研究結果顯示，台語及國語在民視雙語新聞節目中都被廣泛地使用，其型態為主播主要講台語，記者及消息來源主要說國語。民視的政策是要求主播儘量說台語，使民視雙語新聞節目和其他無線台全國語新聞節目有所不同。然而，由於民視文字記者多半缺乏用流利台語採訪新聞的能力，以及許多消息來源習慣說國語的事實，就難怪大部分的記者文稿及消息來源發言，都使用國語發聲。此外，由於在製作雙語午間新聞節目時，有緊迫的時間壓力，民視的台語過音編輯只能將少數的記者文稿及消息來源談話，從國語轉配台語發音。此一時間限制，也解釋了為何民視雙語午間新聞節目中，記者的文稿及消息來源談話多半以國語發聲。

根據表6.1所顯示的研究發現，民視新聞節目有兩項雙語特徵。一方面，此一節目之所以被稱為雙語新聞節目，是因為主播主要說台語，而記者及消息來源主要說國語；另一方面，如表6.1所顯示，有些主播讀稿、記者文稿及消息來源談話以兩種語言呈現（國語及台語或國語／台語及外語）。現在，有必要來檢視一下，在哪些特定的新聞類目中，出現了雙語呈現型態。

第二節　哪些新聞說台語？哪些新聞說國語？

內容分析的第二部分著重在辨識雙語呈現型態與新聞類目間的關聯，也就是要找出，哪些性質的新聞比其他性質的新聞，更可能出現雙語使用型態。

表6.2　民視雙語新聞使用型態與新聞類目的關聯

	雙語呈現		
	主播讀稿	記者文稿	消息來源發言
	Total = 20	Total = 7	Total = 15
新聞類目			
國內政治	2（10%）	2（28.6%）	4（26.7%）
生活新聞	6（30%）	———	3（20%）
中國議題	1（5%）	———	———
犯罪司法	———	1（14.3%）	3（20%）
災難意外	1（5%）	1（14.3%）	———
娛樂新聞	1（5%）	———	———
八卦消息	1（5%）	———	1（6.7）
靈異事件	———	———	1（6.7%）
瘟疫中毒	———	———	3（20%）
國際政治	2（10%）	1（14.3%）	———
國際生活	2（10%）	1（14.3%）	———
國際犯罪	1（5%）	———	———
國際災難	1（5%）	———	———
國際娛樂	1（5%）	———	———
國際反恐	1（5%）	1（14.3%）	———

表6.2顯示，在內容分析樣本週內，民視雙語新聞節目中，不同性質新聞裡主播讀稿、記者文稿及消息來源發言的雙語呈現情形。這些雙語呈現的百分比顯示，主播讀稿中的雙語呈現，多於記者文稿或消息來源中的雙語呈現。表6.2也顯示，主播在播報生活新聞及國際新聞時，

比播報其他性質的新聞更容易出現雙語呈現。而記者文稿及消息來源發言中的雙語呈現，主要出現於國內政治新聞中。

就像先前提過的，民視雙語午間新聞節目主播主要以台語讀稿。然而，主播在播報生活新聞及國際新聞時，有時候很難用台語唸出一些名詞。人名、國名、時尚用品等名詞常常以國語發音讀稿，只因為主播一時來不及想出適合的台語唸法。因此，主播在播報生活新聞中的一些跟休閒、時尚、青年文化等有關的新名詞，或是國際新聞中出現的政治人物姓名、國名、機構名稱或動植物名稱時，往往用國語發音讀稿。一個很典型的例子是，有一則新聞說，曼陀羅花可能對人體有害，主播就直接以國語發音讀出曼陀羅花的名稱。至於在國際新聞中，當主播或台語過音編輯以台語讀出某一則國際新聞時，常以國語讀出外籍人士姓名或外國國名。例如，主播以台語播報東帝汶獨立的新聞時，就直接以國語唸出東帝汶的國名。這是一個很典型的例子，也同時可以解釋，為何在國際新聞的記者文稿中，出現如此多的雙語呈現。表6.2也顯示，記者文稿及消息來源發言中的雙語呈現，不如主播讀稿中有那麼多的雙語呈現。在國際新聞之外，在國內政治新聞中也可以發現雙語呈現的記者文稿及消息來源發言。在國內政治新聞中，民進黨的消息來源比國民黨的消息來源，更可能說台語。這意謂著國內政治新聞可能以一種特定的國語混雜台語的方式，呈現在觀眾面前。很典型的例子是，記者同時以國語及台語和本地的政治人物互動。

民視雙語新聞節目主播主要以台語讀稿。有時候他們在讀稿時仍會用到國語、甚至外語，特別是在播報生活新聞時，裡面有外國人名地名、科技發明，或是任何來不及想出該如何以台語發音的事物時，主播就會直接以國語或外語讀稿。這些雙語讀稿在民視雙語新聞節目中的確存在。此時，主播的雙語讀稿，其實是主要以台語讀稿的政策，以及製作雙語午間新聞節目的時間壓力下的一種妥協。

表6.2也指出，記者文稿及消息來源發言中的雙語呈現，比較常出現於國內政治新聞中。在民視節目的政治及文化動機驅使下，民視記者似乎在報導國內政治新聞時，也許寧願並用台語及國語讀出文稿，也不願只用國語發聲。至於在消息來源發言方面，基於同樣的政治考慮，民視記者也許較喜歡訪問支持台灣國族主義的消息來源。這些消息來源可能傾向於並用台語及國語和記者交談，而不願都用國語發言。民進黨在執政時，鼓勵人們平時說台語，難怪有些政治人物和記者交談時，會在講國語時也並用台語發言，以回應民進黨的語言政策。一項很有趣的發現是，有時候國民黨或其他政黨的政治人物也並用國、台語和記者交談，以爭取廣大本省選民的選票。

就像表6.1和表6.2所顯示的，民視雙語午間新聞節目的確以特定型態呈現雙語特徵。此一雙語特質引發出另一項研究問題，需要在下一節中進一步探究。那就是：雙語特徵會不會造成民視雙語午間新聞節目與其競爭對手的單語午間新聞節目，在新聞價值的判斷上有所差異？為尋找此一研究問題的答案，筆者將分析在樣本週內，民視和其他三家無線電視台的午間新聞節目，每日前三則新聞的排序。

第三節 不同的語言，雷同的新聞

為了進一步探究民視無線台雙語午間新聞節目，在新聞價值判斷與新聞類目選擇上，與其他三家無線台的午間國語新聞節目有無差異，筆者進行了表6.3及表6.4的分析。

表6.3顯示的是在樣本週內，民視雙語午間新聞節目與其他三家無線台午間國語新聞節目裡，新聞排序中的前三則新聞主題。在樣本週的第一天，民視雙語午間新聞節目中的頭條新聞，是一間農會的遭劫案。這也是台視、中視及華視當天的頭條新聞。民視當天的第三則新聞是總統做了一日義工，是華視當天的第二則新聞。次日，在民視播出的前三則新聞中，至少兩則同樣主題的新聞出現於台視、中視或華視當天的前三則新聞中。第三日的新聞比較顯示，儘管新聞立場不同，民視和台視播出的前三則新聞主題完全相同。此外，在民視當天播出的前三則新聞中，至少有一則新聞主題出現於中視或華視的前三則新聞中。在樣本週的第四天，民視播出的前三則新聞中，有兩則是

表6.3　民視及其他三家無線台午間新聞在樣本週內每日前三則新聞排序

第一日（2002年5月20日）

民視

第一則新聞　**農會遭劫**（犯罪與司法）
第二則新聞　農場槍擊案（犯罪與司法）
第三則新聞　**總統做義工**（生活新聞）

台視

第一則新聞　**農會遭劫**（犯罪與司法）
第二則新聞　東帝汶獨立（國際政治）
第三則新聞　政府放寬抽取地下水（國內政治）

中視

第一則新聞　**農會遭劫**（犯罪與司法）
第二則新聞　**總統做義工**（生活新聞）
第三則新聞　股市大跌（財經新聞）

華視

第一則新聞　**農會遭劫**（犯罪與司法）
第二則新聞　汽車疑遭縱火（犯罪與司法）
第三則新聞　船隻突然起火（災難與意外）

第二日（2002年5月21日）

民視

第一則新聞　**懸吊車臂砸傷人**（災難與意外）
第二則新聞　**爬上交通號誌的女孩被救**（靈異與怪異事件）
第三則新聞　**男演員在公共場合假扮女裝**（生活新聞）

台視

第一則新聞　**爬上交通號誌的女孩被救**（靈異與怪異事件）
第二則新聞　**懸吊車臂砸傷人**（災難與意外）
第三則新聞　對美軍購案可能遭凍結（國內政治）

中視

第一則新聞　**男演員在公共場合假扮女裝**（生活新聞）
第二則新聞　偵辦搶案（犯罪與司法）
第三則新聞　**爬上交通號誌的女孩被救**（靈異與怪異事件）

華視

第一則新聞　**爬上交通號誌的女孩被救**（靈異與怪異事件）
第二則新聞　**男演員在公共場合假扮女裝**（生活新聞）
第三則新聞　偵辦搶案（犯罪與司法）

第三日（2002年5月22日）

民視

第一則新聞　**翡翠水庫爭議**（國內政治）
第二則新聞　**中國要求與台灣協商**（中國議題）
第三則新聞　**台灣官員對中國議題的回應**（中國議題）

台視

第一則新聞　**中國要求與台灣協商**（中國議題）
第二則新聞　**台灣官員對中國議題的回應**（中國議題）
第三則新聞　**翡翠水庫爭議**（國內政治）

中視

第一則新聞　教師死於車禍（災難與意外）
第二則新聞　超商搶案（犯罪與司法）
第三則新聞　**中國要求與台灣協商**（中國議題）

華視

第一則新聞　降雨但未解除旱象（生活新聞）
第二則新聞　**翡翠水庫爭議**（國內政治）
第三則新聞　超商搶案（犯罪與司法）

第四日（2002年5月23日）

民視

第一則新聞　**台灣中部水災**（災難與意外）
第二則新聞　**台灣南部水災**（災難與意外）
第三則新聞　姚嘉文拜訪立法院（國內政治）

台視

第一則新聞　**台灣中部水災**（災難與意外）
第二則新聞　**台灣南部水災**（災難與意外）
第三則新聞　遠東航空飛機遭雷擊（災難與意外）

中視

第一則新聞　**台灣中南部水災**（災難與意外）
第二則新聞　台灣北部降雨有限（生活新聞）
第三則新聞　婦人怪異地食物中毒（靈異與怪異事件）

華視

第一則新聞　**台灣中南部水災**（災難與意外）
第二則新聞　水庫洩洪（生活新聞）
第三則新聞　醉漢弒父（犯罪與司法）

第五日（2002年5月24日）

民視

第一則新聞　**台北縣水質污染**（瘟疫與多人中毒）
第二則新聞　**台北縣水質污染**（瘟疫與多人中毒）
第三則新聞　**麻豆槍擊案**（犯罪與司法）

台視

第一則新聞　**台北縣水質污染**（瘟疫與多人中毒）
第二則新聞　**台北縣水質污染**（瘟疫與多人中毒）
第三則新聞　水污染原因（生活新聞）

中視

第一則新聞　**台北縣水質污染**（瘟疫與多人中毒）
第二則新聞　**台北縣水質污染**（瘟疫與多人中毒）
第三則新聞　台灣南部解除用水限制（生活新聞）

華視

第一則新聞　**台北縣水質污染**（瘟疫與多人中毒）
第二則新聞　**台北縣水質污染**（瘟疫與多人中毒）
第三則新聞　**麻豆槍擊案**（犯罪與司法）

第六日（2002年5月25日）

民視

第一則新聞	**台北縣水質污染**（瘟疫與多人中毒）
第二則新聞	**台北縣水質污染**（瘟疫與多人中毒）
第三則新聞	花蓮槍擊案（犯罪與司法）

台視

第一則新聞	**台北縣水質污染**（瘟疫與多人中毒）
第二則新聞	**台北縣水質污染**（瘟疫與多人中毒）
第三則新聞	台北市繼續限制用水（生活新聞）

中視

第一則新聞	**台北縣水質污染**（瘟疫與多人中毒）
第二則新聞	**台北縣水質污染**（瘟疫與多人中毒）
第三則新聞	警方管制噪音污染（犯罪與司法）

華視

第一則新聞	**台北縣水質污染**（瘟疫與多人中毒）
第二則新聞	**台北縣水質污染**（瘟疫與多人中毒）
第三則新聞	**台北縣水質污染**（瘟疫與多人中毒）

黑體表示在民視及其他無線台同時出現的新聞主題。

關於台灣中南部水災，這也是其他三家無線台當天國語午間新聞節目中的頭條新聞。第五及第六天的新聞比較顯示，民視及其他三家無線台都以台北縣水質污染，做為午間新聞節目中的頭條新聞。

簡言之，雖然民視和其他三家無線台的午間新聞節目，在語言表現型態上有所不同，但一般而言，這四家無線電視台的午間新聞編輯，在選擇最重要的三則新聞上，是運用了相當類似的新聞價值判準。儘管民視和台視在有關國際新聞的選擇上略有不同，台視也似乎較重視台北地區的新聞事件，而民視則較重視全台灣各地的新聞事件，但民視和中視或華視在新聞主題的選擇上，卻鮮有不同。因此，從表6.3的分析比較中可以發現，民視雙語午間新聞和其他三家無線台的國語午間新聞，在新聞主題的選擇上並無明顯差異，語言表現型態的不同，才是民視和其競爭對手真正差異之所在。換言之，對民視及其他三家無線台午間新聞節目的新聞專業工作者而言，節目的語言政策，似乎不是決定新聞事件重要性的關鍵因素。

此外，在電視新聞機構中，新聞工作者一直在密切注意其他電視台播出的新聞內容。例如，民視新聞工作者會例行性地監看其他無線或有線電視台的新聞節目。這是因為其他電視台是民視的競爭對手，民視也要很謹慎地確保自己不會遺漏其他電視台播出的重要新聞。為能確保新聞工作者能很容易地看到其他電視台在同時間播出的新聞節目，民視新聞部採訪中心有22個電視螢幕，新聞部製作中心有24個電視螢幕，在新聞部會議室中也有6個螢幕，一旦發現別台新聞節目中，正在播出民視尚未掌握的獨家新聞、突發事件或任何重要事件新聞，採訪中心就會立即差遣記者去採訪相關新聞。很明顯地，這樣的監看方式，可以被視為，解釋為何民視與其他電視台對新聞事件的選擇如此相近的重要因素。

表6.4進一步比較了一週內，各類新聞在民視無線台雙語午間新聞節目及其他無線台午間國語新聞節目中出現的比例。很明顯的是，儘管民視午間新聞節目和其他無線台午間新聞節目，有語言政策上的差異，民視和其競爭對手似乎有相似的新聞選擇偏好。

就像表6.4所顯示的，在各類新聞中，犯罪與司法及人情趣味，是四家無線電視台在樣本週中最常播出的新聞。在國內政治新聞方面，儘管民視創辦人及籌建階段的主要發起人都是民進黨員，而且民視在樣本週內，也的確比其他三家無線台播出更多政黨新聞及地方政治新聞，但民視播出的國內政治新聞並不侷限於報導民進黨的活動。然而，在民進黨提名李應元競選台北市長的新聞中，筆者發現，民視比其他無線台訪問了更多民進黨方面的消息來源。表6.4顯示，在樣本週中，民視雙語午間新聞節目的確比其他無線台的午間新聞節目，播出較多有關陳水扁總統的新聞。此外，從表6.4中可以發現，在樣本週內，民視播出的有關中國議題的新聞，在比例上不會顯著少於其他三家無線台播出的中國事務新聞。不過，關於新聞報導方式，必須指出一個重點，那就是民視稱呼台灣及中國的方式，與其他三家無線台不同。民視堅持用「中國」稱呼對岸，以強調台灣和中國是兩個不同的國家。換言之，在報導中國議題新聞時，民視強調台灣是個主權獨立的國

表6.4　民視及其他三家無線台午間新聞節目中各類新聞於樣本週中出現比例

新聞類目	各類新聞在樣本週中於各台播出百分比			
	民視	台視	中視	華視
國內政治				
總統府	3.3	5.1	1.9	1.4
第一家庭	1.1	1.0	1.0	0.7
政府消息	2.2	2.0	1.0	1.4
立法院	1.1	6.1	5.8	4.1
政黨	7.7	2.0	1.9	0.7
國防軍事	___	1.0	___	0.7
外交事務	___	___	___	___
地方政治	6.6	2.0	1.0	1.4
生活新聞				
交通	3.3	1.0	___	___
教育	3.3	2.0	1.0	2.7
環保	1.1	3.0	1.9	2.0
消費	1.1	___	___	___
醫藥	1.1	1.0	2.9	2.7
示威	1.1	1.0	2.9	2.0
較嚴肅的人情故事	**9.9**	**18.2**	**14.4**	**12.2**
較輕鬆的人情故事	**8.8**	**10.1**	**12.5**	**12.2**
財經	2.2	1.0	1.0	0.7

中國議題				
政經軍事	4.4	4.0	3.8	2.0
生活新聞	——	1.0	1.0	0.7
社會新聞				
犯罪與司法	**12.1**	**14.1**	**17.3**	**18.4**
災難與意外	3.3	7.1	5.8	4.8
其他新聞				
科學	——	——	——	——
運動	——	——	——	——
娛樂	1.1	——	1.0	2.7
八卦消息	3.3	1.0	1.9	2.7
氣象	3.3	2.0	——	0.7
靈異與怪異事件	2.2	1.0	2.9	2.7
瘟疫與多人中毒	5.5	2.0	1.9	2.7
國際新聞				
政治	2.2	2.0	1.9	2.0
生活	3.3	3.0	4.8	5.4
財經	——	——	——	——
犯罪與司法	1.1	1.0	——	1.4
災難與意外	2.2	1.0	1.9	2.7
科學	——	——	——	——
運動	——	——	——	——
娛樂	1.1	3.0	4.8	1.4
反恐	1.1	1.0	1.9	2.7
其他	——	——	——	1.4

家。民視強調台灣和中國的差異，也呼應民視一貫認為台灣在歷史及文化上有其獨特性的立場，並為製播雙語新聞節目提供一個有力的理由。

民視和其他三家無線台的共同之處，在於對犯罪與司法及人情趣味新聞的重視。台視、中視及華視與民視一樣，認為這些新聞符合觀眾需求，這也解釋了為何對新聞節目的語言政策不同，但四家無線電視台對新聞價值的判斷，卻無明顯差異。於是，我們可以說，這四家無線台的午間新聞節目，在新聞的取捨上並無明顯差異，真正不同之處，在於對新聞的語言呈現型態有異。雙語使用型態並不會造成對新聞選擇的明顯差異，這是本研究的一項主要發現。掌握觀眾需求，是四家無線電視台的首要關切之事。民視的雙語新聞節目不但在新聞類型的選擇上要考慮觀眾需求，其雙語呈現型態，也同時在滿足某些觀眾對新聞節目的語言需求。畢竟，民視是商業電視台，必須講求節目的廣告收益，而民視新聞節目的政治及文化目標，也只有在節目能夠獲利的條件下，才得以實現。

綜合本章以上分析，內容分析結果顯示，民視午間新聞節目的雙語呈現型態，就是主播主要說台語，但記者及消息來源多半以國語發聲。雙語的表現方式，也可能是主播、記者或消息來源偶爾混用台語及國語。

然而，樣本週的內容分析結果顯示，語言表現型態與民視在內的四家無線電視台的新聞選擇及新聞排序之間，並無顯著關聯。儘管有不同的節目語言政策，民視與其競爭對手在午間新聞節目中，顯現出相似的新聞價值判準，以至於在樣本週中，四家無線台午間新聞排序的前三則新聞，有相當的共識。關於新聞選擇策略，民視及其競爭對手都在樣本週中，播出較多的犯罪與司法及人情趣味新聞。此一研究發現與Harrison（2000）過去的研究心得相符，也就是說，不同的電視台在播出新聞節目時，往往在新聞選擇上相當近似。Harrison（2000）指出，不同的新聞機構中的編輯，對重大新聞事件的判斷，相當類似，只有在次要的新聞上，才會出現處理方式的差異。商業化及同業之間的競爭，可以導致新聞節目內容的同質性（Harrison, 2000）。

民視雙語新聞節目與其他三家無線台國語新聞節目，在新聞選擇上的微小差異，可能與一項事實有關。那就是：台灣的這四家無線電視台都從同樣的來源處獲得新聞。這些來源包括：政府資訊、警方新聞稿、中央通訊社等等。同時，一項常常被忽視的事實是，台灣很小，因此每天能夠產生的有新聞價值的事件也不多。這種狀況就解釋了為何一些新聞會重複播出，以及為何各家電視台播出的新聞內容都很相似。這在午間新聞節目尤其是如此。就像筆者在本書第二章中所指出的，午間新聞面臨很大的時間壓力，可供編輯選用的新聞數量又少，因此，總是在匆忙中完成製播程序，記者也沒有時間進行專題新聞採訪，或從特殊角度完成什麼特別報導，因此，記者就被限制在採訪早上發生的新聞事件。這也進一步解釋了為何四家無線電視台的午間新聞節目內容，有如此高的相似程度。

不過，這四家無線電視台午間新聞節目內容的相似性，卻反而確保了民視雙語午間新聞節目的市場利基。原因在於，觀眾對這四家無線電視台的午間新聞節目，在內容取向上，其實沒有太多選擇，各家電視台播出的新聞都大同小異；在新聞排序上，也都以掌握觀眾對新聞主題的需求為優先考量；唯一真正顯著的差異是，只有民視午間新聞節目提供國、台發聲的雙語新聞服務。

因此，結論是：在今天台灣競爭激烈的午間電視新聞節目市場中，民視無線台的競爭優勢在於其午間新聞節目的雙語型態，而非其新聞選擇取向。也就是藉著雙語新聞服務的獨特市場利基，才使民視的雙語節目在能夠在站穩市場腳步後，力圖實現節目背後的文化及政治目標。

螢光幕後：民視雙語新聞製作團隊

介紹過民視無線台雙語午間新聞的內容特徵後，接下來這三章，將分別說明該新聞節目的組織成員背景、新聞製作流程及其成本效益。本章將先對民視雙語新聞製作團隊做以下四方面的社會面向分析：(1)工作人員的社會背景；(2)工作人員的雙語能力；(3)工作人員的語言使用型態；以及(4)工作人員的工作滿意程度。

第一節　社會背景

為能更瞭解新聞節目製作過程，很重要的是先知道相關工作人員的社會背景。畢竟，新聞專業工作者的社會背景，可能會在一種有限但也有趣的程度上，形塑或影響對新聞內容的選擇（Dennis, 1996）。表7.1顯示的是民視雙語新聞節目製作團隊各職務的人數，以及其在人口變項上的特徵。

表7.1 民視雙語新聞工作者的人口特徵

工作型態	人數
新聞部經理	1
新聞部副理	2
資深顧問	1
主任	3
副主任	8
組長	14
主播	6
氣象主播	1
文字記者	66
攝影記者	72
編輯	27
過音編輯	5
導播	7
助理導播	12
編譯	14
現場轉播車人員	30
性別	
男性	179
女性	90
教育程度	
大專	221
研究所	48

主修	
新聞	198
其他	71
年齡	
20～30	35
31～40	215
41～50	18
51～60	1

以上數據，由筆者根據2006年民視新聞部人事資料歸納統計。

表7.1顯示民視雙語午間新聞製作團隊成員的人口特徵。在此團隊中，人數比例最多的是文字記者、編輯和攝影記者，這些新聞工作者接受組長、中、高階層主任及新聞部經理的督導。特別需要一提的是過音編輯，他們的職責是將國語新聞帶轉配台語發音，這是為民視雙語新聞而特別設立的工作職位。至於表中所列的編譯，他們的工作是將國際新聞從外語翻譯成國語。

關於這269位新聞工作者的性別分布，其中179位是男性，90位是女性。雖然男性比例較高，但現任的新聞部經理及新聞採訪中心主任卻是女性。此外，有三分之二的文字記者及六分之五的新聞主播也是女性。因此，在民視新聞部，雖然男性為多數，但女性和她們的男性同事一樣扮演重要角色。當然，由於工作性質，需要具備的條件不同，男性或女性可能被認為更適合擔任特定工作。例如，所有攝影記者都是男性，因為他們必須在每天的工作中攜帶包括攝影機、電池、麥克風、腳架等約20公斤重的攝影器材，來拍攝新聞影片。這個值得被質疑的理由是：男性比女性更強壯，因此被認為更具有擔任攝影記者的體能優勢。然而，在另一方面，很有趣的是，有六分之五的新聞主播與大約三分之二的文字記者為女性。為了精確地解釋此一現象，筆者深度訪談了兩位民視同事，請他們提出回應。製作中心副主任C先生說：

> 民視新聞部裡沒有性別歧視。我們並不特別偏愛任用女性新聞主播，這只是碰巧如此而已。我們也需要更多男性新聞主播。然而，女性似乎比男性更適合擔任新聞主播。我不知道為何如此。事實就是如此，一位新聞工作者要成為新聞主播，得具備某些條件，像是口語表達能力要好、有新聞靈敏度，以及要在鏡頭前上相。女性主播通常在電視上看起來較美也較親切，對觀眾有吸引力。

新聞採訪中心主任A先生也同意說：

> 我們發現，一般而言，女性文字記者撰稿能力較佳，口齒清楚，口語表達能力也優於男性文字記者。但在採訪犯罪新聞時，考慮到犯罪新聞記者

> 通常需要早出晚歸，還要去看危險的犯罪現場等等，我們傾向於聘用一定人數的男性記者擔任此項工作。……但對其他路線記者，我們就沒有這樣的考慮。在聘用電視新聞記者時，音質、口語表達能力，以及對觀眾的吸引力，是三項主要考慮因素。……電視新聞主播必須表達能力佳、有親切感，並能受觀眾喜愛。主播也得比一般人在電視上更上相。他們倒不必非常漂亮或英俊，但至少要在電視上看起來順眼。因此，假使新聞內容不怎麼有趣，至少觀眾可以看看主播而不感到無聊，或是立即就轉到別台看新聞。這對觀眾而言，也算是新聞無趣時的一種補償。

從上述談話中可以清楚看出，雖然外貌一直是一項條件；但音質、口語表達能力、對觀眾的吸引力，以及有新聞敏感度，則是成為電視新聞記者或主播的重要條件。前述條件的綜合考量，可以解釋為何主播多半為女性；而雖然近年來，採訪犯罪新聞的女性記者人數有增多的趨勢，但此一採訪路線多半還是由男性記者擔綱。以民視新聞部而言，只有五分之二的犯罪新聞記者為女性。

表7.1也顯示了民視雙語午間新聞製作團隊269位成員的教育背景。在這些新聞工作者中，有221位大專畢業，48位有研究所學位。在學術專業方面，269人中有198人主修新聞。換言之，團隊中大多數成員曾在大專院校中接

受過新聞或大眾傳播課程的訓練，這或許有助於新聞製作，因為新聞教育可以讓團隊成員彼此對新聞價值及新聞產製流程有共識。

在年齡分布方面，表7.1顯示，團隊成員中多半年齡在40歲以下。大多數的文字記者、編輯、攝影記者及所有新聞主播都屬於這樣的年輕新聞工作者。在269位團隊成員中，只有19人的年紀超過40歲，他們多半是民視新聞部的主管級人物。採訪中心主任A先生對此一現象的回應與觀察是：

> 在台灣的電視新聞圈中有一項不好的傳統，就是將專業精神與管理職務混為一談。換言之，在台灣還未建立資深記者制度。因此，假使一位記者在電視新聞圈已工作多年，但並未晉升為主管，人們可能會看輕他（或她），會認為此人也許工作能力不夠傑出。……因此，難怪許多記者後來轉任企業界的公關等其他職務。

民視雙語新聞製作單位的特徵，可以說是一個由269位新聞專業人士組成的團隊，其中包括的職務有文字記者、攝影記者、編輯、新聞主播等等，以及中高層主管。在團隊成員中，男性多於女性，但男性與女性成員都扮演重要角色。此外，大多數的團隊成員年齡不到40歲，在大學或研究所受過新聞專業訓練。換言之，這個新聞工作團隊內部，在年齡層與教育背景方面的同質性頗高，這或許有助於團隊成員之間的溝通順暢。

除了以上所介紹的人口特徵外，團隊成員的另一項社會面的特色，就是他們的雙語使用能力。由於雙語能力可能會影響到團隊成員能夠扮演的角色，因此，很重要的是，要瞭解對團隊中不同工作角色在雙語能力方面的不同要求。

第二節　雙語能力

在Tefler（1973）對美國新聞機構訓練少數族裔記者的研究中，他發現，語言能力是進入美國新聞界工作的基本條件（請參閱第三章）。如果新進人員具備新聞機構要求的條件，那麼，聘用單位就毋須在完成聘任後，再費心教育或訓練新進人員（Etzioni, 1961）。人事部門徵才的決策，通常也與新聞機構的組織目標相一致（Becker, et al., 1987）。因此，難怪本研究會發現，一般而言，在民視新聞部工作的人員，通常會被期待具有能懂國、台語的雙語能力，並具有參與雙語新聞製作的興趣。

民視新聞部製作中心主任B先生強調說，民視新聞部要求記者具備雙語能力。他說：

> 在新聞製播過程中要混用國語及台語，新聞主播及記者必須能聽懂也能說國、台語，以符合雙語

製播過程中的工作要求。

因此，民視新聞部在徵才時，一直將台語使用能力列為考慮因素之一。民視新聞部製作中副主任C先生描述民視創立之初，對新進人員的要求時說：

> 基本上來說，民視在創立之初徵才時，台語表達能力是非常重要的考慮因素。因此，基本上，當時聘用進來的主播和記者，都會說流利的國語及台語。……我們也持續在訓練團隊成員的雙語能力。

民視新聞部採訪中心主任A先生進一步解釋，民視是如何費心引進台語能力非常好的人才。他說：

> 在過去一兩年中，幾乎所有的民視記者都會說台語。我們在徵才面談時，一直很關切應徵者的雙語能力。他們必須做台語的自我介紹。所以，可以說，近年來絕大部分的同仁都能說台語。即使是對母語非台語的記者，我們也要求他們自己為國語新聞帶做台語過音。就我所知，民視記者應該都可以自行為國語新聞帶做台語過音。

在民視新聞部裡，對不同的工作角色有不同的雙語能力要求。對新聞編輯來說，台語使用能力相對並不重要，因為他們不需要為公司提供台語過音服務，日常工作焦點在於新聞的篩選。不過，民視的新聞編輯仍然被要求具備基本的台語使用能力。民視午間新聞資深編輯E小姐說：

首先，當然，新聞編輯必須要懂台語。例如，假使新聞編輯不懂台語，他們在應付緊急的新聞狀況時，可能會有問題。如果在現場連線時，新聞帶子上出了點事，他們在改變新聞播出順序或立即與導播溝通上，可能就會有困難，因為當時主播正在用台語報新聞。

除了新聞編輯，導播也被要求要懂台語，以避免在播出雙語新聞時，因為誤解台語而出差錯，並確保雙語新聞能平順播送。對此雙語能力的要求，民視的導播們認為這不是問題。就像民視一位37歲的導播所說：

一般而言，台灣像我這樣年紀的人，用雙語溝通應該都沒有問題。

至於攝影記者，他們被要求具備最起碼的台語能力。民視的兩位攝影記者I先生和J先生都同意說，公司對他們在雙語能力方面並無特別要求。I先生進一步解釋說：

> 我進入公司工作時，並未被要求接受台語訓練。但是我們已經接觸台語很久了，而且對台語也有一定程度的熟悉。一般來說，在民視，所有新聞部的成員最好都能說一點台語，不過也沒什麼其他特殊要求就是了。

一般而言，民視在引進人才時，雙語能力是一項考慮因素。不過，對雙語能力的要求程度，要看在雙語新聞製作過程中擔任何種工作。現在，在民視徵才的面談過程中，通常都會要求應徵者用台語自我介紹。即使如此，有些記者用台語為自己做的新聞帶過台語配音時，還是覺得有點困難。為了處理這個問題，民視聘用了幾位專任台語過音編輯，他們被要求要具備新聞部中最高標準的雙語能力。

民視新聞部的過音編輯不但為民視雙語午間新聞做台語過音，也在民視新聞工作者對如何使用台語有疑問時，提供建議。如果記者和主播，對於如何將某些國語用詞翻譯成台語有疑問，他們可以徵詢台語過音編輯的意見，並立刻獲得回應。這幾位負責將國語新聞帶做台語過音的台語過音編輯，被期待是民視新聞部中最專業的台語使用者。他們的人數保持在4、5位左右。早先，他們只是在民視新聞部兼職，但現在都已專任該職，其中有兩位還轉任雙語新聞主播。

就像民視新聞部製作中心副主任B先生所說，台語過音編輯的專長，就是能說「標準的台語」，而且要有非常優秀的台語使用能力。一位台語過音編輯K小姐指出，民視很小心地挑選台語過音編輯，以確保他們能勝任工作。民視對他們在台語能力方面的要求很高，不但要能說流利的台語，還要儘量說得優雅又很口語化。因此，不難想見，這幾位台語過音編輯多半已有類似工作經驗。例如，民視一位台語過音編輯L先生在進入民視工作前，已做過某廣播電台的台語過音員。他說：

> 我有台語播音及編輯方面的工作經歷。我這一生從未接受過台語訓練。不過，我在進入民視前，已有三年的廣播電台相關工作經驗。那家廣播電台四十多年來，都全以台語播音，所以，我當時就必須要有很好的台語使用能力。

本研究發現，民視雙語新聞製作團隊的所有成員，都被要求要有一定程度的台語使用能力。除了民視，在台灣，沒有其他新聞機構將記者的台語使用能力，列為徵才時的一項正式條件。由於民視在台語新聞的表現太突出，也在觀眾的心目中建立起「要看台語新聞就要看民視的口碑」，以至於後來台視和中視陸續取消台語新聞的播出，一度變成只有民視及華視播出台語新聞節目。民視擁有兩個頻道，分別為民視無線台及民視新聞台，這兩台共用民視新聞部製播的新聞節目。然而，華視卻是由一個特別的

4人工作小組製作下午四點台語新聞節目。在這個節目中播出的所有新聞，都從國語新聞帶轉配台語發音。在華視，台語新聞主播親自為國語新聞帶做台語過音。整個華視新聞部裡，有3位台語過音人員及2位台語新聞主播。在華視台語新聞工作小組中，有1人負責行政工作。整個小組成員都不是記者，也不用外出採訪。因此，儘管有別家電視台也在為觀眾提供一些台語新聞服務，民視仍然是台灣唯一製播雙語新聞節目的電視台，在這個節目中，從新聞採訪、製作到播報，都是國、台語並用。直至2008年，公視才又最新加入播出台語新聞的行列，也是將國語新聞帶做台語過音播出。

第三節　語言使用型態

在製作雙語新聞時，民視新聞工作者可能在新聞製作過程中，並用國語及台語。本節將要介紹民視新聞工作者在編採會議及其他主要工作情境，包括新聞播送、新聞編輯、新聞採訪及新聞播報時的語言使用型態。

新聞編採會議中使用的語言

在民視，新聞工作者在編採會議中，可以自由選擇使用國語或台語發言。然而，參加會議者還是較常用國語溝通討論新聞重點，這主要是因為，並非所有的民視新聞團隊成員都能說流利的台語。不過，如果有人在編採會議中說台語，與會者也都能接受。例如，民視新聞部採訪中心主任A先生在辦公室或會議中，一直都說台語，但他和新聞部其他成員都溝通無礙。

導播使用的語言

新聞部導播負責現場新聞節目的播送工作。他們不一定有新聞採訪經驗，但一定要能在副控室中，督導完成新聞播送工作。他們在副控室中掌控新聞節目播送過程時，需要和主播及棚內攝影師溝通，以確保現場節目能平順播出。

為免因語言使用造成誤解，在節目播送過程中，導播與主播或攝影師都用國語溝通。民視雙語午間新聞的導播之一F先生指出，他的工作真是如臨深淵，因為在節目播送過程中容不得一絲差錯。他進一步解釋說，所有的新聞帶及資訊進入副控室後，都要經由衛星傳送出去。在傳遞資訊的快速過程中，導播其實沒有時間立即修補任何錯誤，因為時間實在太緊迫了。因此，他必須選用最熟悉的語言，來和所有與節目播送過程有關的人員溝通，以避免發生錯誤。基於此一考慮，導播在副控室工作時都使用國語。F先生說：

基本上，我用國語和主播溝通。主播在讀稿時，

> 不管使用哪種語言，我要做的事情，就是讓節目繼續平穩進行下去。我沒有時間立即為主播修正資訊。……我在工作時，通常也用國語和棚外記者溝通。經過不斷的衝突與妥協後，現在大家已經建立起基本的溝通程序。基本上，我在工作時就是使用國語。在處理新聞時，我需要知道相關資訊，像是時間、人名、地名及每則新聞的新聞摘要。目前這些資訊送到我手上的過程都沒有問題。

新聞編輯使用的語言

民視午間新聞的資深編輯負責安排新聞播出順序，並撰寫新聞主標題及副標題。他們和導播一樣，不會將能否流暢使用台語，當做影響工作的一項因素。資深編輯為午間新聞節目安排新聞播出順序時，最重要的考量，是要能滿足觀眾對新聞資訊的需求，而毋須考慮台語因素。資深編輯在選擇新聞時，考慮的是新聞價值，而非某則新聞是否能以雙語或台語播出。民視新聞部午間新聞節目的一位資深編輯E小姐認為，她重要的工作使命，就是根據新聞價值安排新聞播出順序，好讓最重要的新聞，能夠出現於午間新聞節目中。她說：

> 午間新聞通常要迎合觀眾的需求。我們設想我們

的觀眾群是一般上班族，因為有些人在中午時段，可能會在辦公室打開電視。另一些觀眾是家庭主婦。我們最重要的目標，是要為這兩類觀眾服務。提到新聞選擇，我們不會將雙語因素列入考慮。

民視新聞部製作中心主任B先生也證實說：

儘管民視午間新聞是以雙語型態播出，新聞選擇的標準和單語新聞節目卻很相似。編輯在選擇新聞及安排新聞播出順序時，都只考慮觀眾最急迫的需求是什麼。

此外，民視新聞部製作中心副主任C先生強調，中午十二點的新聞節目，要講求速度與及時傳遞資訊給觀眾的效率。他認為，午間新聞播出時使用的語言與新聞播出順序，以及新聞製作流程之間，並無顯著關聯。他說：

新聞素材以及採訪角度的選擇，都取決於新聞的需要。午間新聞節目的製作並無任何特殊的編輯及包裝上的考量。我們要做的，就是與其他電視台在新聞的播出時比速度。

換言之，儘管民視午間新聞以雙語播出，資深編輯不會只因為某則新聞使用台語，就將其放入播出順序中。

儘管資深編輯大都以國語製作新聞主標題及副標題，有時候也會將某些流行的台語詞彙列入考慮，以反映觀眾的日常生活型態。在製作新聞主標題及副標題時，資深編輯最重要的考慮，就是要幫助觀眾瞭解新聞內容，下標題時，通常依據國語文法措詞。根據民視新聞部資深編輯E小姐的說法：

> 我通常以國語文法製作新聞主標題及副標題。有時候，某些形容詞已經很常見，我也許會用台語用詞下標題。不過，如果主標題和副標題和觀眾的日常生活不夠接近，就會讓觀眾難以理解在標題的十四個字中，到底是什麼意思。如果標題下得不夠生活化及口語化，觀眾會覺得奇怪，不懂新聞主題究竟為何。假使觀眾感到困惑，並且被標題卡住思路，他們的眼睛和耳朵就會忽視新聞內容。

換言之，就像E小姐指出的，新聞編輯在下標題時，他們必須考慮到，在螢幕寬度限制字數內，又用不同語言表達的新聞標題，能否讓觀眾理解新聞主題。通常，由於螢幕寬度的限制，新聞主標題和副標題的字數不能超過十四個字。這項限制，讓編輯只能以簡化的語言型態下主標題及副標題。而事實上，很多觀眾卻可能對以國語語法下的標題更為熟悉，因為比較符合平常的閱讀習慣，反而一時看到以台語語法下的標題，除非是平常常用的台語字眼，否則會不習慣。因此，編輯關心的問題是：這樣下標題和人們在日常生活中的用語是否一致？哪怕是用台語語法來下標，只要所下的標題和人們日常用語相符，編輯認為觀眾可以接受，那麼編輯就會這麼下標題。不然，還是寧可用國語語法下標題，以免觀眾產生誤解或困惑。

文字記者使用的語言

民視的文字記者會在不同的情境中，選擇使用國語或台語。如果某位消息來源比較喜歡說台語，記者在採訪時不會被要求說國語。另一方面，有時候民視記者會告訴消息來源，採訪內容將以台語播出，並請求消息來源說台語。一般而言，在日常生活中的某些比較正式的場合中，國語仍是主要語言。在訪問一般民眾時，記者要看受訪者使用哪種語言，決定自己使用何種語言。民視一位文字記者H小姐解釋說：

> 假使我去市場做街頭採訪，我也許會請求中年受訪者說台語，因為看起來他們可能會以台語來回答我的問題。但如果我去政府機關採訪，例如，去交通部訪問部長，我怎麼可能用台語發問？這是正式場合，當然要說國語。

另一位民視記者G先生進一步解釋說：

> 通常，在比較不那麼正式的場合中，像是訪問低階政府官員，或是在處理警局發出的新聞稿，也就是和低階警員談話時，我們使用台語。在訪問一般民眾時，受訪者說台語，我們就說台語。有時候和說台語的受訪者互動時，如果我們說國語，他們可能不知道如何用國語回答問題，因為他們用台語回答會比較有自信，也比較舒服。但是，在一些比較正式的場合中，國語仍是主要使用的語言。

根據民視記者G先生的說法，在鄉下採訪新聞時，仍是比較需要使用台語，因為一些年長者常只習慣說台語。他也指出，基於政治理由，那些對推廣台語及台灣國族意識有興趣的政黨成員，比較常用台語。有些政治人物也認為民視是一個推廣台語的電視台。他的觀察心得是：

> 實際上，現在有些政治人物用台語跟選民溝通，但大多數政治人物仍使用國語跟記者互動。在民進黨裡，許多黨員習慣直接說台語。人們在想到我們民視時，他們認為台語是我們的一項特點。因此，有些受訪者會自然地基於這項認知，用台語跟我們互動。

在進行現場連線報導時，最能顯示民視記者能否說流利的台語。通常在民視雙語午間新聞節目中，主播幾乎都用台語播報新聞，但常見到在棚外連線的記者說國語，或是在現場連線報導剛開始時，在講前兩句開場白時說台語，接著就說國語。基本上，民視希望記者在為雙語新聞節目做連線報導時，能儘量說台語。通常，記者會先詢問他們的連線報導，是要在雙語或國語新聞節目中播出，然後才決定在進行現場連線報導時，使用哪一種語言。

民視記者H小姐說：

> **我會先問導播，我這則新聞連線，是在國語還是在雙語新聞節目中播出。如果導播回答：「台語」，我就用台語報導新聞，這樣就可以了。**

而如果記者在進行現場連線報導時，對說台語沒信心，民視允許記者在連線報導開始時，用台語講一兩句開場白或問候語，然後轉而使用國語，繼續進行連線報導。從民視的觀點而言，記者在進行現場連線報導時說台語，可以顯示對民視語言政策的誠摯支持。不過，民視還是尊重記者的語言選擇，因為大多數記者在進行現場連線報導時，無法說流利的台語。台語不夠流利的民視記者，對公司容忍記者在雙語新聞節目中，進行現場連線報導時使用國語，都表示感謝。對這些記者而言，語言的使用並不會影響他們的新聞採訪。例如，民視記者G先生就不認為新聞的雙語呈現型態，會影響他的報導方式。

> **不，不會。關鍵是時間因素。我們公司允許記者使用國語或台語。語言問題不會造成大麻煩。……實際上，我還沒感受到語言因素對我的工作有何影響，因為民視尊重記者用自己的方式做新聞。至於說台語的能力，公司認為這是長期的學習過程。這給記者很大的空間、時間及機會去學台語。如果記者真的無法學好台語，公司也會給這些記者許多支援。**

民視記者H小姐雖然不能講流利的台語，她也不認為語言問題會顯著影響記者的工作表現。她指出，在雙語午間新聞節目中，國語及台語都常被使用。

> **公司對語言問題沒有苛求，所以大部分記者用國語報導新聞。記者不會特別考慮到主播在雙語新聞節目中說台語。**

因此，某些人或許會覺得這種雙語呈現型態很奇怪，因為只有在民視無線台雙語午間新聞節目中，才會聽到國、台語來回出現，並且具有同樣的重要性。然而，事實上，記者卻一點也不對此現象感到奇怪。

攝影記者使用的語言

儘管民視對攝影記者的雙語能力並無任何要求，民視的大多數攝影記者皆能說國語及台語。他們認為，會說台語可以使他們的工作更有效率。特別是當文字記者無法用流利的台語訪問消息來源時，能說流利台語的攝影記者可以幫文字記者一點忙。民視新聞部的一位攝影記者J先生說：

> 公司並未要求我們要會說台語，因為我們的工作是拍攝新聞影片。不過，我能說流利的台語，這對我順利完成採訪任務有幫助。因為有些受訪者說台語，我的台語能力就能幫助我更瞭解新聞事件的主旨。此外，如果文字記者不能說流利的台語，我甚至可以幫文字記者的忙，這樣做對我的考績也有好處。

新聞主播使用的語言

新聞主播是民視雙語午間新聞的關鍵人物。由於大多數的新聞帶以國語發音，觀眾能否接受主播的雙語讀稿方式，會影響到雙語新聞節目的成敗。事實上，雙語新聞主播在電視上呈現一種鮮明的形象，而且必須承受雙語新聞節目成敗的大部分責任。換言之，如果在節目進行過程中出了任何差錯，不管是由於雙語型態的因素，或是任何其他原因，主播都是觀眾批評的主要目標。因此，對主播而言，在雙語新聞節目中播報新聞，是一大挑戰。一位民視雙語新聞主播D小姐說：

> 對我而言，用台語在電視上報新聞，真的很難，因為所有的新聞都是用國語語法來撰稿。我必須在播報時，立刻將新聞稿從國語翻譯成台語，而不能出任何差錯。然而，午間新聞卻只有很短的作業時間。通常新聞都是在節目播出前的最後一分鐘才進來，所以我沒有時間做準備。此外，對我而言，有些詞彙很難翻譯成台語。這時候，我就直接用國語發音，以免出錯。不過，如果我有時間，我會試著去問別人如何用台語唸某個詞彙。

就像民視新聞部製作中心副主任C先生進一步解釋說：

> 當然，民視雙語新聞採用了這樣的呈現型態，節目的成敗責任就會落在主播身上。主播必須在節目中隨時準備變換使用語言。有時候，主播以台語播報新聞中的某些內容有困難，特別是當這些內容涉及社會中的新事物時，更是如此。在這種

> 情況下，主播沒有其他選擇，只有用國語播報這些與新事物有關的詞彙。

在某些情況下，雙語新聞節目主播是首先用台語對某些詞彙發音的人。也就是說，有些詞彙從未在雙語新聞節目中以台語發音過。這種情況多半是當有些新聞涉及科學研究中的一些新發現。在這類新聞中，台灣人可能從未聽過一些科學專門術語。民視新聞部採訪中心主任A先生觀察到，民視雙語新聞主播其實是台語先鋒。他說：

> 我相信許多新聞是在民視雙語新聞節目中，首次以台語播出。說實話，我很同情雙語新聞主播，因為有時候主播必須自己思考該如何將一些詞彙翻譯成台語。如果主播無法以台語唸出這些詞彙，那就只能用國語來唸。雙語新聞主播是台語的拓荒者。

好的準備，當然可以減少翻譯的困難。不過，問題是午間新聞的作業時間，總是受制於緊迫的時間壓力。在中午十二點之前，雙語新聞主播在電腦上，儘量依新聞播出順序瀏覽新聞稿頭，並將稿頭改寫成適合自己的口語表達方式。如果主播發現有些詞彙不知如何用台語來唸，就會向任何可能的管道尋求協助。例如，可能會問家人、朋友、台語專家、記者、編輯、台語過音編輯，或是任何可以幫忙的人。在新聞部裡，通常主播會請問台語過音編輯，某些詞彙最適當的台語唸法為何，因為他們是辦公室裡在台語方面最專業、也最容易獲得的支援管道。但問題通常是，主播在播出前順稿時，並非所有的新聞已到帶，因為文字記者和攝影記者此時還在忙於撰稿或剪接新聞帶，因此，雙語新聞主播通常無法在播報前，充分完成所有準備工作。此外，文字記者以國語語法撰寫稿頭及新聞內文，主播得將新聞稿翻譯成台語後播報出來，而當新聞突然進來，又必須立刻播出時，主播翻譯的時間壓力就特別緊迫。這種狀況對主播而言，是一大挑戰。因此，當雙語主播在主播台上播報時，發現出現一些詞彙，實在不知道要如何用台語來唸，可能在攝影棚第一時間會向導播或編輯尋求協助，不過，得到回答時通常已經太遲了。多數時候，當面臨這種壓力時，主播只能用國語來唸出這些詞彙。民視雙語新聞一位主播D小姐進一步指出：

> 如果時間太緊迫，我只能用國語來唸。……當新聞突然進來，而我又得立即翻譯成台語時，就很困難。當新聞內容涉及一些我不知道如何用台語來唸的新事物時，也很困難。

儘管民視雙語新聞主播被視為站在台語新聞的最前線，事實上，主播一直很謹慎也很注意自己播報雙語新聞的方式。在節目播出的現場，主播要立即將稿頭翻譯成台語，是一大挑戰。此外，翻譯出來的台語還必須儘量口語化，因為，愈口語化，觀眾愈能接受。

一般而言，在午間新聞固有的時間限制下，和其他無線電視台製作單語新聞的過程相比，民視的新聞工作者不僅要和其他台記者比製作新聞的專業能力，還要同時挑戰雙語能力，因此，為了發展出一套適合製作雙語新聞特別有效率的常規，民視新聞工作者的確花了更多的心力。每天早上，基於對不同事件新聞價值的評估，民視新聞部會決定哪些新聞要在雙語午間新聞節目中播出。但在這個製作階段，要用國語或是台語採訪，並非記者或編輯所關心的問題；一則新聞是否有值得向觀眾播報的新聞價值，才是最主要的考量因素。同時，在新聞編採會議中，也不要求要用哪種語言發言。基本上，對參加會議的人來說，都能接受和理解國語或台語。

當然，既然民視有在台灣推廣台語的政策，民視的管理階層會希望記者在雙語午間新聞中，用台語報導新聞。然而，由於並非所有的民視記者都能說流利的台語，民視別無選擇，而只能允許記者自由選擇以國語或台語報導新聞，然後再請台語過音編輯將新聞帶從國語翻譯成台語；但對雙語新聞主播，則希望都以台語來播報新聞稿頭。無奈在製作雙語午間新聞的時間壓力下，台語過音編輯沒有時間將所有的新聞帶，從國語翻譯成台語後播出。同樣地，由於時間限制，主播也許沒有時間知道如何以台語唸出一些新詞彙，而只好在播報時用國語唸這些新名詞。

民視希望雙語新聞的所有團隊成員具有基本的雙語能力，也就是說，能用國語及台語製作雙語新聞，並持續鼓勵，而非嚴格要求新聞工作者要有雙語能力。在民視雙語新聞團隊成員中，台語過音編輯及新聞主播要有較強的雙語能力。對導播、新聞編輯、文字及攝影記者而言，雙語能力，特別是說台語的能力，就不是影響工作表現的關鍵因素。然而，由於民視午間新聞的雙語特質，這些團隊成員在製作雙語新聞的過程中，有時候還是會並用國、台語來完成工作。

第四節　工作動機與工作滿意度

民視比較在乎新聞工作者能否認同雙語新聞型態，以及有無成為雙語新聞工作者的動機，而較不關心其員工的意識型態立場。換言之，除非潛在的員工能夠顯示他們對雙語新聞的興趣，並表示有成為雙語新聞工作者的動機，否則不會被聘用為雙語新聞團隊成員。在徵聘人才或製作雙語新聞的過程中，民視新聞部主管不會對員工的政治態度進行測試或提出要求。

民視新聞部的一位主播D小姐，解釋她為何對播報雙語新聞有興趣。她說：

儘管對我而言，不只用國語，還要用台語報新聞是項挑戰，我卻樂於接受挑戰，因為我覺得能夠

> 服務觀眾，特別是說台語的觀眾，我在做的是有意義的工作。經由我的雙語新聞播報，他們可以接觸並瞭解新聞事件。我覺得這很好。我是台灣人，能夠用母語報新聞也很好，我父母在家看電視新聞時，就可以很容易地理解我的播報內容。至於政治立場，我知道民視創辦人和大多數的籌建發起人是民進黨黨員。不過，我不是民進黨黨員，我被民視聘用時，民視主管沒有問我任何有關政治傾向的問題。事實上，就我所知，許多民視的新聞工作者不是民進黨黨員。我想，民視新聞部主管比較關心雙語新聞團隊成員使用國語及台語製播新聞的能力，而不在乎員工的政治意識型態。我就是以我的新聞專業理念來工作而沒有任何困擾。

民視新聞部採訪中心的一位文字記者G先生，也顯露出做雙語新聞的興趣。他說：

> 我根據新聞專業理念採訪新聞。但如果我的台語能力對我的工作有幫助，我會認為這是好事。民視需要記者能說國語及台語。我能說國、台語，也是有經驗的文字記者。因此，以雙語採訪新聞，對我而言不是問題，我能處理這種狀況。此外，跟其他許多電視台的新聞部相比，民視能提

供較好的工作環境。在這裡工作很愉快。我覺得我在民視的新聞工作生涯中，很有意義的，就是能夠成為雙語新聞團隊的成員。不管我是否支持民視創辦人或其他籌建發起人的政治訴求，這不是我在民視做為一位專業新聞工作者的主要考慮因素。

民視的一位過音編輯L先生，也說明了他希望在民視工作的多重理由：

對我而言，在民視擔任台語過音編輯，是很好的工作機會。老實說，我支持民視創辦人推廣台灣國族意識的理念。不過，這不是我在民視工作的唯一理由。真正重要的是，我可以運用我的台語專長謀生，並且幫助觀眾經由台語瞭解時事。沒有比這更好的事了。

有些不能說流利台語的新聞工作者，也顯露加入民視雙語新聞團隊的興趣。一位民視記者H小姐說：

儘管我不能說流利的台語，也不是民進黨黨員，不過，身為民視雙語新聞團隊成員，我可以藉此學習台語，這是好事。畢竟，在我們這個社會中，人們說台語是很普遍的事。我也有興趣多學一種語言，這樣我就可以用台語跟更多人交談。

民視新聞部的一位資深編輯E小姐，也提出在民視工作的類似理由：

我無法說流利的台語，不過我在這兒工作一點問題也沒有。我也發現，經由做中學，我的台語能力愈來愈好了。在台灣，同時使用國語及台語是很普遍的現象。至於政治意識型態，這不是我加入民視的原因。我想民視聘用我，是因為我有電視新聞編輯的專長，而不是由於我有什麼政治立場。

這些深度訪談資料清楚地指出，民視雙語新聞團隊成員有成為雙語新聞工作者的正面動機。他們認為在民視負責雙語新聞製播工作，比在其他無線電視台的單語新聞團隊中服務，要具備更多才華。對台灣的新聞專業人士而言，用台語製作新聞，是一種特殊技能。那些台語能力有限的新聞工作者認為，在民視雙語新聞團隊中工作，可以讓他們有機會學習如何同時用國語及台語製作電視新聞。在民視的雙語新聞環境中工作愈久，雙語能力也就愈強。很顯然地，深度訪談的受訪者並不認為民視會給他們任何壓力，要認同民進黨的台獨理念。當然，「中立」是新聞常規的一部分，也是新聞專業理念中的重要項目。因此，接受深度訪談的民視新聞工作者也強調，他們的工作不會受制於政治干擾。

儘管有些民視新聞工作者表示，在工作時確有壓力，並指出新聞中有關語言品質的問題，他們大多仍對製作雙語新聞以服務觀眾，並對保存與發展台灣文化有所貢獻而感到滿意。民視的一位雙語新聞主播D小姐，談到她感受到的工作壓力：

> 當有一些詞彙，我真的不知道該如何用台語來播報，而不得不用國語播報時，就會感受到很大壓力，因為我擔心觀眾會因為我混用國語及台語，而不懂我在說些什麼。

民視的一位攝影記者J先生也說：

> 記者如果無法在做現場連線報導時說流利的台語，就會比較麻煩，這時候可能會說錯話或用詞不當。如果他們不知道如何用台語表達想說的話，就可能會扭曲新聞的意義。這時候，消息來源及觀眾可能會覺得好笑，或甚至不懂他們在說什麼。事實上，一發生這種狀況，就會影響新聞品質。

雖然深度訪談資料顯示，有些民視新聞工作者會因為台語說得不夠好，而對自己的雙語新聞能力感到不滿意；但很有趣的是，還是有許多民視雙語新聞工作者對身為民視雙語新聞團隊成員，有很高的工作滿意度。例如，民視新聞部採訪中心主任A先生，對推廣台語新聞很有使命感。他覺得能經由自己的工作對台灣做出貢獻，是件好事。即使工作很辛苦，他仍然覺得很有回報，因為他對為台灣貢獻有使命感。他指出：

> 我們製作的台語新聞愈多，對這片土地與年長觀眾的服務也愈多。這是我們做這份工作的最大回報……。如果台語新聞能在我的協助下做得很好，這不僅對我的工作很重要，對我的家鄉也很重要。

民視的新聞工作者也同意，新聞能拉近人與人的距離，讓不同年紀的人增進對彼此的瞭解，並且可以讓老年的台語觀眾經由新聞節目認識世界。民視的一位新聞主播D小姐就說：

> 讓不同年紀的人增進對彼此的瞭解，是民視雙語新聞的責任，也是改善人際關係的一帖良方。我們必須用台語播新聞，並確保所有人，特別是老年台語觀眾能接觸到新聞資訊。

此外，民視的一位文字記者G先生也說：

> 最大的成就在於，在民視新聞製播原則的引導下，我們感覺到，和廣大的以台語為母語的觀眾更接近了。

民視的一位台語過音編輯L先生認為，他在做該做的事，也很樂於對保存台語及台灣文化有貢獻。他解釋說：

> 最重要的成就是對台灣文化有貢獻……。我們讓一些年輕人更懂台語，也為他們提供接觸台語的機會。我們也讓老年台語觀眾有機會經由雙語新聞，知道全世界在發生什麼事。我們對社會確實有貢獻。

這樣看來，許多民視雙語新聞團隊成員對經由製播雙語新聞節目，而能推廣台語及台灣文化感到驕傲。他們對於藉著雙語新聞服務觀眾需要，以及保存台灣文化的成就感到滿意。

總結以上分析，可以看出民視雙語新聞團隊成員的特徵是：年輕、多半受過良好的新聞專業教育。他們用國語及台語，服務最大範圍的觀眾群。他們認為製播雙語新聞，對保存台灣文化有貢獻。深度訪談受訪者也表示，維持新聞中立，是他們的工作方式，受訪者自認為在民視工作，並不會受制於政治因素的影響，也不認為他們是因為政治因素而被民視聘用。

深度訪談資料也顯示，儘管民視新聞部管理階層希望，民視雙語新聞團隊成員能同時用國語及台語製作新聞，但新聞部主管也知道，並非所有團隊成員都能說流利的台語。因此，在雙語新聞的製作過程中，民視從未嚴格要求所有團隊成員以全台語製作新聞。不過，「盡你所能地以台語製作新聞」，已經成為民視新聞工作者每天的工作方式。民視希望雙語新聞團隊成員能盡自己最大能力，用台語製作新聞，花時間學好台語，並顯露把國、台語都說好的意願。當然，瞭解民視新聞團隊成員的社會面向特徵，只是理解民視雙語新聞製作過程的第一步。在下一章中，筆者將要經由分析民視雙語新聞的製作常規，以及遭遇到的各種限制，來探究民視雙語新聞的製作過程。

民視雙語午間新聞：就是這樣做出來的

討論過民視雙語新聞團隊社會面向特徵後，本章將要從兩方面分析民視雙語新聞的製作流程。首先，要探討民視雙語新聞團隊面臨何種時間限制，以及如何發展出一套有效率的工作程序，在這種時間限制下完成新聞製播任務。其次，則是要分析，由於同時使用國語及台語製作新聞節目，這種語言使用方式，對新聞製作過程帶來何種限制，以及民視雙語新聞團隊如何解決語言使用帶來的困難。

第一節　令人緊張的時間壓力

由於要在特殊的時間壓力下完成作業，電視午間新聞被認為是在一天的新聞節目中，最難製作的新聞節目。午間新聞節目面臨兩種時間限制。一來是因為午間新聞要每天很早就開始製作，所以沒什麼時間好好準備；其次則是所有電視新聞節目都面臨的，由節目時間本身所造成的時間限制。電視午間新聞總是在匆忙中完成製作程序，有時候會因為時間太趕而影響節目品質（Harrison, 2000）。不像晨間新聞通常是預告今天要發生的事，或是報導昨天已發生的新聞事件，午間新聞通常要報導剛發生的事件，或是今天上午發生，並一直在發展中的事情。午間新聞最重要的原則，就是先求以最快速度報導新聞，如果還有時間，再試著改善或加強新聞寫作、編輯及播送品質。從午間新聞節目在民視每天節目時間表的位置來看，民視在中午時段提供雙語午間新聞的策略，可以說是一項特別具有挑戰性的任務。

即使在24小時播送新聞節目的時代，時間壓力對午間新聞節目而言，仍然是一項挑戰因素。民視的一位新聞編輯指出，為了要在中午時段給觀眾更完整、更多元的新聞資訊，新聞編輯一直鼓勵記者準時交出完成的午間新聞帶。根據這位編輯的說法，現場衛星連線報導可能會減低新聞節目的節奏，而造成時間控制上的困難，也可能讓午間新聞節目無法準時結束。因此，新聞編輯希望，除非遇到重要新聞事件，否則在午間新聞節目中，最好不要進行現場連線報導。在民視每天的新聞節目中，每則新聞的長度大約是1分30秒。如果一則新聞報導的是非常複雜的資訊，而且長達2分鐘左右，記者通常要事先取得採訪路線小組召集人的同意。一般而言，民視午間新聞節目中播出的新聞長度，很少超過2分鐘。不過，每則現場連線報導的長度可能較長，在午間或其他黃金時段新聞節目中，大約是2分鐘左右。

民視雙語午間新聞節目中播出國、台語混用的狀況，是很多人知道的所謂「自然語」。這種說法，只是用來推廣一種觀念，就是在台灣人的日常生活中，同時使用國、台語是一種很自然的說話方式。但由於強大的時間壓力，以及某些記者無法說流利的台語，要在午間新聞中全部用台語製作新聞，確實有困難。換言之，儘管民視創辦人蔡同榮企圖在特定的新聞節目中推廣使用台語，以強化人們對台語或甚至對台灣國族意識的認同，但是，在午間新聞有製作過程時間限制，以及一些記者台語能力有限的狀況下，民視不得不同意在午間新聞節目中，同時使用國語及台語。這是讓午間新聞節目能夠準時播出的必要妥協。民視能做的，就是要求雙語午間新聞主播主要以台語播報新聞，台語過音編輯儘快並儘量將國語新聞帶轉配台語後播出。

事實上，每一家電視台都是在時間壓力下，準時播出午間新聞節目。從早上出外採訪新聞，到回公司處理新聞帶，民視的文字及攝影記者大約只有一小時的時間，來完成採訪任務。在外完成採訪工作後，記者要趕回公司，在午間新聞播出前的半小時內，完成新聞帶的所有處理程序。在這麼緊湊的時間限制下，通常新聞報導的品質很難有高水準的要求。民視新聞部採訪中心主任A先生指出：

> 午間新聞節目的特色，是趕時間製播新聞，而非製作出非常高品質的新聞節目。別家電視台有的新聞，我們也要有才行。所以，在午間新聞節目中，我們很少仔細分析新聞事件，或是從特殊的角度看待某一新聞事件。我們是試著從一般的角度報導事實。在台灣，所有的午間新聞節目都只是報導上午剛剛發生的事件，而不強調高品質的新聞報導。午間新聞能播出的新聞愈多愈好。我們能做的，就是趕上午間新聞節目的截稿時間，有時候這也不是容易的事情。

通常對午間新聞而言，要趕上截稿時間是項挑戰，特別是對頭條新聞，編輯幾乎沒法想到要不要讓頭條新聞用台語播出的問題。就像民視一位資深新聞編輯E小姐說的：

> 對午間新聞來說，實際上每個人都在求快。觀眾不太會對新聞品質有太多講究。所以，通常我們只希望記者完成的新聞帶，能趕上理想中的新聞播出順序。這個播出順序，是由新聞價值來決定的。

很重要的是，時間不夠不只影響到新聞製作過程，也對民視雙語午間新聞節目的台語過音有影響。記者做好國語新聞帶，再交給台語過音編輯時，台語過音編輯很難及時完成所有新聞帶的台語過音程序。這就是為什麼在雙語午間新聞節目中，大部分的新聞帶還是以國語發音，而主播主要用台語播報新聞。就像一位民視記者G先生強調的：

> 有關新聞製作的問題，如果我們在匆忙中完成採訪趕回公司，就不可能將國語新聞帶轉配台語發音。在此情況下，帶子就必須以原來的國語發音播出。事實上，很難解決這個問題。

民視雙語午間新聞的台語過音編輯，特別是在時間壓力下工作。根據民視一位台語過音編輯K小姐的說法，她通常拿到新聞帶的時候，只差5分鐘就要開始播送午間新聞節目了。她必須儘快進行台語過音工作，並維持過音品質。對她而言，這是非常有挑戰性也很困難的任務。另一位民視台語過音編輯L先生也同意K小姐的說法。他認為，時間不夠，對台語過音編輯來說是個大問題。和別家無線或有線電視台的午間新聞相比，這個台語過音的任務，使得民視雙語午間新聞節目面臨的時間限制更為緊迫。就像L先生所說：

> 為午間新聞的國語新聞帶做台語過音，有很多問題，因為我們拿到新聞帶時，時間已經很趕。通

> 常一小時內，可以為七或八支帶子過音。但問題是我們沒有時間。……我們做得太匆忙，所以往往做得不夠精確。這裡所說的精確，是指百分之百的正確而無疑義。

談到時間限制的狀況，民視的一位導播F先生認為，用一種語言及時完成午間新聞節目製播工作都已經很困難了，那麼，要如何用兩種語言及時完成工作？他覺得民視新聞部所有成員都承受著很大的壓力。民視新聞部一位記者H小姐也同意，對午間新聞節目而言，沒有時間讓台語過音編輯完成他們的工作。她強調：

> 通常在中午新聞時段，將國語新聞帶做台語過音，時間太趕。我們沒有時間完全用台語製播午間新聞，除非公司規定每位記者一定要用台語報導每則新聞。

根據民視記者H小姐的說法：

> 結果就變成，儘管雙語午間新聞節目主播用台語播報新聞，記者在新聞帶中幾乎都說國語。沒有記者在新聞帶中說台語，是很普遍的現象，除非新聞事件在清晨發生，或是記者很早就把帶子做好了。有時候，整個雙語午間新聞節目播放的都

是國語新聞帶。

民視新聞部製作中心副主任C先生和新聞採訪中心主任A先生都承認，在午間新聞節目中，不可能來得及全都播放台語新聞帶。不過，他們認為應該盡一切努力去達成這個目標。A先生強調：

> 儘管事實上，不可能及時將每一支國語新聞帶完成台語過音，但目標還是要製播台語午間新聞節目。

C先生進一步解釋：

> 首要原則，是盡我們最大可能製播午間台語新聞節目。不過，通常我們是在匆忙中完成午間新聞製播工作。只有兩支到三支國語新聞帶，在午間能及時完成台語過音，是很普遍的現象。

儘管由於時間不夠而很難完全以台語播出午間新聞節目，台語過音編輯仍然盡力為之。他們在為國語新聞帶做台語過音時，先複製新聞帶，然後再將複製好的帶子，從原來的國語發聲轉配台語。過好音的帶子在長度上，必須和原國語帶幾乎相同，並且要在特定的時間限制下進行過音工作。一位過音編輯K小姐提到她對於在匆忙中過台語音的憂慮：

> **某人給你一支國語新聞帶時，可能它在5分鐘後就要播出。在這5分鐘內，你得將國語新聞帶轉配台語發音。如何在時間壓力下完成可靠、順暢又優雅的台語配音，是我們面臨的最大挑戰，也是最困難的事情。我們總是盡力而為。**

儘管最初目標是儘量播出台語新聞；事實上，永遠沒有足夠的時間製作全以台語發聲的午間新聞節目。在民視的雙語午間新聞節目中，雙語的使用方式是另一項影響新聞製作程序的關鍵因素。

為了製作民視午間新聞節目，很重要的是要發展出特別適用於製作雙語新聞的高效能工作常規。Harrison（2000: 110）提到，不同的電視新聞部門「有相似類型的作業程序、結構、常規、壓力與限制」。她進一步指出，新聞部門每天舉行的各種會議，強化了編輯政策對新聞工作者的控制。對Sigelman（1999: 89）而言，編採會議是新聞製作過程中「最組織化、有凝聚力、有持續性，以及最權力集中的製作環節」。編採會議只讓資深新聞工作者及主管參加，新進人員不能出席。在編採會議中，編輯根據媒介組織的新聞政策，決定讓記者去採訪什麼消息（Sigelman, 1999; Soliski, 1997）。Soliski（1997）發現，對新聞編輯而言，事前確實掌控採訪任務的分派，比事後封殺記者的稿子，要輕鬆愉快得多。

當然，在編採會議中，新聞部成員間經常會有意見衝突。談到這種衝突，Bantz（1997）認為，在新聞機構，特別是電視新聞機構的文化中，衝突的發生應該被正常化為普遍的、常規的、預期中的、理性的，也許甚至是有價值的現象。他指出，在新聞機構中，衝突、爭執和歧見是可預期的，也被界定為是適當的現象（Bantz, 1997: 123）。在他看來，當新聞工作者將每天的工作建基於衝突之上，衝突的意義就被視為普通的、每天發生的、常規的，而且可能是社會生活中重要的一部分（Bantz, 1997: 133）。

在民視，也很常見在工作常規中發生這種衝突。其中一種衝突存在於記者和採訪路線召集人之間，另一類則是採訪路線召集人和新聞編輯在編採會議中的衝突。記者和召集人有時會對於今天什麼新聞事件值得採訪，或是新聞中應包括哪些重要資訊，有不同意見。他們會討論，而且有時候會爭吵、或甚至爭辯該如何做決定。通常他們會達成共識；但如若不然，記者必須接受召集人的命令。不過，即使記者和召集人之間有重大歧見，也不會發生嚴重衝突，因為新聞部經理、主任、或新聞部製作中心主任會做最後決定，看看要不要改變召集人的採訪任務指派。由於民視的新聞工作者會接受長官意見，所以在新聞部中的衝突雖難免，但在工作常規中並無破壞性。也由於記者接受長官督導，終究能維持新聞部中的和諧。

在民視，很明顯的是，雙語新聞節目的製作過程已被發展成一種常規。這麼做的目的，是要將新聞製作成本減到最低。這裡所說的成本，指的是儘量減少員工的焦慮、團隊成員間的歧見，以及雙語新聞特殊的製作難度。為能有效率地製作雙語午間新聞節目，民視的新聞工作者和單語新聞節目製作團隊一樣，必須每天早上就決定，要指派記者去採訪哪些新聞。

民視的記者通常早上八點半左右要到公司。每個國內新聞路線小組，包括政治組、財經組、生活組、社會組及地方組，都有一位召集人。被派出去採訪新聞之前，記者必須和小組召集人討論新聞內容及採訪對象。各組召集人必須對記者的採訪對象有所規畫，並清楚瞭解組內每位記者的採訪任務。如果新聞事件發生於早上九點以前，記者會提早離開辦公室出外採訪，召集人也要預先掌握記者的採訪行程。把記者派出去採訪後，召集人可能會和記者聯絡，並要記者先處理突發新聞事件。召集人必須知道最新的新聞發展狀況，好在編採會議及新聞製播會議中提出報告。根據新聞事件的最新發展，以及在新聞編採或製播會議中做出的決定，必要時給記者最新的採訪任務。

大多數時候，召集人都能平順地完成派遣工作，新聞採訪中心在早上九點以前，通常對今日的午間新聞節目中會有哪些新聞，也已經有了清單。每天早上九點時，各組召集人會簡單開個會。採訪中心主任和各組召集人會討論新聞內容，必要時還要在會議中決定，要不要合併處理某些新聞事件的採訪任務。這個由採訪中心主任和各組召集人參加的會議，通常氣氛平和，採訪中心主任試著在會議中扮演守門人的角色。根據採訪中心主任A先生的說法：

> 我們討論如何在午間新聞節目中，強化頭條及其他重要新聞。……如果我參加這個會議，我會提供我的意見，而且試著從其他不同的角度看新聞。我也許會建議記者訪問更多人。……各小組召集人每天會向我報告他們分派的採訪任務。我會檢視這些新聞項目。如果某則新聞不重要或無趣，我會要他們拿掉這則新聞，扮演好我的守門人角色。或是在上午十點以前，還來得及在某些新聞中加上一些採訪角度。

有時候，民視新聞部的長官認為，新聞採訪中心需要強化新聞內容，並提高收視率，新聞採訪中心會議就會從早上九點提早到八點半召開。除了已經奉派出外採訪的文字及攝影記者外，所有的文字和攝影記者、各組召集人，以及新聞採訪中心主任，都要參加會議。記者要在會議中報告他們要去採訪誰，以及會怎樣在午間新聞節目中做新聞。不過，在會議中不會特別提到要用哪種語言做新聞，因為時間限制，以及台語能力有限，記者總是用國語做新聞。不過，如果記者需要做現場連線報導，他們會先詢問連線時要用哪一種語言。在這個擴大舉行的採訪中心會議中，所有記者都要對當天要用的新聞提供意見。新聞採訪中心主任主持會議，對記者今天要去採訪的新聞，提供意見指導。由於並非所有記者都能說流利的台語，會議中主要使用國語發言。

偶爾，召集人和記者間的關係有點緊張。特別是當記者不同意召集人指派的採訪任務時，雙方會起爭執。爭論的理由多半是起因於記者和召集人在個性與觀點上的差異。不過，這種常規化的衝突已經很形式化。換言之，即使民視新聞工作者之間，會對於新聞內容細節有所爭執，新聞部的科層體制自然會常規化地處理這類衝突。

所有新聞採訪任務在早上決定好後，民視的新聞工作者會在早上十點參加所謂的新聞製播會議。參加的人員包括新聞採訪中心主任及各組召集人、新聞製作中心主任、國際新聞中心主任、地方新聞中心主任、編輯、導播，以及雙語午間新聞節目主播。這是雙語午間新聞節目播出前最重要的會議。新聞部經理也會參加新聞製播會議，特別是有重要事情要向大家宣布時。若當新聞部經理不出席時，就由新聞部製作中心主任主持會議。新聞部中心準備的新聞，都要在製播會議中列出清單並加以說明討論。這些新聞將是午間新聞節目的內容。根據這項會議中做出的決定，採訪中心也許會告訴在外採訪的記者，改變採訪重點。一般而言，採訪中心會尊重製作中心的意見。新聞採訪中心主任A先生說：

在十點舉行的製播會議中，我會看看資深新聞編輯和主播有沒有什麼要求或意見。或是有突發新聞出現了，我就要通知在外採訪的記者，把突發新聞的採訪內容加進午間新聞節目中。

製播會議結束後，資深新聞編輯對午間新聞節目中新聞的播出順序，就有了大致的規畫。之後，新聞製作中心也要決定為今天的新聞添加什麼輔助材料，或是要為午間新聞節目增加視覺效果。因此，從2003年6月開始，製播會議從每天早上十點提早到九點三十分舉行，好讓記者有充分的時間，根據製播會議做出的建議，修改新聞採訪重點。換言之，製播會議舉行時間調整的目的，是要讓民視的新聞工作者有更多時間，強化新聞內容的品質。製播會議時間的提早，讓民視新聞部在製作午間新聞節目時，可以減緩時間限制的壓力，爭取多一點充裕的時間來完成採訪及製作新聞的工作，倒不見得是為了因應午間新聞雙語的特殊需求。實際上，目前台灣所有的無線電視台新聞部，每天早上都在九點三十分左右舉行會議。

製作民視雙語午間新聞節目的常規，與製作午間單語新聞節目的常規相似。每天早上，民視新聞團隊根據諸多事件的新聞價值，決定哪些事件應該要去採訪，並在午間新聞節目中播出。很顯然地，在這個製作階段，新聞要用國語或台語來報導，並非民視記者或新聞編輯關切的事情。新聞事件值不值得播給觀眾看，才是這些新聞守門人主要的考慮因素。此外，在製播新聞的相關會議中，並無關於使用何種語言發言的要求，國語或台語都能被接受，會議出席人員也都能聽懂這兩種語言。

儘管民視雙語午間新聞節目自1999年10月至今，都平順地播出，製作雙語新聞節目的常規，也與製作單語新聞的過程相當類似，但在節目製作過程中，仍出現獨特的問題，需要民視雙語新聞團隊謹慎地解決困難。本章在下一節中將要討論此一現象。

第二節　國語嚇嚇叫，台語不輪轉？

製播台語新聞節目，就像製作其他弱勢語言新聞節目一樣，會遭遇使用的語言不夠標準化的困難與批評。威爾斯或愛爾蘭語新聞就有這種困擾。這些弱勢語言未能與時俱進，遇到現代科技術語時，不知如何從英語翻譯成威爾斯語或愛爾蘭語，但觀眾卻期待能從播出這些語言的新聞節目中，出現「好的語言模式」（Hoffmann, 1998: 279）。

台語並非台灣的官方語言，也還不是一種已經標準化了的語言。同時，台語的書寫系統也尚未完全標準化，有各種派系版本與爭議。因此，紊亂的台語發音與拼音系統等現象，都成為新聞工作者嘗試製作台語新聞節目時遭遇的困難。由於台語在台灣的演化，歷經荷蘭占領、明、清、日據時期及國民黨政府等不同時期的影響，許多台語詞彙，其實是借用其他語言的詞語。於是，許多台語詞彙沒有書寫形式，造成了上字幕時的困擾。

由於沒有標準化的台語，因此，很難找到一位絕對權威、讓所有人信服的專家，能夠針對台語的最佳用法提供建議。此外，不同的台語專家有時候意見也不一致。民視一位台語過音編輯L先生解釋說：

> 如果一位台語專家，對某一台語詞彙的發音做過研究，他可能會認為自己的意見是對的。但是，其他專家可能有不同意見。嗯！台語是一種語言。這怎麼能夠標準化？這很困難。

於是，要台語過音編輯說「完美而又標準」的台語，實在太難。民視一位台語過音編輯K小姐說：

> 談到台語過音的標準方法，台語的拼音符號還沒有標準化，同時，因為國民黨推廣國語，有些台語詞彙很少被人使用。如果我們只接受一位台語專家對於如何將國語詞彙翻譯成台語發音的建議，其他台語專家可能會認為我們偏愛這位專家。所以，我們比較喜歡向好幾位台語專家徵詢意見。

由於缺乏標準化的台語，將國語詞彙翻譯成台語發音就有困難，製作雙語新聞節目也就變成難事，特別是遇到一些對台灣社會而言是新事物的用詞時，更有這種翻譯上的困難。事實上，對某些外語或國語詞彙缺乏標準化的台語翻譯，可能會減低民視雙語新聞節目的信譽，也可能會降低某些觀眾收看民視雙語新聞節目的興趣。根據民視新聞部採訪中心主任A先生的說法，語言問題對民視雙語新聞節目的信譽有負面影響。他指出：

> 台語的關鍵問題，在於台語不是台灣的官方語言，所以在說台語的社群中，台語並未被標準化。因此，當我們用台語播出新聞節目時，我們的基礎不夠扎實。觀眾對台語新聞的接受度，和觀眾接受國語新聞的程度不同。國語新聞的播送與接收，在過去四、五十年裡，已形成一個非常強固的體系。我覺得從記者的觀點來看，用國語播新聞已是很自然的事情，因為國語已經是一種相當標準化的語言系統。但台語的讀、寫或甚至是各地的表達方式，都還沒有標準化。因此，用台語播新聞真的很困難，也缺乏官方公信力。在此情況下，我相信台語新聞多多少少會減低新聞的權威性，除非民視在新聞節目中使用的台語，已經好到足以成為台灣台語使用的模範。如果還不到這個程度，用台語播新聞可能會引發許多不同意見。

民視台語過音編輯K小姐也觀察到：

> 把國語發音的詞彙翻譯成台語發音詞彙，有時候可能會有問題，特別是在資訊科技和醫學領域中的一些用語，更有這種問題。因為在台語中可能原來根本沒有這些詞彙，或是在社會中很少被人提過。另一種情況是，某些國語詞彙是從外語中借用過來的。要把這些用詞的發音從國語轉譯成台語，又要讓大家都聽得懂，確實很難。

以下提供的幾個從民視雙語新聞節目中發現的國語翻譯成台語的實例，可以說明製作雙語新聞節目的困難。這些困難包括逐字直譯、台語正式與非正式用法上的差異、從外語借用詞彙的翻譯，以及對罕用字台語發音的不同建議。

逐字直譯

國語和台語在文法和用字習慣上有所差異，因此，將國語新聞帶翻譯成台語新聞帶時，逐字直譯可能不是很好的翻譯方法。不過，在新聞製作過程中，民視記者完成的新聞帶都以國語讀稿，而又需要由台語過音編輯及新聞主播立刻翻譯成台語。於是，在前面討論過的時間限制下，對台語過音編輯及主播而言，如何適切又有效率地將新聞帶中的國語翻譯成台語，就不是容易解決的問題。這是雙語新聞節目中經常出現的挑戰。同時，有些民視雙語午間新聞節目的觀眾認為，將國語新聞以逐字直譯的方式翻譯成台語，可能不是很好的翻譯方式。如果一定要這麼做，可能會對觀眾帶來收視上的困難，並使他們較難理解新聞中特定詞彙的意義。

民視台語過音編輯L先生表示，逐字直譯會增加雙語新聞的製作難度：

> 記者都用國語文法及用字寫稿。新聞帶中一部分內容可以從國語直譯成台語，觀眾也都聽得懂。但有些部分就不能直譯，不然有些翻譯過去的字或詞就會變得沒有意義。如果你把一份英文文稿從英文直譯成中文，可能也會有同樣的問題。逐字直譯有時候會讓一些詞彙變得無法理解其意義。同樣的，如果你把一份中文文稿逐字直譯成英文文稿，人們可能會搞不懂你在說些什麼。

台語正式與非正式用法上的差異

在台語中，特定詞彙的發音可能會因人們居住地區的不同而有差異。此外，對某些詞彙而言，一般人的唸法可能和民視台語新聞中的正式唸法不同。對某些用語，鄉下居民的發音和城市居民的發音也可能不同。在這方面，台語的差異就比國語的差異大得多。在電視新聞中，台語的正式用法和一般人對台語的日常用法的差異，增加了製作雙語新聞的難度，也讓部分觀眾不太高興。

民視的一位新聞工作者舉出兩個很鮮活的例子，來說明台語正式與非正式用法上的差異。民視台語過音編輯L先生說：

我舉個例子說明台語用法上的差異。有些詞彙在你家鄉的說法和我家鄉的說法完全不同，但指的是同一回事。例如，如果你對一個鄉下小孩用台語說「冰淇淋」，他可能不懂這是什麼東西；但如果你說「叭布」，這小孩可能會覺得比較親切，因為這是賣冰淇淋車子的喇叭聲。大人對小孩說話時，通常會說「叭布」，而不說冰淇淋。

他進一步說：

另一個例子像這樣：有一種魚有科學上的學名，但在日常生活上有另一種通稱。但如果你去市場買這種魚，我猜90%以上的魚販不知道這魚的學名。因此，你只能用這魚的通稱來和魚販溝通。

這種用語不同的困難，在翻譯新聞稿的日常作業中經常出現。民視的台語過音編輯和主播難逃掙扎於挑選最佳翻譯的困擾中，而且得決定是要用正式或非正式的台語發音，來唸某些詞彙。在上述例子中，民視過音編輯最後決定在新聞中用台語唸「冰淇淋」（正式用法）及魚的通稱（非正式用法），因為這是當前台灣社會最能被普遍接受的台語用法，這可以讓大多數觀眾瞭解這兩個用語的意義。

從外語借用詞彙的翻譯

國語仍然是台灣的官方語言，於是，從外語借用詞彙來指涉高科技產品時，還是都先從外語翻譯成國語。但台語就缺乏任何權威機制，將這些新科技產品名稱立刻翻譯成台語。所以一直以來，很多高科技名詞都缺乏適當的台語唸法。於是，台語就不像國語一樣，有那麼多科技方面的詞彙，在資訊科技及醫學方面特別有此問題。

民視新聞部採訪中心主任A先生以「外科手術用口罩」為例指出：

> 提到「外科手術用口罩」時，我曾問許多人如何用台語唸這個詞彙。有些人發音成「tshuì-tà」、「tshuì-am」；另一些人唸成「kháu-tà」；還有人唸成「MASUKU」。最後一種唸法，是從日語發音轉譯過來的台語唸法。在這種狀況下，當我說台語時，如果我說「kháu-tà」，有些人一定不

> 同意我的唸法。所以我說台語還未標準化。儘管我們有自信說民視是台灣規律性使用台語的最權威機構，但如果不是每個人都接受我們的台語發音，那就還是有問題。相反的，如果一個新名詞是用國語來介紹，我相信爭議就會少得多。

台語還未標準化的問題，已經緩和了些，因為在推廣新名詞的台語唸法上，民視還是個有力的媒介組織。民視的雙語新聞節目可以介紹外語詞彙的台語唸法，而逐漸被觀眾所接受。A先生舉出「SARS」這個最典型的例證。儘管「SARS」是英文，在台語中卻愈來愈能被接受，直接說「SARS」的人也愈來愈多，大家在說台語時，就直接保留了SARS的英語發音。他說：

> SARS是英語詞彙，它既非國語也非台語。這個最近借用於外語的詞彙，幾乎是同時被引介入台語及國語，所以不會引起什麼翻譯上的問題。

很顯然地，要解決這些翻譯上的問題，需要時間。並非所有被引介入台語的新詞彙，可以被廣泛地接受。因此，有時候觀眾會在同一節雙語新聞節目中，聽到不同的過音編輯對同一個名詞有不同的台語唸法。對民視的新聞工作者而言，特別是對新來的過音編輯或主播來說，沒有找到新聞中某些外語或國語詞彙的適切台語唸法，是工作上的一項挫折。因為這種問題，可能會有損民視以台語詮釋新名詞的權威媒體聲譽，而這個問題還沒有解決之道。

對罕用字台語發音的不同建議

有些字詞很難決定哪一種台語發音是對的。不同的專家學者根據自己的研究，可能對同樣字詞的台語發音，有不同的建議。有時候很難說哪一種建議是對或錯，因為在字典或書籍中都可以看到對同一個字的不同發音。

民視台語過音編輯L先生談到這種雙語困難：

> 例如，大家都知道陳水扁總統女兒陳幸妤名字的國語發音，但人們對這個「妤」字的台語唸法有不同建議。我們查了字典後決定唸成「û」的發音，但一位觀眾寄來一封電子郵件說應該唸成「î」的發音，而不是唸成「û」。最後，我們查了三本不同的書和字典，這些資料來源都說該唸成「û」的發音。我們就回信給觀眾，告訴他我們查詢的結果。不過，還是很難說誰對誰錯，因為也有研究結果支持觀眾的這項建議。

除了上述的翻譯兩難，把新聞中某些國語詞彙草率地翻譯成台語，也可能會扭曲其原義。就像已停刊的《民生報》在2000年刊出的一篇報導中所說（Min Sheng

Daily, 2000），新聞工作者如果草率地將國語詞彙翻譯成台語，可能會扭曲原義並鬧笑話。這篇報導舉出例子，說雙語新聞主播是怎樣唸出荒唐的句子。包括在1999年總統大選期間，有一則新聞與總統候選人宋楚瑜有關，新聞中也提到宋的小姨子。一位台語新聞主播將「小姨子」這三字從國語直譯成台語，就鬧了笑話。小姨子這三字在台語應該唸成「î-á」，但這位主播卻把小姨子唸成了「sè-î-á」，而「sè-î」（細姨）的意思是「姨太太」，這就完全不對了。還有一則火災新聞，主播要說，「還有六位民眾困在火場」，她用台語逐字直譯，唸成「ū làk uī bîn-tsiòng khùn tsāi hué tiûnn」，問題出在把這個「困」字，直譯成台語發音的「khùn」，恰巧與台語發音的「khùn」（睏）字同音，於是就變成了「睡」的意思。整個句子的意義就扭曲了，從原來的「還有六位民眾困在火場」，變成了「還有六位民眾睡在火場」。這兩個例子讓民視的新聞工作者警惕到，台語能力的不足，會降低台語新聞品質，甚至減低了新聞的權威性。

民視攝影記者J先生進一步指出，在進行現場連線報導時，記者不能用流利的台語說話，就可能會出問題。他的觀察是：

> 記者在雙語新聞節目中做現場連線報導時，如果台語不夠流利，問題就比較麻煩。記者可能會說錯話或用詞不當，或是根本不知道自己講的某些

話在台語發音中是什麼意思，就可能扭曲了新聞原義。在這種狀況下，受訪者或觀眾會覺得好笑，或根本不懂記者在說什麼，這其實會影響新聞品質。

總之，草率翻譯和不完美的發音，都和前述一項事實有關，那就是，民視新聞工作者中，有些人的台語說得不夠流利。民視雙語新聞團隊成員的年紀多半在30到40歲之間，其中多半出生於1949年之後。他們受教育時，台語既非台灣的官方語言，學校也不教台語；此外，當時台語的發展也受到政府的限制，這些人成長於國語發展成熟的環境中。不過，民視雙語新聞團隊中的多數成員懂台語，因為他們應徵民視工作時，必須通過基本的台語能力檢驗，也必須顯露學習台語的興趣。但其中有些人的台語說得比較流利，有些人的台語就說得不夠好。即使是那些平時可以用流利的台語跟人溝通的人，遇到某些台語中的罕用字詞時，也有處理上的困難。

面對製播雙語午間新聞時的這種雙語難題，民視曾經努力尋求解決之道。觀眾和民視的新聞工作者都看得出來，民視在這方面下過一番功夫。例如，民視曾經聘請台語老師強化員工的台語能力。除了這項安排，筆者將在下一節中指出民視解決雙語困難的其他方法。

第三節　還是要想辦法：突破語言困境

就像之前說過的，民視的台語過音編輯擔負將國語新聞帶，轉配台語發音的主要責任。由於民視每天都要播出雙語午間新聞節目，台語過音編輯也就每天都要處理翻譯上的難題。在製播每天的雙語新聞節目時，翻譯的困難是永無休止的問題。新聞中經常會出現新詞彙，需要適切地從國語翻譯成台語。於是，在民視，如何處理翻譯問題，就成為新聞製作過程中的一項例行工作。

台語過音編輯可以說是台語新聞的先鋒，因為他們的台語能力比民視的其他新聞工作者好得多。除了向研究台語的學者專家請教，台語過音編輯也自己組成了研究小組。一開始，這個研究小組的目的，是解決每天會遇到的翻譯問題，而且只是個讀書會性質的小團體。不過，後來已演變成蒐集台語相關資訊的任務編組。為了處理每天在新聞中都有可能碰到的新詞彙，台語過音編輯必須創造出新的台語詞彙。民視台語過音編輯K小姐說：

> 我們不斷改進工作品質，並希望精益求精。為了把特定的國語詞彙翻譯成台語，我們努力找出台語中很少使用或已流失的相關詞彙。有時候，我們甚至需要創造台語詞彙。我們希望呈現出最好、最精確的台語用法。

此外，有些對學習或推廣台語有熱情的民視員工，組成了台語社，並舉辦一些和台語有關的活動。民視新聞部採訪中心主任A先生是這個台語社的創社社長，民視的一位新聞主播是第二任社長，第三任社長則是民視新聞部製作中心的一位副主任。

民視的所有新聞工作者都可以自由參加台語社，來學習台語。民視的台語社也舉辦一些活動，與民視以外的台語社團交流情誼。此外，民視台語社也辦過一些全國性的活動。例如，在2001年舉辦兒童台語夏令營，從2000年到2002年辦過三次全國台語研討會。民視新聞部經理甚至出版過一系列有關如何學台語的專書。在某個程度而言，民視新聞部已經成為一個非正式的台語研究機構。

在參與民視研究與推廣台語的過程中，民視台語過音編輯扮演重要角色。民視新聞部製作中心副主任C先生解釋說：

> 基本上，自從民視成立以來，我們就一直在為新聞主播及記者設置台語訓練課程。例如，從一開始，我們就邀請台語學者為主播及記者，每週上一到兩次的台語課。最近，我們曾經發展出一套台語訓練系統。在民視，有台語過音編輯小組，他們每天監看主播及記者的台語發音，並蒐集許多有關台語新聞用語的資料。我們準備建構一套搜尋系統，尋找更多相關資料。此外，我們正在

為主播及記者設計一套新的台語訓練課程。我們把台語過音編輯看成是訓練主播及記者台語能力的督導員。

民視新聞部採訪中心主任A先生談到在民視研究台語的重要性，他說：

成立台語新聞小組，是為了蒐集並研究台語詞彙及發音。它可以逐漸成為一個台語新聞中心，就像日本NHK電視台的日語中心一樣。如果我們可以達成這個目標，那麼民視的台語中心就可以被視為一個權威的台語研究單位。

當然，民視的新聞工作者知道，雙語的困難無法在短期內完全解決。即使是民視創辦人蔡同榮在深度訪談中也表示，目前民視新聞節目不可能百分之百使用台語，但對改進台語使用的缺失，仍維持正面態度。他相信，在電視新聞中使用台語的困難正逐漸減少。民視高層決策者也對新聞節目使用台語的現況表示滿意。蔡同榮說：

我認為目前不可能百分之百地使用台語，因為台灣仍有相當多比例的人口使用國語。未來台語新聞節目中也許會混用許多國語及英語。不過，使用台語的情形以後會增加嗎？我們今後要有更多討論並做更多研究。

必須指出的是，就像民視新聞工作者所說的，民視雙語午間新聞節目中的雙語問題，也許是使用雙語時的一種自然現象。事實上，就像Hoffmann（1998）指出的，當人們住在雙語社會中時，他們的雙語談話可能會出現干擾（interference）、轉借（borrowing）、個人創造（individual creation）、混用（mixing），以及符碼轉換（code-switching）等現象。換言之，當人們在日常生活中使用兩種語言，他們也許在說其中一種語言時，會出現外國腔調或不正確的文法。此外，當一位雙語人士說雙語中的一種語言，可能會從另一種語言中，借用詞彙來表達某種意思，或是在同一個句子中混用兩種語言。這種符碼的轉換，可能會使別人在接收訊息時產生問題。這些雙語使用上的特點，對雙語社會成員而言，也許是無法避免的現象，但仍會妨礙傳播效果，並導致雙語新聞品質降低。

事實上，就像深度訪談資料所顯示的，民視的新聞工作者知道，雙語的困難，可能會引來對雙語新聞節目品質的批評。新聞工作者面對的無數雙語難題，像是直譯或是翻譯上的兩難、正式與非正式台語用法上的差異、新名詞或罕用字的台語發音，以及不正確的台語腔調，民視的雙語新聞團隊都承認這些困難的存在。為應付這些問題，民視努力解決困難，安排訓練課程強化員工的台語能力。同時，民視的新聞工作者組成台語研究小組，進行台語研究活動，以解決這些雙語困難。當然，和其他無線電視台準備單語新聞節目的付出相比，民視解決雙語困難將會增加製作雙語新聞節目的成本。

總結以上分析，民視雙語午間新聞節目的製作過程，雖與其他無線台單語午間新聞節目的製作過程相似，民視雙語新聞團隊仍須面對解決雙語困難的挑戰，以有效率地完成工作。這項挑戰，使製作午間新聞的時間限制變得問題更大。由於台語在電視新聞中的使用，不像國語已如此標準化，解決新聞製作中的雙語難題，就無可避免地成為嘗試錯誤的過程。問題是，這種解決困難的途徑，可能會降低民視雙語午間新聞節目的品質。然而，就是這種在時間限制下解決雙語困難的獨特經驗，讓民視在午間新聞的市場上，創造出尚無同型競爭對手的唯一雙語新聞節目。

應該指出的是，解決雙語困難的努力，已被民視新聞部整合到新聞製作的例行作業程序中。不這樣的話，在如此緊迫的時間限制下製作雙語午間新聞節目，就會變得太過慌亂。策略之一，是要求主播以台語播報新聞；另一項策略，是允許記者在報導新聞時混用國、台語，尤其是在進行現場連線報導時，更是如此。還有一項策略，是聘用能說流利台語的台語過音編輯，將國語新聞帶轉配台語發音。他們不僅是專業的新聞工作者，也是能夠又快又好地解決雙語困難的專家。另一項重要策略，是讓民視新聞部成為台語的全國學習中心，好讓公司外面的台語專家，能夠被用來諮詢並協助解決雙語困難。於是，民視雙語午間新聞節目的一項很有趣、當初也許未預料到的副產品，就是節目內容成了觀眾學習台語的教材。由於台語尚未標準化，這項教材開放給節目觀眾及民視的員工討論與批評。這些批評與討論，也許指出了雙語新聞節目的缺失，不過，對電視新聞工作者及一般在生活中使用台語的人而言，民視解決雙語困難的持續努力，應該有助於台語的繼續標準化與現代化。民視積極讓自己成為台語資訊中心的努力，顯示民視不僅僅要在媒體上推廣台語，也想改進台語的社會形象。這麼做，是試圖讓台語成為民眾心中一種高尚的語言，而不只是在1960或1970年代被推廣成是勞工或農人使用的語言。

然而，同時很有趣的是，民視也在使用台語時做出妥協，為聽慣口語化台語的觀眾提供服務。換言之，儘管民視希望維持台語的尊嚴，但也會迎合聽不慣正式或國語化台語觀眾的需求，讓新聞中使用的台語保持一定程度的口語化。所以，用其他國家的事例來比喻，在推廣台語的工作上，民視可以說，已經在扮演國家政府的角色。不過，民視員工的台語知識，不只受台語專家的影響；觀眾的直接回饋，也是一大影響因素，因為電視台畢竟需要照顧觀眾的需求，以維繫觀眾對新聞節目的忠誠度。

民視已經成為一個集中化的台語知識中心，它自外於政府的直接干預，直接回應一般觀眾對台語新聞的需求。但它還是免不了一些外部因素，像是國語文法的影響。其實，民視在推廣與保護台語的同時，也在台灣媒體快速擴張之際，重新界定台語的社會地位。因為即使是媒體快速擴張，電視台如果只用國語製作新聞節目，自然不會像民視一樣，能對台語的發展做出貢獻。

到目前為止，經由參與觀察及深度訪談，我們可以明顯看出，由於時間與語言方面的雙重限制，製作雙語新聞節目比製作單語新聞節目更為困難，也更具挑戰性。儘管製作雙語新聞節目，就一定會遭遇某些困難，還要冒新聞權威感受損的風險，民視高層仍同意繼續製播雙語新聞節目，民視新聞工作者也繼續為雙語新聞節目打拼。之所以如此，是因為雙語新聞節目蘊涵政治理想；同時，新聞工作者基於新聞專業理念及文化使命感，認為值得參與雙語新聞團隊；此外，雙語新聞節目也有市場利基。在下一章中，筆者就要針對民視製作雙語新聞的成本與收益進行分析。

第9章 賠錢的新聞沒人做？

做為一家商業經營的無線電視台，尋求利潤也是民視雙語午間新聞節目的一項目標。儘管播送雙語新聞，是民視一項不會改變的既定政策，節目收視率仍然對節目型態有某種程度的影響。也就是說，假使觀眾無法接受雙語新聞節目，那就表示節目的市場條件很脆弱。因此，在本章以下各節中，筆者將探討民視雙語新聞的經濟面向特徵，分析雙語午間新聞節目的製作成本、節目收視率，以及節目的廣告營收。

第一節 民視雙語新聞的額外成本

雙語午間新聞節目是民視的主要投資之一。要探討這個節目的經濟面向特徵，一種適當的方法是對其進行成本效益分析。在本研究中，對該節目的成本分析將聚焦於評估製作節目所需的人力資源及台語訓練成本。在效益方面，筆者將檢視節目收視率及廣告營收。

所有的電視新聞部門都需要成本來製作每日新聞，包括訊號傳輸費用、員工薪資、設備支出等等項目。為了標示民視雙語新聞不同於單語新聞的特點，筆者將說明，和製作單語新聞相比，民視在製作雙語新聞節目時，需要負擔哪些額外成本。這包括了聘用台語過音編輯、購置過音器材、聘用台語教師強化員工台語能力，以及獎勵記者親自完成新聞帶台語過音等項目的成本。

首先，民視需要支付5位台語過音編輯的薪資，每人每月薪資估計為新台幣50,000元，因此，每人每年的薪資約為12個月的固定薪資加上3個月薪資的年終獎金。其次，民視從1999年到2002年聘用一位台語教師，每週為記者及主播教授台語課程2小時，每小時鐘點費約為新台幣2,000元。第三，民視從2002年開始，每月提供新台幣40,000元獎金，鼓勵文字記者親自為國語新聞帶轉配台語發音。第四，民視為台語過音工作購置了兩部器材，每部器材約花費新台幣700,000元。

表9.1顯示從1999年6月到2006年6月，民視製作雙語午間新聞節目的額外支出。各項支出分別為：

1. 台語過音編輯人事費用：5位台語過音編輯，每人每月薪資約為新台幣50,000元，每人每年支付12個月固定薪資及3個月年終獎金。總計每年支付的台語過音編輯人事費用為NT$50,000×15×5 =

NT$3,750,000。從1999年6月到2006年6月，合計為NT$3,750,000×7＝NT$26,250,000。

2. 台語教師鐘點費每小時新台幣2,000元。每週教課2小時，每年教課52週。從1999年到2002年的台語教師鐘點費支出為NT$2,000×2×52×4＝NT$832,000。
3. 每月獎勵文字記者台語過音費用新台幣40,000元。從2002年到2006年合計支出為NT$40,000×12×4＝NT$1,920,000。
4. 為台語過音工作購置兩部器材，每部新台幣700,000元，合計支出NT$700,000×2＝NT$1,400,000。

表9.1　民視雙語午間新聞節目額外支出（1999年6月～2006年6月）（NT$）

年份	人事	訓練	獎勵	器材	合計
1999/2000	3,750,000	208,000		1,400,000	5,358,000
2000/2001	3,750,000	208,000			3,958,000
2001/2002	3,750,000	208,000			3,958,000
2002/2003	3,750,000	208,000	480,000		4,438,000
2003/2004	3,750,000		480,000		4,230,000
2004/2005	3,750,000		480,000		4,230,000
2005/2006	3,750,000		480,000		4,230,000
合計	26,250,000	832,000	1,920,000	1,400,000	30,402,000

簡言之，民視雙語新聞節目顯然比單語新聞節目要多

出一些額外支出。和台灣其他無線及有線電視台的單語新聞節目相比，民視要付出更多成本製作雙語新聞節目。正因如此，民視當然會很在意雙語新聞節目的收視率及其廣告營收。在本章下一節中，筆者將先分析民視雙語新聞節目從1999年到2006年的平均年度收視率，然後再說明同時期內該節目估計的廣告收益。

第二節　民視雙語新聞收視率與觀衆輪廓

收視率資料是民視用以評估雙語新聞節目市場反應及節目成功度的重要訊息來源。由於廣告收益與收視率直接相關，民視高度關注雙語新聞節目的每日收視率。

根據美國學者Webster, Phalen & Lichty（2000: 159）的說法，收視率是在估算平均每分鐘有多少人在收看某一電視節目。收視率的重要性在於，廣告主依此判斷該在某一節目中投入多少廣告經費。美國如此，對台灣所有商業電視台而言，亦復如此。在民視，每天公司內部都會傳閱前一天的節目收視率資料，以做為評估節目內容的重要參考資料。

Webster, Phalen and Lichty（2000: 12）也指出，收視率是媒介消費行為的地圖。他們觀察到，收視率資料會讓電視台以觀眾收視行為做基礎，而可能取消某些節目、開發新節目，以及改變節目播出時段。這三位學者也發現，觀眾的人口特徵，和對特定節目型態的偏好有直接關聯

（Webster, Phalen & Lichty, 2000）。

McManus（1994）發現，在美國，對新聞工作者及廣告主而言，讓新聞節目有廣大收視群，是一項有正當性的關切。在電視圈中，追求收視率是如此普遍的行為，以至於就像Larson（1992）所說的，大多數觀眾都聽說過尼爾森（Nielsen）公司的收視率調查系統。Larson指出，尼爾森收視率調查的影響，已進入美國大眾文化中。這些調查數字會影響、偶爾也會決定節目型態及內容，對電視事業的商業經營層面有重大影響。

由於收視率對商業電視台如此重要，而民視又必須在商業利益上有所成就，因此，分析並比較民視雙語午間新聞節目與其他無線台午間新聞節目的收視率及觀眾收視行為，就成為重要的研究項目。分析與比較的目的，是為了更瞭解民視雙語新聞節目在經濟面向的特徵。

根據尼爾森收視率調查資料，民視無線台雙語午間新聞節目的收視率從1997到2003年是逐漸上升；從2003到2006年略為下滑，但仍維持一定水準。比較1997到2003年包括民視在內的四家無線電視台午間新聞節目收視率，很明顯地，只有民視是穩定上揚，從1997年6月到1998年6月的0.31，到第6年的1.27。此外，民視雙語午間新聞節目的收視率，甚至從2001年6月到2003年6月，連續兩年超越華視午間新聞節目收視率。民視雙語午間新聞節目從2003到2006年的收視率，低於2000到2003年該節目的收視率。不過，從2004年6月到2006年6月，民視雙語午間新聞節目的收視率，仍高於兩家無線電視台午間新聞節目收視率。這些收視率數字顯示，民視雙語午間新聞節目已成為台灣午間電視新聞節目市場中，具競爭力的一項新聞產品。

民視於1997年成立時，午間新聞節目以國語播出，這種情形一直延續到1999年。做為午間電視新聞節目市場中的一位新競爭者，就像表9.2顯示的，民視從1997到1999年國語午間新聞節目的收視率，明顯低於同時期其他三家無線電視台國語午間新聞節目收視率。之後，民視決定於1999年10月播出雙語午間新聞節目，使該節目成為市場中唯一的雙語新聞產品。從那時到2006年，就像表9.2顯示的，民視雙語午間新聞節目與其他三家無線台國語午間新聞節目收視率的差距，就穩定地縮小。

同時，如表9.2所顯示，自從民視於1999年將午間新聞節目從國語改為雙語播出後，該節目的收視率已有改善。這似乎顯示，雙語午間新聞比傳統的國語午間新聞更能吸引觀眾注意。因此，對民視而言，和僅僅遵循傳統，製播國語午間新聞相比，製播雙語午間新聞節目似乎是在市場區隔及市場競爭方面的一項較佳策略。事實上，表9.2顯示，民視雙語午間新聞節目從2002到2003年的收視率，曾超越同時期華視午間國語新聞節目收視率。在2004年6月到2006年6月這段期間，民視雙語午間新聞節目的收視率甚至同時高於台視及華視午間國語新聞節目收視率。因此，民視雙語午間新聞節目可以說已成為其他無

表9.2　台灣四家無線台1997～2006年午間新聞節目收視率

	1997/98	98/99	99/2000	2000/01	01/02	02/03	03/04	04/05	05/06
民視	**0.31**	**0.48**	**0.69**	**1.16**	**1.25**	**1.27**	**1.00**	**1.10**	**1.04**
台視	4.07	3.24	2.86	2.62	2.04	1.66	0.89	0.68	0.63
中視	2.52	2.83	2.48	1.88	1.76	1.47	1.27	1.22	1.11
華視	1.26	1.45	1.64	1.44	1.23	1.00	1.02	0.58	0.29

資料來源：民視提供的尼爾森收視率調查結果。

線電視台國語午間新聞節目的強勁競爭對手。

民視雙語午間新聞節目年度收視率調查數據，可以做進一步的收視點數人口特徵分析。如表9.3所顯示的，民視於1997到1999年只播出國語午間新聞節目時，男性及女性觀眾的收視點數都低於0.50。之後，自從民視於1999年10月起播送雙語午間新聞節目，1999到2000年該節目女性觀眾平均年度收視點數上升到0.72，男性觀眾收視點數則是達到0.65。表9.3也顯示，民視雙語午間新聞節目每年吸引的女性觀眾人數日漸增加，而在2002到2003年達到1.52的平均年度收視點數。同樣地，該節目男性觀眾人數從1999到2002年也逐漸增加，而在2001到2002年度達到1.07的平均年度收視點數。儘管男性收視點數在2002到2003年從1.07略為下降到1.02，並且從2003到2006年更為降低；但2003到2006年的男性收視點數，仍顯著高於1997到1999年民視只播出國語午間新聞節目時的男性收視點數。同樣地，當民視雙語午間新聞節目的女性平均年度收視點數從2003到2006年開始略為下降，這時期的女性觀眾收視點數仍高於1997到1999年民視只播國語午間新聞節目時的女性收視點數。

換言之，就像表9.3顯示的，對民視而言，播出雙語午間新聞節目比播出國語午間新聞節目，更能吸引男性及女性觀眾的注意。此外，表9.3顯示，民視雙語午間新聞節目的女性觀眾人數多於男性觀眾人數。從1997到2006年，每一年女性觀眾的收視點數都高於男性觀眾的收視點數。

表9.3　民視雙語午間新聞節目女性與男性收視點數（1997～2006）

	女性	男性
1997/1998	0.31	0.30
1998/1999	0.49	0.47
1999/2000	0.72	0.65
2000/2001	1.34	0.99
2001/2002	1.43	1.07
2002/2003	1.52	1.02
2003/2004	1.32	0.82
2004/2005	1.42	0.78
2005/2006	1.35	0.74

資料來源：民視提供的尼爾森收視調查結果。

表9.4呈現的是從1997到2006年民視雙語午間新聞節目不同年齡層觀眾的平均年度收視點數。表中數字顯示，年齡在45歲以上者，是民視雙語午間新聞節目的主要觀

表9.4　民視雙語午間新聞節目不同年齡觀衆收視點數（1997～2006）

	4-15	16-24	25-34	35-44	45-54	55-64	65+
1997/98	0.09	0.13	0.22	0.28	0.57	0.82	0.65
1998/99	0.20	0.22	0.29	0.45	0.65	1.61	0.89
1999/00	0.25	0.24	0.52	0.56	0.85	1.82	1.96
2000/01	0.41	0.38	0.69	0.97	1.39	3.18	3.61
2001/02	0.43	0.34	0.70	0.98	1.35	3.06	4.50
2002/03	0.43	0.41	0.57	0.93	1.27	4.01	____*
2003/04	0.21	0.24	0.39	0.63	0.94	3.98	____*
2004/05	0.15	0.23	0.30	0.54	0.70	4.46	____*
2005/06	0.12	0.21	0.24	0.51	0.74	4.41	____*

資料來源：民視提供的尼爾森收視調查結果。

*無法取得收視調查結果。

眾；相對的，年齡在45歲以下者，似乎對該節目較不感興趣。此一發現與本研究某些焦點團體參與者的意見相似，那就是，年長者才是民視雙語午間新聞節目的主要觀眾（參看本書第十章）。

就像本書第十章將論及的，有些年紀較大的台灣人只懂台語，這就解釋了他們為何偏愛收看民視雙語午間新聞節目。事實上，就像表9.4所顯示的，民視於1997到1999年只播出國語午間新聞節目時，在各年齡層的觀眾平均年度收視點數中，以55到64歲的觀眾收視點數1.61為最高。在此期間，其他各年齡層的觀眾收視點數都低於1.00。不過，自從民視於1999年10月開始播出雙語午間新聞節目後，年齡在45歲以上的收視觀眾，包括45到54歲，以及55到64歲的觀眾收視點數，從1999到2006年都顯著攀升。2002到2006年65歲以上觀眾收視點數資料雖無法取得，但從1999到2002年，這些年長觀眾的收視點數也是逐年增加。至於年齡較輕的觀眾方面，表9.4顯示，45歲以下觀眾對民視雙語午間新聞節目的興趣，低於45歲以上觀眾對該節目的喜愛。

表9.5顯示的是，不同教育程度觀眾對民視雙語午間新聞節目的平均年度收視點數。從表中數字可以看出，該節目在初中或甚至教育程度更低的觀眾人數，多於高中或大專程度的觀眾人數。就像表9.5所顯示的，從1997到2006年，大專程度觀眾的收視點數從未超過0.5。同時，儘管從1997到2006年，高中程度觀眾的收視點數都高於

表9.5 民視雙語午間新聞節目不同教育程度觀衆收視點數（1997～2006）

	初中或更低	高中	大專以上
1997/98	0.30	0.32	0.19
1998/99	0.59	0.46	0.24
1999/00	0.96	0.52	0.39
2000/01	1.85	0.78	0.40
2001/02	2.01	0.79	0.39
2002/03	2.14	0.73	0.32
2003/04	1.94	0.52	0.21
2004/05	2.04	0.51	0.18
2005/06	2.01	0.45	0.19

資料來源：民視提供的尼爾森調查結果。

大專程度觀眾的收視點數，在這九年中，高中程度觀眾的平均年度收視點數沒有一年超過1.0。此外，自從民視從1999年10月開始播出雙語午間新聞節目，初中及教育程度更低觀眾的收視點數，從1999到2000年的0.96上升到2000到2001年的1.85，並在2001到2002年持續增加到2.01，2002到2003年升高到2.14。此一教育程度觀眾的收視點數在2003到2006年略為下降，但仍高於1997到1999年民視只播出國語午間新聞時的收視點數。

參與本研究焦點團體訪談的民眾曾說明，為何教育程度較低的觀眾，比教育程度較高的觀眾，更喜愛收看民視雙語午間新聞節目（參閱本書第十章）。焦點團體中的部分受訪者指出，這和政府早年的政策有直接關聯。由於國語是台灣唯一的官方語言，各級學校數十年來都只以國語教學，因此，教育程度教高的人，都相當習慣用國語而非台語與別人溝通；教育程度較低的人在學時間較短，也比較習慣在日常生活中用台語和別人交談。這或許可以解釋為何教育程度較低的人，比較喜歡收看民視雙語午間新聞節目。

表9.6呈現的是不同收入的觀眾對民視雙語午間新聞節目的收視點數。個人年收入低於新台幣50,000元的觀眾，比個人年收入在新台幣50,000元以上的觀眾，更常收看民視雙語午間新聞節目。換言之，低收入民眾比高收入民眾，更傾向於收看民視雙語午間新聞節目。就像表9.6顯示的，在1997到2006年的每一年中，個人年收入在新

表9.6 民視雙語午間新聞節目不同收入觀衆收視點數（1997～2006）

	NT$50,000-	NT$50,000～100,000	NT$100,000+
1997/98	0.46	0.23	0.30
1998/99	0.71	0.41	0.39
1999/00	0.90	0.65	0.63
2000/01	1.87	1.03	0.71
2001/02	2.25	0.83	0.79
2002/03	2.34	0.84	0.69
2003/04	2.05	0.72	0.53
2004/05	2.28	0.78	0.50
2005/06	2.19	0.73	0.55

資料來源：民視提供的尼爾森調查結果。

台幣50,000元以下觀眾的收視點數，都比個人年收入在新台幣50,000到100,000元，以及個人年收入在新台幣100,000元以上觀眾的收視點數更高。民視於1999年10月播出雙語午間新聞節目後，吸引了更多低收入民眾對該節目的注意。如表9.6所顯示，個人年收入低於新台幣50,000元觀眾，在1999到2000年的收視點數為0.90。民視播出雙語午間新聞節目後，此一低收入層觀眾的收視點數就在2000到2001年上升到1.87，並在接下來的兩年中再增加到2.25及2.34。相對的，低收入觀眾收視點數從1999到2003年的上升趨勢，並未發生於個人年收入在新台幣50,000到100,000元，以及個人年收入在新台幣100,000元以上觀眾群中。

如果合併觀察表9.5及表9.6中的數字，可以發現，社會經濟地位較低的民眾，比社經地位較高的民眾，更常收看民視雙語午間新聞節目。這些社經地位較低的觀眾較少出席正式場合，也因此較少使用國語和別人溝通，他們在日常生活中較常使用的語言是台語，而非國語。

民視雙語午間新聞節目主要觀眾低社經地位的特徵，也可以從表9.7中看出來。表9.7顯示，家庭主婦及未就業者，是1997到2006年民視雙語午間新聞節目的主要觀眾。就像表9.7所呈現的，1999到2000年該節目的家庭主婦觀眾收視點數為1.51，未就業者為1.21。在同時期中，有工作觀眾的收視點數只有0.57，學生觀眾的收視點數也只有0.26。民視於1999年10月播出雙語午間新聞節目後，

表9.7　民視雙語午間新聞節目不同職業觀衆的收視點數（1997～2006）

	有工作	家庭主婦	未就業	學生
1997/98	0.28	0.67	0.40	0.10
1998/99	0.42	1.01	0.63	0.22
1999/00	0.57	1.51	1.21	0.26
2000/01	0.91	2.79	2.04	0.37
2001/02	0.91	2.52	2.68	0.37
2002/03	0.82	2.76	2.82	0.42
2003/04	0.64	2.43	2.45	0.27
2004/05	0.55	3.13	2.78	0.14
2005/06	0.46	3.16	2.69	0.14

資料來源：民視提供的尼爾森調查結果。

家庭主婦觀眾在2000到2001年的收視點數，從前一年的1.51上升到2.79。同時，未就業觀眾在2000到2001年的收視點數，也從前一年的1.21增加到2.04。學生觀眾在2000到2001年的收視點數，從前一年的0.26上升到0.37。有工作觀眾在2000到2001年的收視點數，從前一年的0.57增加到0.91。不過，2000到2001年的數字顯示，家庭主婦與未就業觀眾，還是比學生或有工作的觀眾，對民視雙語午間新聞節目更感興趣。此外，如表9.7所顯示的，這種對比的現象一直延續到2001到2006年之間。

最後，民視雙語午間新聞節目主要觀眾的另一項特徵，是居住於鄉下地區。就像表9.8所顯示的，從1997到2006年，該節目鄉下觀眾的平均年度收視點數，都高於

表9.8 民視雙語午間新聞節目不同居住地區觀衆收視點數（1997～2006）

	都市	市郊	鄉下
1997/98	0.21	0.34	0.47
1998/99	0.31	0.56	0.74
1999/00	0.43	0.84	1.04
2000/01	0.64	1.09	2.14
2001/02	0.83	1.37	1.88
2002/03	0.84	1.50	1.80
2003/04	0.77	1.10	1.51
2004/05	0.85	1.07	1.56
2005/06	0.63	1.27	1.51

資料來源：民視提供的尼爾森調查結果。

城市郊區或都市觀眾的收視點數。同時，從1997到2006年，市郊觀眾的收視點數，又高於都市觀眾的收視點數。換言之，在台灣，鄉下民眾比市郊或都市居民對民視雙語午間新聞節目更有興趣。將此一發現與前述的民視主要觀眾社經地位較低的特徵合併考量，該節目大部分的鄉下觀眾也許社經地位較低，在日常生活中也以說台語為主，這或許可以解釋為何他們比較愛看民視雙語午間新聞節目。

以上有關民視午間雙語節目觀眾的背景分析顯示，有興趣收看該節目的人，比較可能是女性、年紀較大、教育程度較低、收入較低或未就業，而且住在鄉下。這些社經地位較低的年長觀眾受過的正式教育較少，一生大多數時間在台灣鄉下地區活動。不像年紀較輕、教育程度較高，在學校學過國語，日常生活中也主要說國語的那些人，這些低社經地位的年長者在日常生活中，主要用台語和他們在鄉下的舊識交談。就像本研究焦點團體的部分受訪者所指出的（參閱本書第十章），許多這樣的年長電視觀眾只懂台語。因此，民視的雙語午間新聞節目正好可以滿足他們對電視新聞節目的需求。有些焦點團體受訪者指出，年紀較輕、社經地位較高的人平時主要說國語，也因此覺得，看國語新聞節目比看雙語新聞節目要來得更舒服一些。

整體而言，本章所呈現的收視率資料顯示，民視雙語午間新聞節目已成為午間新聞節目市場上，一項有競爭力的新聞產品。當然，就像我們在本書第十章中將會看到的，不少觀眾仍然對民視雙語新聞工作者的表現感到不滿意，並認為民視記者及主播仍須加強說台語的能力。事實上，有些觀眾平時也會向民視提供如何解決新聞節目中雙語困難的詳細建議。重要的是，雖然說台語的觀眾關切雙語新聞節目品質，只要民視新聞工作者始終留意來自觀眾的回饋，已有相當成績的雙語新聞節目，就能維持其市場利基。而維持節目利基，對確保能從收視率的表現上獲得廣告收益，當然是極為重要的使命。

民視雙語午間新聞節目的收視率資料顯示，該節目的主要觀眾為年長的低社經地位者。由於這些觀眾的消費能力可能較低，一項可能的顧慮就是，廣告主會不會因此而對該節目較不感興趣，而影響了節目的收益。不過，由於民視雙語午間新聞節目仍為台灣午間新聞節目市場上具競爭力的產品，且該節目仍以每30秒固定價格，而非隨收視率浮動計價方式收取節目廣告費，民視仍然可以從雙語午間新聞節目中獲得令人滿意的廣告收益。

根據全球幾大媒體廣告時段購買商之一的麥德薛爾公司（MindShare Communications Ltd.）台灣分公司估計，民視每天午間新聞節目中有10則30秒的廣告，民視對每30秒廣告收取新台幣79,000元。因此，民視雙語午間新聞節目每天可創造新台幣790,000元（NT$79,000×10 = NT$790,000）的廣告收入。一年的廣告收入就是新台幣288,350,000元（NT$790,000×365 = NT$288,350,000）。由於民視是在1999年10月開始播出雙語午間新聞節目，從1999到2006年，該節目估計已為民視帶來新台幣2,018,450,000元的廣告收益。問題是，這樣的廣告收益能超越製作雙語午間新聞的額外成本支出嗎？如果的確如此，對民視而言，雙語午間新聞節目就是一項穩當的商業投資。就像本章第一節所估算的，從1999年民視播出雙語午間新聞節目到2006年，為製作該節目而花費的額外成本，包括台語過音編輯薪資及過音器材費、強化員工台語能力的教師鐘點費、鼓勵記者親自完成新聞帶台語過音的獎勵費等支出，估計達到新台幣30,402,000元。將1999到2006年民視雙語午間新聞節目的廣告收益與製作該節目的額外支出相比較，可以發現，收益大於支出（NT$2,018,450,000 > NT$30,402,000）。從財經角度而言，這顯示民視雙語午間新聞節目是一項成功的投資。

總結以上分析，從成本與效益的觀點而言，對民視來說，製作雙語午間新聞節目，是一項值得的投資。具競爭力的收視率及廣告收益，確保了台灣唯一雙語午間新聞節目的存活。就像本書前面幾章所說的，民視製播雙語新聞節目的政治與文化目標，只有在該節目有商業利益的條件下才有實現的可能。民視的所有節目，包括新聞節目與娛樂節目，都必須有商業利益才能持續播出。民視雙語午間新聞節目的收視率清楚地指出，觀眾對台語午間新聞節目有需求。這項需求的強度，足以為民視帶來廣告收益。為年長的低社經地位觀眾服務，不僅是以特定的雙語新聞型態節目滿足他們的需求，也意謂著為民視持續創造廣告營收。

在下一章中，筆者將檢視觀眾收看民視雙語午間新聞節目的動機、觀眾對民視雙語新聞工作表現的評估，以及觀眾對民視雙語新聞節目政治與文化動機的意見。

第10章

觀眾講看嘜

本書第九章有關民視雙語新聞節目經濟面向的討論指出，此一獨特的雙語新聞節目是一項成功的實驗，它確保了可以獲利的市場利基。之前幾章也談到，民視雙語午間新聞節目有政治和文化上的企圖。誠如民視創辦人蔡同榮所說：

> 民視要宣揚台灣的歷史、地理、文化、風俗習慣、語言、使人認識台灣、疼惜台灣。換句話說，培養台灣國民主義（Taiwanese nationalism），是民視最高指導原則。……這對建立台灣文化有很大的貢獻。（FTV Communication, 22, November 2001）

在同一個新聞節目中並用台語及國語，是為了吸引更多平時說台語的觀眾，並且要加強觀眾對台灣的認同。當然，看漲的收視率顯示，某些觀眾確實喜愛也讚賞雙語型態的新聞節目。但是，較不明朗的是，觀眾在某種程度上支持民視雙語午間新聞節目，是否就表示該節目的確增強了觀眾的台灣認同。

在本章中，筆者將從焦點團體訪談資料中，進一步探討觀眾收看民視雙語午間新聞節目的動機，以及他們對於該節目的政治及文化意圖的意見。在本研究中，總計有包括不同性別與年齡的六個焦點團體。其中有年輕男性與女性（16～34歲）、中年男性與女性（35～54歲），以及年長男性與女性（55歲以上）等團體。每個焦點團體中有6至7位受訪者。大寫英文字母A與B分別代表年輕觀眾團體中的男性與女性受訪者，C和D分別代表中年團體中的男性與女性受訪者，E和F分別代表年長團體中的男性及女性受訪者。在這些大寫英文字母後面會接上1、2、3、4、5、6、7的數字，代表各團體中不同的受訪者。

在這裡要指出的是，年長團體中受訪者的社經地位，低於年輕及中年團體中受訪者的社經地位。這種差異並不讓人驚訝，因為年長者比較可能是已經退休，而中年及年輕的受訪者較可能仍在職場中工作。邀請不同年齡與社經地位的人接受焦點團體訪談，是為了與本書第九章中收視率資料顯示的民視雙語午間新聞節目觀眾人口特徵，特別是年齡與社經地位相吻合。因此，有必要檢視焦點團體中不同社會背景的受訪者，對民視雙語午間新聞節目，是否有不同的收視動機，以及對該節目是否有不同評價。

年長團體中的所有受訪者都說台語，他們之中大多數經常收看民視雙語午間新聞節目，另一些人則是在搜尋各台節目時，偶爾看民視雙語新聞節目。中年團體中的大多數受訪者也能說流利的台語，但年輕團體中的受訪者則無法說流利的台語。中年及年輕團體中的受訪者都沒有經常收看民視雙語午間新聞節目，因為他們在週一到週五要上班或上學；但他們偶爾在週末有機會看民視雙語午間新聞節目。

第一節　民視雙語新聞觀衆收視動機

就像本書第九章所揭示的觀眾人口特徵，低社經地位者是民視雙語新聞節目的忠實觀眾。年長的焦點團體受訪者對台語新聞節目有強烈需求，因為台語是他們唯一能完全理解的語言，也是他們在日常生活中最常使用的語言。這和印度的例子相似。McMillin（2002）在談到印度的情況時指出，雙語使用者，特別是低社經地位的電視觀眾，不會說流利的官方語言。如果他們看得到電視節目，會比較喜歡看他們平時熟悉的方言節目。由此可見，觀眾的社會背景會讓他們去看特定節目。

除了比較懂台語之外，焦點團體訪談結果也顯示，觀眾會因為另一些動機而收看民視雙語新聞節目。例如，觀眾認為這是學講台語的一條不錯的途徑、他們贊成推廣台語新聞節目、陪家中年長者看台語新聞，以及崇拜特定主播。

在當前台灣媒體環境中，電視新聞節目的競爭非常激烈。在四家無線電視台外，還有24小時播出的有線電視新聞頻道。不過，目前只有民視雙語午間新聞節目同時使用國語及台語，其他各電視台都只播放國語午間新聞節目。在焦點團體受訪者中，平時說台語的年長男性及女性，是民視雙語午間新聞節目最忠實的觀眾。他們對該節目的收視動機，多半是因為台語是他們唯一能完全聽懂的語言。

一位年長女性焦點團體受訪者F7指出：

> **我們都看民視。我們不懂國語。民視用台語播新聞，讓我們能知道新聞，這樣很好。大多數人看民視是因為民視用台語播新聞。**

因此，年長觀眾看民視新聞節目的一項重要理由，就是民視用台語播新聞。當這些年長觀眾打開電視，看到節目以國語播出，他們就會轉台到民視（或其他以台語播出非新聞節目的頻道）。很顯然地，對這群觀眾而言，如果沒有民視，看午間新聞就沒得選擇，要看只能看國語新聞。兩位男性受訪者E2和E6同意這種說法。他們分別表示：

我不完全聽得懂國語。新聞節目如果用國語播出，我只能大概知道新聞在說什麼。對我來說，新聞節目最好是用台語播出。這是為什麼大家都喜歡看民視節目的原因。

我們這些年紀大的人，都很老了。如果現在有一個新聞節目正在播，我也聽得懂新聞在說什麼，我就會看這個節目。如果我聽不懂節目裡說的話，我就會轉台。我不需要花時間去看一個節目而什麼都聽不懂。

另一方面，有些觀眾認為，看雙語新聞節目是學習台語的一種好方法。一位中年女性受訪者D2以她婆婆為例，說明看雙語新聞節目是為了學台語。她說：

我婆婆是客家人。新聞節目如果用客家話或國語播出，她能瞭解新聞內容。不過，她的台語說得不夠好，所以，她看民視雙語午間新聞節目來學台語。民視的新聞節目並非全用台語播出，有些新聞以國語發音，於是，她從雙語新聞節目中學台語時，還是可以理解主播在說什麼。

儘管一些年輕觀眾不習慣看電視新聞用台語發音，他們偶爾會陪家中年長者看民視雙語午間新聞節目。一位年輕女性受訪者B3指出：

基本上，我的家人不看無線電視台節目，即使是連續劇也不看。不過，我祖母來我們家住的時候，我們會陪她看無線台節目。我祖母特別喜歡看午間台語電視新聞節目。

除了選擇收看以台語播出的新聞節目，觀眾還因為其他動機而收看民視雙語午間新聞節目。台灣的電視觀眾，還會因為喜歡某特定的電視主播而選擇看某台的新聞。一位年輕女性受訪者B3說：

我會轉到民視頻道，只是想看看民視主播陳淑貞是不是正好在播新聞。如果她不在電視上，我會立刻轉台。我會這樣是因為覺得她很可愛，喜歡看她播新聞。

焦點團體中的年長受訪者大都經常收看民視雙語午間新聞節目，但中年及年輕受訪者卻很少收看該節目，特別是平時不說台語的年輕受訪者，更不太可能看這個節目，他們也許只會在搜尋頻道時，看一下民視雙語新聞節目的新聞標題。不能說流利的台語，是年輕人極少收看民視雙語午間新聞節目的主要原因。兩位年輕女性受訪者B5和B2分別指出：

> 儘管我的家人說台語，但我的台語說得不好，因此，我一直不看台語新聞節目。

> 每次我說台語時，我在說之前，都要先想想該如何把國語翻譯成台語。因此，我通常不看民視的台語新聞節目。

由於幾乎所有的中年及年輕受訪者都成長於政府推廣國語的年代，他們在學校大都被禁止說台語，因此，即使他們會說台語，大部分台語也都說得不夠流利，國語仍然是他們日常生活中最常使用的語言。他們之中有不少人，對民視雙語午間新聞節目中的台語新聞聽不太懂，這是他們不看民視雙語新聞節目的主要理由。B2和B3兩位受訪者也分別表示：

> 我喜歡看國語新聞節目。雙語新聞節目的目標觀眾，是習慣說台語的人。儘管我會說、也聽得懂台語，我不喜歡聽雙語新聞。……我們小時候都被禁止說台語，我們也許會說一點台語，但說得不流利。

> 像我們這個年紀的人，雖然在家裡說台語，但在學校老師都是用國語教學。不過，談到語言使用的選擇，我們還是比較習慣看國語新聞節目。

另一位年輕男性受訪者A1進一步強調：

> 我在說台語的家庭中長大，但我說國語還是更舒服一點。雖然國語、台語我都聽得懂，但我用國語和別人溝通，比較能夠清楚瞭解彼此的意思。

年輕受訪者都承認，儘管他們在家裡說台語，但還是比較喜歡看國語新聞節目。中年受訪者在看電視新聞時，也有類似偏好。一位中年受訪者C2指出：

> 我這個年紀的人，都是在政府開始推廣國語後出生的，所以，我們習慣說國語。台語新聞節目的觀眾，大都是平時不說國語的年長者。……像我這個年紀的人，只有少數要看台語新聞節目。

一位中年受訪者C1同意說：

> 我們通常在家裡說台語。但是我們看電視新聞節目時，習慣看國語新聞節目。

雖然大多數年輕及中年受訪者不喜歡看雙語新聞節目，但在家中習慣說台語的家庭，一位年輕受訪者承認，她陪家人看電視新聞節目時，通常還是看民視雙語新聞節目。一位年輕受訪者B4說：

> 我的家人說台語，也常用台語彼此溝通。所以，基本上，我和家人一起看民視雙語新聞節目。……我個人台語或國語新聞節目都看。

由於民視持續播出雙語新聞節目，有些觀眾已經對民視的雙語新聞節目愈來愈有興趣。一位中年受訪者D1說：

> 我很少看電視。我以前幾乎從沒看過民視的節目，不過，在過去一年裡，我開始常看民視雙語新聞節目。我不知道為什麼會這樣。很自然就這樣了。我覺得當電視節目品質提升了，節目內容也更多元後，觀眾就有了更多選擇。觀眾就會選擇一些節目來看，並且逐漸改變他們看電視的習慣。

根據一些焦點團體受訪者的意見，人們收看民視雙語新聞節目的動機之一，是想要學台語。對於有此動機的觀眾而言，民視的雙語新聞節目為他們提供了一個很好的機會，學習如何用國語及台語來詮釋新聞事件。

根據本章焦點團體資料及第九章分析的觀眾人口特徵，民視雙語午間新聞節目吸引的是年長、社經地位較低的觀眾。不過，有人或許要問，這些年長觀眾凋零後，民視雙語午間新聞節目會不會吸引另一批較年長說台語的觀眾？或是民視到時候會努力吸引年輕觀眾的收視興趣？要回答這些問題，就得引述民視主管在深度訪談中的意見。這些意見指出，儘管民視已認知到需要吸引年輕觀眾的興趣，以維持雙語新聞節目的收視率，但由於製作午間新聞節目的時間限制，目前不太能改變節目的風格與內容型態，以特別吸引年輕觀眾的興趣。民視午間新聞節目資深編輯E小姐說：

要花更多力氣吸引年輕觀眾對民視雙語午間新聞節目的興趣，確有困難。因為在製作午間新聞節目時，有時間上的限制。我們沒有足夠的時間，為年輕觀眾選擇新聞或安排採訪特定新聞事件。我根據新聞事件的新聞價值，安排午間新聞節目中的新聞播放順序。大多數觀眾，要看當天最新、最重要的新聞資訊。即使如此，通常我只能趕緊安排播出剛拿到手的新聞。也許在晚間新聞的製作過程中，比較有時間做更多考量。

民視新聞部製作中心副主任C先生同意上述意見。他說：

我們確實意識到，民視未來需要吸引年輕觀眾。當然，如果我們能吸引年輕觀眾的注意以擴大觀眾群，會比只有年長觀眾更好。不過，由於事實上，年長者及家庭主婦是午間新聞節目的主要觀眾，而午間新聞的製作過程又有時間限制，一般而言，我們不會花太多力氣在午間新聞節目中，去吸引年輕觀眾的興趣。但嚴格說來，新聞採訪中心與國際新聞中心已有些微改變，因為他們正在增加消費新聞與時尚新聞的份量，以吸引年輕觀眾的興趣。不過，這方面的改變並不明顯，因為他們還是要先處理當天的重要新聞。在將觀眾群轉換為年輕人之前，我們並不想失去原有的年長觀眾群。最好的策略是，維持住原來的年長觀眾群，並同時增加年輕觀眾人數。觀眾的人口特徵清楚顯示，45歲以上的人，是我們午間新聞節目的主要觀眾。自從民視開播以來，他們就一直是我們的忠實觀眾。我不擔心年長說台語的觀眾會凋零。畢竟，在台灣，說台語的人還是很多。在新聞節目中，同時使用國語及台語，是在反映當前台灣社會實況。我對未來的變化感到樂觀。

從上述談話中可以得知，民視雖然也想增加年輕觀眾人數，但目前還是以年長說台語者，做為雙語午間新聞節目的主要目標收視群，以維持節目的市場利基。

第二節　民視雙語新聞觀眾收視評價

焦點團體訪談資料顯示，有些觀眾確實同意民視午間新聞節目的雙語表現型態。他們認為，這種表現方式很好也很自然，反映了台灣社會同時使用台語及國語的生活實況。就像民視新聞部採訪中心主任A先生指出的：

> 有些觀眾可能會說，使用雙語是反映當前台灣社會語言使用方式的實況。目前人們在台灣就是這樣說台語的。當人們彼此交談時，就是這樣國、台語交雜使用。在台語中借用的外語，也愈來愈多。所以，誰需要說一種純粹的語言？

民視新聞部製作中心副主任C先生也說：

> 基本上，自從民視午間新聞以雙語型態播出後，觀眾的反應相當好。事實上，我覺得觀眾注意的還是新聞內容，他們也可以接受雙語的自然表現型態。

同樣地，焦點團體訪談資料顯示，有些受訪者同意，在新聞節目中同時使用國語及台語，是在反映當前台灣社會雙語使用的社會實況。

兩位中年男性受訪者C3及C5分別支持這一看法：

> 就午間新聞節目而言，在新聞節目中，同時使用國語及台語不是壞事。……我們在日常生活中與人交談時，就是交叉使用國語及台語。沒人規定主播不能也這樣同時使用這兩種語言。

> 我認為，播出雙語電視新聞節目是在反映社會實況。現在，在我們的社會中，常常會看到人們同時說國語及台語。

一位中年女性受訪者D1也指出：

> 現在，台灣正在推廣台語教學及本土文化。我不在乎電視新聞節目的雙語型態有什麼不對，這是個多元文化的表現方式。

就像一些焦點團體受訪者指出的，台灣已經是一個雙語社會，而民視的雙語新聞節目，只是在反映這個多元文化現象。不過，另一方面，有些受訪者的確批評了民視的雙語新聞節目。事實上，焦點團體資料顯示，特別是年輕及中年觀眾認為，在新聞節目中，同時使用國、台語很奇怪，因為主播主要用台語播報新聞，而記者主要用國語報導新聞。許多觀眾無法完全接受這種新聞型態，而比較喜歡看到新聞節目中只使用一種語言。

有些焦點團體受訪者，特別是年輕人及中年人認為，民視雙語午間新聞節目穿插使用台語及國語，是很奇怪的做法。一位年輕女性受訪者B5指出：

> 我覺得主播說台語而記者說國語，是很奇怪的事情。混用這兩種語言，讓我覺得很怪異。

一位中年女性受訪者D2也支持這種看法：

> 我覺得既然主播在節目中說台語，她最好在現場連線報導時，也一直和記者說台語。因為如果主播說台語而記者說國語，聽起來就很奇怪。

一位中年女性受訪者D5，也不同意在新聞節目中同時使用國語及台語。她認為，如果一個新聞節目以國語播出，比較好的做法是整個節目都以國語發音。另一方面，如果是台語新聞節目，比較好的做法是節目中的每一個人，包括主播及記者，在節目中從頭到尾都說台語。她說：

> 雙語的新聞型態會讓人覺得奇怪。不會說國語的人，可能要等很久才能看到台語新聞節目。可是當他們發現在雙語新聞節目中，記者說國語，有

> 些觀眾會很失望，而且會覺得主播說台語而記者說國語，是很矛盾的現象。所以我不同意雙語新聞型態。

那些不同意民視午間新聞雙語型態的受訪者強烈建議，單語新聞會比雙語新聞好得多。兩位中年男性受訪者C4及C1有同樣看法。C4受訪者說：

> 如果你要播出台語新聞，就要說道地的台語，而不能混用台語及國語。

C1受訪者也表示：

> 如果你要播出台語新聞，整個節目都說台語，會比混用國語及台語要更好一點。不然，有時候用台語報新聞，有時又用國語報新聞，這樣讓人很困惑。

此外，沒有主播先用台語解釋新聞主旨，那些國語不靈光的觀眾可能無法理解新聞內容。這些觀眾通常會略過記者在雙語新聞節目中的國語報導，只聽主播的台語播報。因此，民視雙語新聞節目主播用台語播新聞，對國語說得不好的觀眾而言，是瞭解新聞內容的一大助力。焦點團體中的一位年長受訪者E2表示：

每次節目中記者用國語報導新聞時，我們就一點也聽不懂了。

一位年輕女性受訪者B1也同意說：

那些不會說國語的觀眾，無法瞭解國語新聞中，對新聞事件的詳細描述。

一位中年女性受訪者D6說：

我覺得，我相當能夠接受雙語新聞節目，但是，我比較年長的家人，像是我的祖母，可能就不同了。每次當記者在報導新聞時，從說台語變成說國語，她就會問我記者在說什麼。

另一方面，那些不太會說台語的焦點團體受訪者，在收看民視雙語新聞節目時，也有理解上的困難。一位年輕女性受訪者B3承認：

我覺得要聽懂台語很難。……當節目中的新聞報導使用台語時，我會漏失部分新聞內容。

另一位年輕女性受訪者B1也支持這種說法：

因為我不懂台語，每次當主播用台語讀稿，我會等一下看記者用國語說什麼。

除了有許多觀眾喜歡看單語新聞節目，有些觀眾對新聞節目中的台語不夠標準，也感到不滿意。他們認為，新聞節目中的台語，不像人們日常生活中的台語那麼口語化。此外，有些觀眾樂於對雙語新聞節目中的台語，提出改進建議。因此，許多人談到如何用台語對特定詞彙發音。就像民視新聞採訪中心主任A先生說的：

他們可能會建議我們該如何用台語唸某些詞彙，好讓人們更瞭解主播或記者在說什麼。我們有時候遇到一些詞彙，不知道該如何用台語發音，於是只好用國語發音。觀眾就常常會告訴我們怎麼用台語唸這些詞彙。

大致而言，觀眾對如何解決雙語困難的建議，可以分成以下四類。

首先，有些焦點團體受訪者建議，某些用語、地名、國名或人名，直接以國語發音會比用台語發音更好。一位年輕女性受訪者B3指出：

我個人的建議是，如果某些用字或用語起源於國語，那麼，記者不妨就很自然地用國語來唸這些詞彙。……特別是在提到人名時，把國語直接翻譯成台語發音，真的很奇怪。

同樣地，兩位中年女性受訪者D2及D5也支持這一建議。她們分別指出：

一般而言，觀眾可以接受某些特定詞彙以國語而非台語發音，這樣大家比較聽得懂。

有些地名或國名用國語唸比較好，因為即使你把它翻譯成台語，觀眾反而會聽不懂了。

其次，某些焦點團體受訪者建議，政治新聞、國際新聞、財經新聞，以及某些正式議題，可以使用雙語報導新聞；但像地方新聞、農業新聞，以及某些生活新聞用台語報導比較好。兩位年輕女性受訪者B3及B6分別建議：

政治新聞及國際新聞用雙語報導比較好，但地方新聞用台語發音比較好。特別是新聞中有特定的科技詞彙時，像財經新聞或國際新聞中出現這種情形時，應該用國語發音，才能讓大家理解。

台語適合用來報導地方新聞，雙語適合財經或國際新聞，年輕人普遍這樣認為。當年輕人談到財經詞彙時，總是用國語而非台語發音。

兩位中年男性受訪者C2及C5也分別指出：

我認為政治新聞、財經新聞，以及某些正式議題，似乎更適合以國語來報導；但生活新聞則適合用台語來報導。

在政治及財經新聞裡，有更多詞彙可以用國語發音。在農業及地方新聞中，使用更多台語是適當的。

民視一位主管在舉行焦點團體訪談以外的時間，接受筆者訪談，他也發現，觀眾或許會認為，某些新聞比較適合用某種語言來報導。民視新聞部製作中心副主任C先生說：

人們會覺得地方新聞比較適合用台語來報導。但發生在大都會裡的新聞，像是政治新聞、生活新聞及財經新聞，用雙語播出會比較能被觀眾接受。

焦點團體受訪者及某些民視新聞工作者認為，台語比較適合用來報導地方新聞，國語則比較適合用來報導政治及國際新聞。但這種意見和民視提升台語地位的目標，以及打破某些新聞領域被國語獨占的想法，並不相符。

第三，儘管有些焦點團體受訪者對單語新聞的喜好，多於對雙語新聞的肯定，但他們之中有些人表示，記者的採訪對象，應該可以在雙語新聞節目中說自己想說的語言。焦點團體中一位年輕男性受訪者A5強調：

> 主播和記者應該在節目中說同一種語言。但記者的採訪對象，應該被允許說自己想說的語言。這可以顯示在我們這個社會中，人們使用語言的實況。

一位中年女性受訪者D2也同意：

> 我想，這要看採訪對象自己想說哪種語言。如果採訪對象台語說得不好，但記者卻強迫人家說台語，這就不好了。

最後，有些焦點團體受訪者建議，現場連線報導應該說台語，好讓觀眾完全瞭解發生了什麼突發事件。

一位中年受訪者D6支持這種看法：

> 如果有突發事件，例如，飛機墜毀或發生地震，突然間大家都很關切，也都想立刻看電視新聞報導。假使這時候正在播出雙語新聞節目，我會建議突發事件的新聞報導，應該完全以台語播出。

除了這些由焦點團體受訪者提供的有關解決雙語困難的特定建議，有些受訪者強調，民視記者應該加強台語能力。在觀眾看來，既然記者用台語報導新聞，他們就應該經由上台語課或每天自學，學會如何說道地的台語。一位中年女性受訪者D5說：

我認為，民視記者應該加強他們的台語能力。有時候，他們的台語新聞報導會讓觀眾感到不舒服，因為沒人知道他們在說些什麼。

一位中年男性受訪者C4也指出：

為了能講道地的台語，民視記者應該要去上台語正音班。如果他們要做台語新聞報導，就必須把台語說好。……事實上，這個問題無法立刻解決。民視必須要有台語訓練方案。

此外，有些焦點團體受訪者建議，民視記者用台語報導新聞時，應該儘量把台語說得口語化一點，並且要避免把國語逐字翻譯成台語。三位中年受訪者C5、D5及C6分別指出：

我希望民視主播用台語播報新聞時，能儘量把台語說得口語化一點，這樣觀眾才能接受雙語新聞型態。

既然他們決定播出台語新聞，在把國語新聞翻譯成台語新聞時，就應該儘量說得口語化一點。不然，只要觀眾對十分之一到十分之二的台語新聞內容無法理解，就會對整節新聞節目內容都難以理解。

台語新聞愈是本土化及口語化，觀眾接受程度便愈高。

除了語言問題，有些焦點團體受訪者也強烈建議，民視應該認真考慮強化民視雙語新聞的特色。根據他們的意見，台語新聞和國語新聞的表現風格不必一致；但是，他們注意到，目前台語新聞和國語新聞節目的風格很相似，因此，他們建議，雙語新聞節目應該創造自己的特殊風格，以吸引更多人收看雙語新聞節目。兩位年輕男性受訪者A6及A3表示：

如果你想吸引觀眾注意，你的節目最好有自己的特色。如果民視要播出台語新聞節目，首先就必須創造自己的風格，然後觀眾才會來看你的節目。

主播可以用自己的方式詮釋新聞。主播播報得愈生動，觀眾便愈容易接受雙語新聞。

一位年輕女性受訪者B6也指出：

談到雙語新聞節目，主播不該只是平淡地讀稿。用真感情來播報新聞，可以讓說台語的觀眾，覺得雙語新聞節目更有吸引力。

關於強化雙語新聞節目的特色，一位中年男性受訪者C3指出：

何不將民視雙語午間新聞節目的風格，改成更生動、更自然，以及更鄉土的型態。不管是說國語或台語，雙語新聞節目都可以創造它的獨特形象。

有些受訪者建議，使用字幕可以大大幫助觀眾瞭解雙語新聞內容。一位年輕女性受訪者B6指出：

如果有字幕，觀眾比較能瞭解雙語新聞內容，那麼，用什麼語言播新聞就不重要了。

此外，筆者也探詢觀眾，針對記者及主播台語腔調與發音損害雙語新聞節目品質的認知。在進行焦點團體訪談時，一位年輕女性受訪者B2，對一位民視主播的台語腔調表示不滿。她說：

> 也許是因為腔調的問題，那位主播的台語，說得讓人難以聽懂。

另一些焦點團體受訪者指出，民視新聞工作者的台語腔調和發音，會影響觀眾對新聞內容的理解。一位年輕女性受訪者B5堅持說，清楚而又可以讓人聽懂的台語發音，是最基本的要求。她批評一位民視主播的表現：

> 關於那位民視主播，她的台語說得不夠清楚。她在報新聞時，我聽不懂她在說什麼。她在播報新聞時，字好像還在嘴裡，而沒有清楚地說出來。

另一位年輕女性受訪者進一步解釋說，記者不清楚或不正確的台語腔調，降低了觀眾對新聞內容的理解。

> 我覺得民視記者說台語時，腔調都比一般人說台語的腔調更重。於是，他們習慣表達新聞內容的方式，就變得不夠清晰。由於腔調太重，觀眾不容易瞭解新聞內容。

關於記者進行現場連線報導時，模糊的台語發音，甚至讓一位年輕女性受訪者B4對雙語新聞型態感到困惑。她說：

> **有時候即使記者正在說台語，我很困惑她是在說台語？還是說國語？因為記者常會混用國、台語。**

有些受訪者認為，只要主播和記者能說流利的台語，就能改進雙語新聞節目的品質。一位年輕女性受訪者B4強調，雙語新聞記者能說道地台語的重要性。她堅持說：

> **有些記者不能說流利的台語，但他們一定要有這種能力才行。雖然觀眾知道記者在說台語，但有時候還是不懂記者在說什麼。**

簡言之，就像焦點團體訪談資料所顯示的，民視雙語午間新聞節目的觀眾，的確關切節目中出現的雙語問題，並對如何解決這些問題提出建議。一般而言，許多受訪者相信，民視的新聞工作者應該增強他們的台語能力。在用台語播報或報導新聞時，民視的記者及主播被期待說流利及口語化的台語。將國語逐字翻譯成台語、不正確的腔調或發音，可能會讓雙語新聞節目觀眾產生困惑或不愉快的收視經驗。此外，有些觀眾強調，不管記者或主播說哪一種語言，他們的語言表現必須清晰，而且能讓觀眾聽得懂。

第三節 新聞要有政治及文化理想嗎？

民視高層主管期待，經由播出雙語新聞節目，強化觀眾對台灣文化、甚至是台灣國族意識的認同。實際上，根據民視創辦人蔡同榮的說法，民視已經在一定程度上達到這些理想。他認為，民進黨在公元2000年台灣總統大選的獲勝，可以部分歸因於民視親民進黨的大選報導，以及持續經由製播雙語午間新聞節目及各節台語節目，而強化了人們的台灣認同。由於民進黨當時的總統候選人陳水扁自稱台灣之子，而且在三位候選人中，與台灣文化有最親近的關係，蔡同榮相信，在新聞節目中使用台語，已經強化了人們的台灣意識，並因此為民進黨帶來更多選票。蔡同榮（FTV Communication, 22, November 2001）指出：

> 由於民視提倡台語節目，台灣話才逐漸流行。……台語的傳播，民視功不可沒。民視對台灣民主政治的發展也貢獻不少，去年（2000年），總統選舉時，電視台大多偏向連戰與宋楚瑜，唯獨民視公平報導，陳水扁才能贏宋楚瑜三十萬票。若非民視，選舉的結果可能就不一樣，政黨輪替便難實現。

對一些關心台灣政治發展與電視節目關聯的學者而言，民視節目的政治涵義，是有趣的研究課題。就像Rawnsley（2003）指出的，談到對強化台灣認同方面的貢獻，民視扮演了重要角色。不過，他也觀察到，民進黨在催生民視的過程中，從一開始就有政治動機。他指出：

> **民視在全國電視頻道中推廣台灣認同，在之前主流電視中的中國意識之外，對台灣意識賦予正當性。**

就像本書第七章深度訪談資料所顯示的，有些民視新聞工作者相信，民視雙語午間新聞節目已成功地推廣台語，並已強化觀眾對台灣文化的認同。這些民視新聞工作者也相信，雙語新聞節目不但為年長觀眾開了一扇窗，來接觸這個社會及全世界，也讓年輕人有很好的機會來認識台語。此外，它也可以強化人們是台灣人而非中國人的自我認同。

民視的一些新聞工作者似乎對經由製播雙語新聞節目，在推廣台語及台灣文化上有所貢獻，而感到驕傲。不過，他們不太注意藉由採訪消費及時尚新聞，以吸引年輕人對雙語新聞節目的興趣，也沒有很在意能否用雙語新聞型態，來強化年輕人對台灣文化的認同。然而，不管民視新聞工作者及資深主管對自己的工作表現有多滿意，他們的自我評估，並不是衡量民視雙語新聞節目在政治或文化收益上的唯一指標。

有些焦點團體受訪者的確同意說，民視雙語午間新聞節目確有文化上的收益，也就是強化了人們對台灣文化的認同。就像一位年輕女性受訪者B3指出的：

> 民視雙語新聞節目確有助於強化人們的台灣認同。那些選擇看雙語新聞節目的人，應該對台灣有基本上的文化認同。因此，收看雙語新聞節目可以強化他們的台灣認同。

一位年輕男性受訪者A6也說：

> 由於增加了台語使用份量，民視雙語新聞節目對強化台灣認同應該有點幫助。儘管國語是台灣的官方語言，台灣人認為國語和中國大陸有很強的關聯。另一方面，台語被視為代表台灣本土文化，因此，雙語新聞節目多少會促進台灣認同。

此外，一位年長男性受訪者E6指出：

> 我不確定播出雙語新聞節目會有助於為觀眾建構一種心理機制，來防衛中共入侵台灣。不過，在日常生活中說台語的人，看到新聞節目用台語播出，的確會感到舒服。我們這些本土說台語的

人，喜歡看民視雙語新聞節目。我相信，平時說國語的人，在自我認同方面，可能是中國人而非台灣人；而平時主要說台語的人，會自認是台灣人而非中國人。我們說台語的人，也許不會常常把這種認同掛在嘴邊，不過，這種台灣認同已經成為我們潛意識中的一部分。此外，我認為播出雙語新聞節目，會強化人們學台語的興趣及對台灣文化的認同。

一位年輕男性受訪者A6說：

我覺得民視雙語新聞節目可以幫助觀眾學台語。你愈常收看雙語新聞節目，台語就學得愈多。

此外，一位中年受訪者D3表示：

收看民視雙語新聞節目，對觀眾學習台語一定會有幫助。對那些不太懂台語的人來說，新聞節目中的影像及字幕，可以讓不會說台語的人，更瞭解新聞報導中使用的台語。此外，在節目中混用國、台語，可以幫助觀眾分辨這兩種語言的差異，並因此幫助人們把台語學得更好。

一位中年男性受訪者C3也指出：

民視雙語新聞節目可以幫助人們學習台語。畢竟，瞭解台語是瞭解台灣文化的前提。因此，我覺得民視雙語新聞節目也有助於人們更瞭解台灣文化。

然而，雖然有些焦點團體受訪者同意民視藉著製播雙語午間新聞節目，已經很努力在推廣台語及台灣文化。不過，有些受訪者比較支持推廣台語以保存台灣文化的想法，而不太支持把推廣台語和台灣獨立扯上關係。兩位中年女性受訪者D1和D3分別指出：

你在推廣台語時，多多少少會把台語和政治意識聯結起來，這是難以避免的事。不過，推廣台語新聞也應該被看成是為了保存台灣文化，而不必強調政治上的企圖。

台語是當前台灣文化中的一種語言。……它只是多種語言選項中的一種，所以不必把台語和台灣認同或其他事情聯結在一起。

此外，有些受訪者甚至強烈反對經由製播雙語新聞節目，建立台灣認同的政治企圖。三位中年男性受訪者C5、C3及C2的觀察是：

語言是文化的展現。台語新聞可以強化台灣人民對本土文化的認同。但做為一家無線電視台，民視的政治態度不要那麼清楚會比較好。

政治讓我們非常明顯地區別你我。……觀眾並不覺得民視的新聞有嚴重偏差。民視新聞部可以很驕傲，在這樣的老闆之下，它仍然試圖維持中立。民視新聞並未強力推廣台獨，但你們的老闆老是喜歡公開發表推廣台獨的言論。……他說得愈多，民視愈會被看成在推廣台獨理念。所以，老闆的政治策略還是精緻一點比較好，不要那麼直率。

太政治了。……台語新聞的價值應該聚焦於商業利益及市場動力。民視畢竟是個商業電視台，它也需要賺錢，而它不需要和台獨有牽扯。

另一位中年女性受訪者D3也說：

我不認為製播雙語新聞會強化人們的台灣國族意識。如果說收看民視雙語午間新聞節目，是學習台語的很好途徑，那是真話。不過，這不表示觀眾也會同意民視創辦人的政治立場。我不認為每位觀眾收看民視新聞節目時，都有政治動機。

一位年輕女性受訪者B6指出：

要藉由播出雙語新聞節目影響觀眾的政治立場，不是那麼容易的事情。畢竟，每個人都有自己的政治立場，而且不容易改變。我知道民視創辦人想要藉由播出雙語新聞節目，強化人們對台灣國族意識的認同。但我不認為這是務實的理想。畢竟，人們會評估民進黨的施政能力，來衡量台灣獨立的可能性。民視在1997年成立時，民視的新聞節目的確打破了國民黨多年來的政治禁忌。於是，民視對民進黨贏得2000年總統大選也許有貢獻。不過，民進黨欠佳的施政能力，讓許多公民質疑在民進黨領導下實現台獨的可能性。年長者也許還有台獨的夢想，但年輕人未必有同樣的理想。事實上，許多台獨人士的子女住在海外，使得台獨運動對住在台灣的人民而言，不那麼有說服力。對我而言，說台語並不表示贊成台獨。

受訪者C3先生進一步指出：

我覺得播出雙語新聞和推廣政治理想無關。一個公正的媒體應該是專業的新聞組織，而非政治宣傳工具。我注意到，民視的新聞報導比較偏向民進黨。儘管不是偏得很明顯，但民視的新聞報導，還是有可能會強化民進黨支持者的政治立場。

最後，一位年輕男性受訪者A6指出：

民視新聞報導中，有許多有關台灣本土文化的資訊。民視也報導了許多民進黨的活動。不過，對觀眾而言，瞭解到這種新聞報導取向，未必就會導致認同民視創辦人的政治理想。我個人不贊成藉由製播新聞來推廣政治理想。不過，在台灣，很常看到電視新聞裡有政治目的。觀眾對此無能為力。民視創辦人有他自己的政治理想，這沒什麼錯。但是，播出政治新聞而帶有政治目的，則會傷害新聞專業聲譽。

簡言之，有些接受深度訪談的民視新聞工作者相信，民視雙語午間新聞節目已經創造出該節目的文化收益，也就是強化人們對台灣文化的認同。儘管這些新聞工作者並不確知文化和語言的關聯，但他們仍然有此認定。有些焦點團體受訪者則是認為，民視雙語新聞節目可以幫助人們學習台語，而且或許因此而使人們對台灣文化有歸屬感。不過，運用新聞來達到政治目的，卻引來較多負面反應。有幾位受訪者不同意說，製播雙語新聞能夠或應該要強化觀眾對台灣國族意識或台獨理想的認同。有些受訪者堅持，新聞報導應該不偏不倚，而且不要有任何或明或暗的政治目的。因此，可以說，深度訪談與焦點團體訪談資料顯示，民視雙語午間新聞節目的確有一些文化上的收益，像是增加人們學習台語的興趣，而且因此強化了人們對台灣文化的認同。但提到民視雙語新聞節目，要強化人們認同台灣國族意識或甚至台灣獨立，則是讓一些觀眾相當質疑這個目標的正當性。

就像某些焦點團體受訪者指出的，許多台灣人之所以看民視雙語新聞節目，主要是因為他們平時習慣說台語，看民視雙語新聞節目比看國語新聞節目，讓他們覺得更舒服。儘管許多觀眾知道民視創辦人是台獨運動人士，卻不能過度推論說，觀眾看民視雙語新聞節目，就表示支持台獨政治理想。例如，有些受訪者知道民視創辦人想要推廣的政治訊息是什麼，也認為他和民視的關係，使民視似乎太傾向民進黨。不過，觀眾還是會收看民視雙語新聞節目，其動機可能是為了學習台語、陪家中年長者看電視新聞節目，或是為了能更瞭解台灣文化。

畢竟，就像一位焦點團體受訪者所說的，有些民視雙語新聞節目的觀眾，可能是民進黨支持者，並且和民視創辦人有相同的政治理念。但是，對許多其他觀眾而言，收看電視新聞時，並無任何政治立場的動機，而只是想要多知道一些國內及國際大事。因此，要說民視雙語新聞節目讓觀眾認同台獨理念，是不夠成熟的結論。例如，有些人可能會指稱，說台語和台灣國族意識有關。而且，就像一位受訪者說的，「平時說國語的人，在自我認同方面，可能是中國人而非台灣人；而平時主要說台語的人，會自認是台灣人而非中國人。」但另一些受訪者卻不同意這種說法，並指出：「我不認為播出雙語新聞會強化人們對台灣國族意識的認同。」以及「台語只是各種語言選項中的一種，它不必和台灣認同或其他事情聯結在一起。」這說明了，說台語的人喜歡看到新聞節目使用台語，但這不表示看民視雙語新聞節目的人，都是民進黨或甚至是台獨支持者。

總結本章以上分析，焦點團體資料清楚指出，在獲得新聞資訊方面，民視雙語午間新聞節目對年長觀眾的用處，多於對年輕或中年觀眾的用處。這種用途植基於對台語的需求上。民視雙語午間新聞節目有市場利基，因為它以特定類型觀眾為目標，也就是年齡在45歲以上、平時主要說台語的本地民眾。對這些觀眾而言，國語並非他們平時用來與人交談的語言。因此，在台灣這個雙語或甚至可以說是多語社會中，平時說台語的習慣，就會對他們決定收看民視雙語新聞節目，形成重要的影響因素。

另一項重要發現是，雖然有些焦點團體受訪者，特別是年輕人或中年人，還是比較喜歡看單語新聞節目，並覺得雙語新聞節目很奇怪；但他們在一定程度上，也能接受雙語新聞節目，並認為在同一節新聞節目中並用國、台語，是在反映當前台灣社會語言使用的實況。有些受訪者甚至強調，他們之所以收看民視雙語新聞節目，是為了學習台語。民進黨在贏得2000年總統大選而執政後，鼓勵民眾學習台語並多認識本土文化。此一政策，也許刺激了某些民眾，特別是無法說流利台語的人，去學習台語。就此而言，民視的雙語新聞節目提供了一條學習台語的便利途徑。

焦點團體資料也顯示，由於比較喜歡看國語新聞節目，年輕人及中年人對民視雙語新聞節目並不特別感興趣，但他們還是會陪同家中年長者收看民視雙語新聞節目。如果這麼做，是為了顯示對年長者的尊敬，那就表示，收看雙語新聞節目受到家中權力結構的影響；也就是說，在家裡，年長者有權決定收看某種語言型態的電視節目。

還應該指出的是，儘管民視雙語新聞節目的確滿足了部分觀眾對台語新聞資訊的需求，這些觀眾並未因此放鬆對民視新聞工作者在台語能力方面的要求。焦點團體訪談資料清楚顯示，有些觀眾，特別是平時說台語的人，對某些民視新聞工作者用台語報導新聞的能力，並不滿意。在這些觀眾看來，新聞節目中任何對台語的誤用，都會減損節目聲譽。有趣的是，儘管有些觀眾對雙語新聞節目的品質不滿意，他們也不會轉而收看其他新聞節目。這說明了收看雙語新聞節目的基本原因，在於滿足語言需求。因此，觀眾可以說是在某種程度上展現了對節目品質的包容力，感謝民視在製播雙語新聞上的努力，並為改進民視新聞工作者的台語能力，提供許多有用的建議。畢竟，對愛看台語新聞的觀眾來說，民視雙語午間新聞提供給他們一個不同於單一國語新聞的收視選擇機會，因為在現階段各家電視台都不製播台語午間新聞的情況下，想看有台語的午間新聞，民視的雙語午間新聞是目前新聞市場上的唯一選擇。

最後，多數焦點團體受訪者不同意民視藉由播出雙語新聞節目，來推廣台灣國族意識。他們非常清楚地指出，新聞媒體在民主社會中應該保持中立。在本研究中，觀眾不願承認，他們因為某種政治動機而收看民視雙語新聞節目，也不認為雙語新聞節目會影響他們的政治態度。換言之，有興趣收看民視雙語新聞節目，未必會導致同意台灣國族意識或台灣獨立運動。所以，民視說播出雙語新聞節目強化了民眾的台灣國族意識，可能是言過其實了。

觀眾同意雙語新聞節目確有其文化價值，但他們不贊成製播雙語新聞節目時有政治動機。觀眾期待的是，民視的新聞節目能保持中立。觀眾希望民視新聞工作者能有力且正直地，抗拒政治力對新聞採訪及製播的干預。至此，我們可以下結論說，從觀眾的角度來看，民視雙語新聞節目也許已創造了商業利益及文化利益，但在推廣政治理念上則談不上有成效。

第11章

回顧後的前瞻

民視的雙語新聞節目是一種獨特的新聞產品。正因如此，它值得被認真地探究。民視為我們提供了一個個案研究的課題。基於以下特點，筆者認為應該對此個案進行有系統的研究。首先，全世界大多數的電視新聞節目都以單語播出，民視午間新聞節目卻在單一新聞節目中，並用國語及台語。該節目主播主要以台語讀稿，但記者卻被允許自由選擇以國語或台語報導新聞。其次，節目中有部分新聞以台語播出，另一些新聞卻以國語發音，對於哪些種類的新聞要以多少比例的國語或台語發音，也無定規。第三，民視雙語午間新聞節目是商業電視台的新聞產品，因此被期待要創造商業利潤，但它也被期望，要為民視及社會創造文化及政治上的利益。對一家商業電視台而言，在製作新聞產品時，卻還有文化及政治上的動機，是不常見的現象。

不像其他電視新聞研究，只檢視新聞製作過程或大眾傳播效果，本研究試圖探索雙語新聞型態對電視新聞製作，以及對民視雙語新聞節目實現政治、文化及商業目標的影響。

本研究運用了參與觀察、深度訪談及焦點團體訪談，來探究民視雙語新聞節目在社會、新聞及經濟面向上的特徵，並以內容分析法來檢視民視雙語新聞節目在語言使用型態上的特點。筆者以下將先摘要說明本研究的主要發現，再討論這些研究發現的涵義。

第一節　重要的發現

在本節中，筆者將摘要說明本研究的主要發現。首先來談談民視雙語午間新聞節目的三項製播動機，以及這些目標達成的程度。

民視雙語午間新聞節目的製作動機

本書第五章中的研究發現顯示，民視雙語午間新聞節目有政治、商業及文化上的製播動機。民視是一個商業電視台，民視高層主管期望該台的雙語午間新聞節目能夠創造利潤，好讓該節目能夠持續播出。就像McManus（1994）所指出的，新聞一直被視為一種產品，觀眾是消費者，發行區域及電波涵蓋範圍是市場。民視主管附和這種說法。民視創辦人蔡同榮強調，儘管追求利益並非民視的主要任務，但賠錢也不行。不過，民視總經理陳剛信很強調商業經營的重要性。他將新聞節目看成一種產品，並認為民視的新聞節目應該儘量吸引觀眾的興趣，以創造商業利益。民視總經理藉由在新聞節目中並用國、台語以提升收視率的做法，正好反映了台灣社會實際的語言使用現況。他也指出，自從國語被指定為台灣唯一的官方語言後，四十年來，大部分的台灣人民可以聽懂國語。另一方面，考慮到72%～76%的台灣人口在日常生活中說台語，民視高層主管認為，在同一節新聞節目中並用國、台語，比其他無線電視台只播出國語午間新聞節目，更能吸引台灣人的收視興趣。

Kung-Shankleman（2003）認為，一個新聞機構的組織文化，會顯著地受到其創辦人理念的影響。因此，民視創辦人蔡同榮藉由播出台語節目以強化民眾台灣認同的理想，也在本研究中加以探討。就像Barker（2000）指出的，做為一種有效果的大眾媒介，電視可以在建構觀眾的文化認同上有所貢獻。William（2003）也認為，觀眾可能被涵化至認同某一觀點。Mackey（2000）則表示，在維繫雙語的社會型態上，電視是最重要的媒介之一。在本研究中，筆者發現，民視創辦人蔡同榮曾清楚指出，他對民視做為一個大眾傳播媒體的期待，是能夠「涵化台灣人民愛台灣之心」，以及強化民眾對台灣文化的認同、促進台灣國族主義，以及提醒人民注意中國可能入侵台灣的威脅。

因此，很明顯地，當民視決定於1999年播出雙語午間新聞節目時，民視高層主管已將該節目定位為台灣電視新聞市場中的一項商業、政治及文化產品。應該要指出的是，在台灣其他無線電視台中，還未發現有這種產品定位策略。而且，更重要的是，就像第九章的研究發現所展示的，此一定位策略，已經影響了民視雙語新聞的經濟面向特徵。簡單地說，由於定位策略具有市場利基，使民視雙語午間新聞節目成為成功的投資案例。該節目未來的挑戰，在於吸引更多年輕人及更多能說流利台語的觀眾，使廣告收益能持續成長。

本書第九章有關民視雙語午間新聞節目的成本與收益分析，展示了該節目的廣告收益。從收視率資料來看，從1997到2003年，該節目的觀眾人數穩定成長。在2004到2006年的階段，觀眾人數雖略低於2003年的水準，但仍高於另外兩家無線電視台午間新聞的平均年度收視率。比較1997到2006年，民視與另外三家無線台午間新聞節目的平均年度收視率後，可以看出，民視雙語午間新聞節目已經成為台灣午間新聞節目市場上，具競爭力的一項產品。

對收視率資料的深入分析結果顯示，鄉下地區低社經地位的居民，是民視雙語午間新聞節目的主要觀眾。就像一些焦點團體受訪者指出的，在本地台灣公民中，年輕人及較高社經地位者，在學校及職場中主要說國語；年長及社經地位較低者，平時與家人及朋友主要用台語交談，這種對台語的偏好，也許導致他們對民視雙語午間新聞節目的偏好。當其他無線台只播出國語午間新聞節目時，民視播出雙語午間新聞節目，就成為一項成功的市場區隔策略，因為這可以滿足平時說台語觀眾的需求。

另一項有趣的發現是，儘管民視的雙語新聞節目以年長及低社經地位、平時說台語者為目標觀眾，民視新聞部製作中心副主任卻對該節目的前景表示樂觀。他有信心地認為，目前較年長的觀眾將被新的較年長的觀眾所取代，因為節目本身反映了當代台灣社會雙語使用的實況。換言之，假使一個節目就像McManus（1994）所提到的是「市場取向」，那麼，民視午間雙語節目必會成功，因為它滿足了本地說台語觀眾的需求。依此觀之，民視雙語新聞節目是個有市場利基的節目，因為它的確觸及了特定型態的觀眾。從1999到2006年，該節目在廣告收益上可謂成功。事實上，該節目從1999到2006年，為民視帶來了新台幣2,018,450,000元的廣告收入。此一收益遠超過民視在同時期為製作該節目所付出的額外成本新台幣30,402,000元。因此，從成本與收益分析結果來看，民視製作雙語午間新聞節目，是一項很划算的投資。

民視雙語新聞節目的內容特徵

本書第六章內容分析的首要發現是，在樣本週中，民視雙語午間新聞節目的新聞排序，與其他無線台午間單一國語新聞節目的新聞排序，並無顯著不同。換言之，對民視及其競爭對手而言，語言本身並非決定新聞排序的重要因素。

不過，內容分析結果顯示，民視與其他無線台在消息來源的選擇、政治新聞的用語，以及兩岸關係新聞的處理方式上，略有差異。研究結果顯示，民視在國內政治新聞中，傾向於訪問更多民進黨員。此外，在報導中國事務時，民視通常未訪問任何中國或台灣官員，這和其他無線台的做法也不相同。另外，民視在新聞中堅持用「中國與台灣」，而不用「海峽兩岸」的用語。同時，不像其他無線台基於「一個中國政策」的立場，民視堅持將中國大陸稱為「中國」或「中華人民共和國」，而不稱其為「中共」或「大陸」，以顯示民視將台灣與中國視為兩個不同國家的立場。民視資深主管堅持的此一立場，顯然是回應民視創辦人推廣台獨運動的政治理想。但這些用語上的差異，並非源於民視與其他無線台在午間新聞節目中使用語言之不同，而是起因於不同的組織目標下，不同的新聞政策。實際上，不同的新聞機構會發展出自己的新聞政策，來成就各自的企業文化（Kung-Shankleman, 2003）。民視的歷史背景顯示，民視與民進黨有非常親密的關係，而其重要的發起人也都是民進黨員。這層關係也許可以解釋，為何民視的政治新聞中，有較多的民進黨員是消息來源。同時，由於民視創辦人蔡同榮是台獨運動的積極份子，難怪民視新聞會以特定用語來推廣台灣與中國為不同國家的理念。

民視與其他無線台在特定新聞用語上的差異，源起於不同電視台間不同的新聞政策，而非雙語型態的效果。新聞機構的新聞政策，會影響其新聞價值判斷及新聞內容取向，是新聞工作者在專業生活中通常會接受的事實（Harrison, 2000）。就像Soloski（1997: 153）所說的，只要新聞政策不會迫使新聞工作者以違背專業理念的方式工作，即使這些政策或許會對新聞內容報導取向及呈現方式有所控管，並沒有理由認定，新聞工作者會視新聞政策為一種工作限制。

此外，關於民視雙語午間新聞節目中，主播、記者及消息來源使用的語言，內容分析結果顯示，該節目主播主要以台語讀稿；另一方面，民視記者及消息來源在新聞中主要使用國語。就像筆者在本書第八章中所說的，由於在午間新聞節目製作過程中有時間限制，只有少數國語新聞帶能夠被民視的台語過音編輯轉配台語發音。因此，民視雙語午間新聞節目的「雙語型態」，實際上是以這樣的方式呈現的，那就是主播主要以台語讀稿，而記者及消息來源在新聞中則主要以國語發音，而不是主播、記者及消息來源在大部分的新聞中都同時並用國語及台語。

至於主播稿、記者文字稿及消息來源發言內容的雙語呈現型態，內容分析結果顯示，民視雙語午間新聞節目主播主要以台語讀稿，但偶爾在唸到特定詞彙，像是花的名稱、某一國家國名、某一城市名、或是某一外國影星人名時，是以國語發音。此外，有時在唸到外國機構名稱時，就直接用英語發音。

民視記者的雙語型態有兩種形式。首先，記者在新聞中主要說國語，但如果他們在報導某一則新聞時，覺得某些詞彙用台語發音較能適切地表達其意義，就會使用台語。其次，在進行現場連線報導時，為了配合主播的台語讀稿，記者也許會在一開始連線時，說幾句台語，然後因為台語不夠流利，就轉而使用國語繼續完成連線報導。消息來源的雙語使用情形，也有兩種型態。其一是消息來源在回答記者提問時，一開始使用某種語言，然後用另一種語言繼續發言。其二是有兩位或更多消息來源出現於同一則新聞中，其中某些消息來源說某一種語言，其他消息來源說另一種語言。值得注意的是，不管是主播、記者或消息來源使用雙語時，如何使用哪種語言，都無定規可循。換言之，在民視雙語午間新聞節目中，使用雙語的情形，可能在任何時間出現於任何新聞之中。

探索過民視雙語新聞節目的製作動機及內容特徵後，很明顯的是，被民視聘用來以雙語工作的新聞專業人員，比只須以單語採訪新聞的記者，要付出更多心力，才能勝任此工作。

民視雙語新聞的社會、新聞及經濟面向特徵

關於本書第七章揭示的民視雙語新聞社會面向特徵，

民視聘用了一組新聞工作者，負責儘量有效率地為觀眾提供雙語新聞服務。研究結果顯示，民視雙語新聞團隊成員年齡多半不到40歲，並且在大學或研究所接受過新聞專業訓練；超過40歲以上的，多為新聞部主管級人物。由於民視新聞部經理及新聞部某些中層主管，以及多數文字記者及主播都是女性，沒有證據顯示民視新聞部有性別歧視。

由於國民黨在過去四十年來的語言政策獨尊國語，民視所有新聞工作者自然都能說流利的國語，也能用國語製作新聞節目。然而，由於在過去四十年中，國民黨禁止人民在學校及公開場合說台語，在民視較年輕的新聞工作者中，並非人人都能像說國語一樣，把台語說得很流利。因此，民視也只能鼓勵雙語新聞團隊所有成員，儘量用台語製作新聞節目，而無法嚴格要求所有成員以同等的台語能力製作新聞節目。於是，對部分團隊成員，像是主播及台語過音編輯而言，能說流利的台語是基本的工作能力要求，因為在雙語新聞節目中，主播主要以台語讀稿，而台語過音編輯要負責將國語新聞帶轉配台語發音。但對團隊中的其他工作角色，像是新聞編輯或攝影記者，台語能力對他們的日常工作就不是那麼重要了。不過，深度訪談資料顯示，大部分的民視新聞工作者瞭解，公司的政策是鼓勵記者以台語報導新聞，他們也願意儘量配合此一政策，並改進說台語的能力。

有些雙語新聞團隊成員與民視創辦人分享同樣的政治

理念，但並非所有的新聞工作者加入民視，就是為了提高觀眾的台灣認同。事實上，就像本書第七章深度訪談資料所顯示的，有相當多的新聞工作者認為，民視之所以聘請他們，是看重其專業技能，而不是因為他們有特定的政治立場。就像某些深度訪談受訪者所指出的，他們加入民視時，公司關切的是他們的專業技能以及用台語製作新聞的能力，並不關心他們的政治態度。

本書第八章顯示的民視雙語新聞在製播流程方面的特徵，主要是民視必須付出更多心力來發展出一套常規，以有效率地製作雙語午間新聞節目。就像Bennett（1996）所指出的，新聞製播常規的目的，在於準時完成新聞製作任務。事實上，民視雙語新聞的製作常規，與台灣其他無線台採用的單語新聞製作常規相似。此一研究發現與Harrison（2000）的觀點相符，也就是說，不同的電視台有相當類似的新聞作業流程。不過，為了能同時用國語及台語報導新聞，民視特別費心聘用了雙語新聞工作者，包括雙語新聞主播、雙語記者，以及台語過音編輯來製作雙語新聞節目。同時，民視也付出額外成本，來聘用台語過音編輯、購買過音器材、為不能說流利台語的記者安排台語訓練課程，以及提供獎金以鼓勵記者親自為國語新聞帶轉配台語發音。

內容分析結果清楚顯示，除了主播主要以台語讀稿，民視大部分記者及消息來源，在雙語新聞節目中仍主要用國語發聲。雖然全部用國語來製作新聞節目會比較省錢，但民視高層主管為了政治及文化上的目的，還是選擇製播雙語午間新聞節目。為了達成這些目的，民視要求雙語新聞節目中的主播，主要以台語讀稿，並鼓勵記者在報導新聞，特別是在進行現場連線報導時，儘量說台語，好讓午間新聞看起來近似台語新聞節目。

不過，由於記者在台語能力上的限制，以及午間新聞製作過程中的時間限制，要完全用台語製作午間新聞節目，還是有其困難。在台語能力的限制方面，由於歷史因素對使用台語的限制，大部分的記者習慣用國語而非台語和消息來源交談。年輕且受過良好教育的記者，除了和家人說台語外，很少有機會說台語。因此，在台灣，電視台不容易召募到記者或主播，特別是年輕人，能有自信地以台語來報導新聞或讀主播稿。因為有這種語言上的限制，許多民視記者難以用台語報導新聞，其結果就是，民視只能鼓勵，而無法強制要求記者用台語報導新聞。同時，民視決定聘用幾位能說流利台語的台語過音編輯，負責將國語新聞帶轉配台語發音。當然，就像本書第九章所顯示的，這項人力資源政策，使民視在製作雙語午間新聞節目時，必須付出額外成本。此外，民視也聘請台語專家為記者上課，強化記者的台語能力，並提供獎金，鼓勵記者親自為國語新聞帶做台語過音。

儘管民視主播與台語過音編輯的台語能力，遠勝於大部分的民視記者，但他們還是經常得付出心力，解決將國語翻譯成台語時的一些困難，而這些努力也不能保證就會解決問題。例如，就像幾位台語過音編輯所說的，當新聞內容涉及科技術語或科學新知時，或在新聞中出現日常生活裡少見的字詞，台語過音編輯就要查字典、或做更多研究、或向台語專家請教，才能確認這些詞彙的台語發音。同時，民視的台語過音編輯甚至組織了一個研究小組，試圖解決雙語難題，並增加他們的台語知識。即使如此，國語翻譯成台語的問題也無法完全解決，因為有時候就是沒有標準答案。這時候，台語過音編輯可能以自己的判斷來解決問題，或就讓有問題的詞彙維持國語或外語發音。事實上，民視並非唯一遭遇雙語困難的電視台。就像筆者在本書緒論中所指出的，以弱勢語言製作新聞節目的電視台，像威爾斯和愛爾蘭的例子，在將主流語言翻譯成弱勢語言時，也都遇到了難題。

除了語言方面的限制，製作午間新聞時的時間限制，也阻礙了民視製作全台語午間新聞節目的理想。就像Harrison（2000）指出的，電視台的新聞部充滿壓力及限制。Frost（2000: 14）也表示，「在事件變得具有新聞價值，以及將新聞採訪到手的過程中，時間都是關鍵因素。」儘管民視已發展出一套常規，以便儘量有效率地完成新聞製作過程，民視記者及編輯仍必須在午間新聞節目播出的三小時前，開始新聞採訪及編輯準備工作。由於記者交出的新聞帶都以國語發聲，民視的台語過音編輯需要時間將這些國語新聞帶轉配台語發音。然而，就像一位民視台語過音編輯所說的，記者通常在上午11點30分後，才開始陸續將國語新聞帶交給台語過音編輯，而節目馬上就要播出了，於是，在緊迫的時間壓力下，台語過音編輯往往來不及，只能將少數國語新聞帶轉配台語發音。而且常常是在新聞播出前幾分鐘，才拿到國語新聞帶，時間的壓力非常大。

同樣地，由於時間限制，民視雙語新聞節目主播在準備階段，只有極少時間或甚至根本沒有時間弄清楚，某些國語詞彙該如何以台語發音，而只能在讀稿時直接以國語發聲。因此，民視雙語午間新聞節目可以說是，在製作台語新聞節目的理想及語言和時間限制下的妥協產物。

民視台語過音編輯的工作方式，顯示出這種妥協的結果。除了讓主播主要以台語讀稿的安排外，台語過音編輯的台語配音，是使民視午間新聞節目看起來有多近似於台語新聞節目的關鍵因素。他們在短時間內，完成台語過音的新聞帶愈多，而且台語過音的品質愈好，民視的午間新聞看起來就愈像是台語新聞節目。然而，由於製作午間新聞節目的時間限制，台語過音編輯只能將少數國語新聞帶轉配台語發音。往往在整個節目中，只有一或兩則新聞來得及轉配成台語發音；有時時間來不及，整節新聞節目中甚至完全沒有台語發音的新聞帶。

語言和時間的限制，讓妥協持續存在。但民視的新聞工作者如何看待此事？深度訪談結果顯示，有些民視新聞工作者承認，這種妥協之下的雙語新聞型態，增加了製作午間新聞節目的成本；但民視的大部分成員，包括創辦人、總經理及其他中層主管，以及新聞工作者，將這種不得不然的雙語並用妥協，合理化為正好反映出台灣在過去四十年來一直是雙語並用的社會實況。從這個觀點來看，民視的雙語新聞是可被接受的，因為這種在節目中混用國、台語的型態，正是反映台灣民眾在日常生活中混用國、台語的實況。

同樣地，雖然某些焦點團體訪談成員，特別是年輕人及中年人表示，他們已經習慣收看國語新聞節目，而對民視的雙語新聞節目感到不習慣；但另一些受訪者，特別是平常說台語的年長本省籍台灣人，卻對民視午間新聞能以國、台語雙語播出，表示接受與感謝。就我們已看到的，以民視雙語新聞經濟面向特徵而言，民視雙語新聞節目有市場取向新聞的特色。這就是說，該節目採用了有市場利基的製播策略，能夠滿足年長、低社經地位、平時說台語的本省籍觀眾對午間新聞的需求。

觀衆對民視雙語新聞的認知

深度訪談及焦點團體訪談資料也顯示，一些觀眾願意向民視提供如何改進雙語新聞節目品質的批評與建議。這些來自觀眾的資訊，對民視很有幫助，因為如果沒有這些回饋，民視新聞工作者幾乎不知道觀眾對主播、記者及編輯在雙語新聞節目中的表現，有何實際看法。本研究發現的觀眾意見中，有關如何解決雙語困難的建議，對民視新聞工作者特別重要。民視新聞工作者不確定該如何以台語來呈現某些新聞內容時，觀眾的建議或許可以解決問題。

除了商業上的收益，民視雙語午間新聞也被期待要實現民視創辦人提出的政治及文化目標。深度訪談及焦點團體訪談資料指出，一方面，某些民視主管及觀眾認為，民視雙語午間新聞節目已經強化了觀眾對台灣文化的瞭解，並提升了人們學習台語的興趣。但另一方面，大多數的焦點團體受訪者不同意，該節目已經強化了觀眾對所謂台灣國族意識或台獨運動的認同。這些受訪者雖然知道民視創辦人是台獨運動的積極份子，但他們仍然認為，民視的新聞工作者，應該扮演公正新聞專業人士的角色。對這些觀眾而言，新聞報導還是要維持中立才對。從焦點團體訪談資料來看，觀眾雖然尊重民視創辦人的政治理念，但不同意民視的新聞節目有特殊政治目的或偏向特定政治立場。對這些觀眾而言，民視雙語新聞節目的非商業收益，主要在文化層面，而非政治層面。

整體而言，民視的雙語新聞節目是個極為有趣的新聞產製案例。儘管這個節目，尚未實現當初引導民視創建的政治目標，但從商業經營角度而言，這是個成功的節目。即使民視創辦人蔡同榮當初認為，基於族群意識及民進黨與民視的關係，可以藉由製播雙語新聞以強化民眾的台灣認同，但此一目標到目前為止，尚未被證實已具體實現，有待進一步實證研究檢視。但民視迎合目標觀眾群需求的商業經營模式，已沖淡了民視創辦人所要表達的政治理念，而且為雙語新聞節目開創了市場利基，讓該節目的觀眾不限定為具特定政治立場的民眾，而是比較多元的觀眾群。這些觀眾收看民視雙語午間新聞，並捨棄其他無線台國語午間新聞，是基於各種不同的收視動機。例如，年長者不懂國語，因此喜歡經由民視雙語新聞節目蒐集資訊；年輕人則把收看民視雙語新聞節目，當作是重新學習台語的途徑；也有觀眾認為民視的雙語新聞型態，是在反映當前台灣社會國、台語並用的實況。於是，民視的雙語新聞節目就這樣成了政治、文化和商業動機，與節目製作過程中語言及時間限制之下的妥協產物。

第二節　從現在看未來

基於以上有關研究發現的摘要說明，本研究有以下幾項重要涵義。

首先，傳統的大眾傳播研究，在探討電視新聞製作過程及觀眾對電視新聞的認知時，忽視了語言型態對電視新聞的影響。本研究對新聞學研究的貢獻在於，指出製作雙語新聞節目時，新聞工作者以一種以上語言製作新聞節目的能力，對維持新聞製作效率及品質，以及因而影響到的新聞組織聲譽而言，是一項挑戰。此一挑戰，顯現在如何於緊迫的時間限制下，以不同的語言詮釋並呈現新聞事件、如何發展出一套可運作的常規，讓以不同語言製作出來的新聞，能出現於同一節新聞節目之中，以及如何及時解決雙語的困難。這些問題的集結，讓雙語新聞與單語新聞有所不同。就像我們已經看到的，電視新聞中的雙語型態，以及在新聞部裡遭遇的語言問題，讓雙語新聞與單語新聞產生差異，因而值得進行更多研究。此外，就像本研究在焦點團體訪談中發現的，對某些人而言，收看以特定語言播出的電視節目，是看電視新聞的一項重要理由。換言之，在一個雙語或多語的社區裡，的確可以看到收看特定語言電視節目的觀眾需求。人們決定收看雙語電視新聞節目，涉及在雙語電視新聞節目中聽到他們偏好的語言，這也使雙語新聞的研究，不同於對單語新聞的研究。

其次，由於語言是任何文化或國家認同的關鍵成分之一，如我們所看到的，播出雙語新聞節目有文化及政治上的涵義。對民視這樣一個商業電視台而言，雙語新聞在文化及政治上的製播動機，還是要顧及商業經營方面的考慮。除非雙語新聞節目可以有足夠的廣告收益，否則民視就得自己貼錢來維持節目的存在。到目前為止，民視的雙語新聞節目已找到市場利基，並獲得穩當的廣告營收。如果雙語新聞節目不能獲利，民視還會不會賠錢繼續播出這個節目，是個還不能確定答案的問題，但可以在其他新聞節目的境況中再做研究。不過，可以確定的是，長期而言，在一個商業電視台，只有在可以穩定獲利的狀況下，雙語新聞節目才有機會實現它在政治和文化上的理想。

第三，如研究結果所顯示的，民視製播的雙語新聞，的確為年長及低社經地位者的弱勢團體提供了一個機會，讓他們對看新聞節目的特定語言需求被關照到，並能在雙語新聞節目中聽到一度被禁制的母語。收看雙語新聞節目，讓說台語的年長者及低社經地位者，有了一條接觸當代社會與全球事務的途徑；此外，也讓另一群觀眾，有經由雙語新聞節目接觸及學習台語的機會。

第四，內容分析結果顯示，民視的雙語午間新聞節目的確與其他無線電視台的單語新聞節目不同，呈現出一種獨特的雙語使用型態。然而，雙語新聞與單語新聞節目，在新聞內容主題的選擇與新聞價值的判斷上，並無顯著差異；在新聞排序上，也無明顯不同。至於民視與其他無線台在「中國」與「台灣」的稱謂用語上有所差異，以及民視在國內政治新聞中訪問較多民進黨員，並非起因於雙語考量，而是由於民視新聞政策所致。民視為平時說一種以上語言的觀眾，將雙語整合入單一新聞節目的努力，不僅僅在台灣創造出一種新型態的新聞製播模式，也反映出台灣社會顯著的雙語使用特徵。

第五，由於國民黨在過去執政時，對所有廣電媒體使用台語製播節目，有嚴格限制，至今仍可發現，台灣的新聞工作者多半無法說流利的台語。因此，為確保新聞節目有足夠的水準以保持媒體聲譽，民視為其新聞工作者提供了提升台語能力的內部訓練，而且正努力發展成為新聞實務界處理台語正確發音的研究單位。這近似於英國BBC使用的英語，已成為如何使用正統英語的指標。同樣地，在民視與觀眾之間，開闢討論如何解決國語翻譯成台語問題的論壇，也強化了台語現代化的進程。此一論壇的開闢，是民視新聞雙語策略的一項意外結果。研究發現顯示，例如，民視台語過音編輯組織了自己的研究小組，也舉辦了全國性的台語研討會。來自觀眾及專家的意見回饋，改進了台語的標準化程度。由於語言被視為界定認同的關鍵因素（Hamers and Blanc, 2000），經由製播雙語新聞而引發的有關如何促進台語標準化的討論，可能也對強化台灣認同有貢獻。在此我們可以看到，電視節目可以怎樣被用來保護一種弱勢語言與價值（Blumler, 1992; Crystal, 2000; Riggins, 1992）。

簡言之，本研究的主要研究發現顯示，民視雙語新聞節目有其獨特性，收視率資料支持了這項新聞製播模式的實驗。該節目吸引了年長本省籍說台語觀眾的收視興趣，也因而確保了節目的市場利基。而這樣的收視群，通常不是其他電視台賴以獲取廣告收益的利基。至於民視雙語新聞節目的未來，則取決於民視的內部及外部因素。

在內部因素方面，有賴於民視高層對雙語新聞節目的持續支持。另外，筆者已指出，民視新聞工作者須要加強說台語的能力，民視新聞部也必須更有效率地解決新聞製作過程中的雙語難題。就像在前面幾章中討論過的，這對於提升民視雙語新聞的信譽，有關鍵性的影響。這當然不是容易的任務，因為對於在四十多年來，國語是唯一官方語言環境中成長的新聞工作者而言，用台語來製作新聞節目，仍然是一種新的經驗。於是，對於民視雙語新聞製作團隊而言，絕對需要更多的台語訓練，以及在報導新聞時，讓台語的使用更加標準化而持續努力。

而在外部因素方面，若台灣社會中能更流行說台語、台語被接受程度的提升，以及對台灣文化認同的重要性能更有共識，將使民視的雙語新聞節目更加風行。民進黨於贏得2000年總統大選後，在教育系統中推廣說台語，以及台灣社會中不同政黨對台語正當性的共識，已創造了有利的語言環境。此外，民進黨與其他政黨在各類選舉中，爭取本省籍民眾支持度上的競爭，已提升台語及台灣國族意識的正當性，這也有助於民視在現在及未來維持雙語新聞節目的風行。當然，就像本書第九章中收視率資料所顯示的，民視雙語新聞節目的未來，也取決於該節目能否更加吸引年輕人及中年人的收視興趣，而不僅僅只受年長觀眾的歡迎。

政府如今致力於在教育系統中推廣台語，民視的新聞工作者也該趁此時機強化自己以台語報導新聞的能力。本研究的所有主要研究發現都指出，有理由相信，在現階段民視高層結構及經營團隊的帶領下，民視的雙語新聞將在一套獨特的作業模式中繼續運行。在此一作業模式中，雙語主義將是關鍵因素，在前述的內部及外部因素影響下，民視的雙語新聞節目不但能夠穩定運作，而且在雙語午間新聞團隊成員合作努力下，也可以在新聞製作品質上，精益求精。

參考書目

Ang, I. (1985). *Watching Dallas: Soap Opera and the Melodramatic Imagination*. London: Methuen.

Appel, R. & Muysken, P. (1987). *Language Contact and Bilingualism*. Baltimore, Md.: E. Arnold.

Balthazar, L. (1997). Quebec and the Ideal of Federalism. In M. Fournier, M. Rosenberg & D. White (Eds.), *Quebec Society: Critical Issues* (pp. 45-60). Scarborough ON: Prentice Hall Canada.

Bansal, K. (2003). International News Coverage in Four Indian Newspapers: A Content Analysis Study. *Media Asia: An Asian Mass Communication Quarterly, 30*(1), 31-40.

Bantz, C. R., McCorkle, S., & Baade, R. C. (1980). The news factory. *Communication Research, 7*(1), 45-68.

Bantz, C. R. (1997). News Organizations: Conflict as a Crafted Cultural Norm. In Berkowitz, Dan (Ed.), *Social Meanings of News* (pp. 123-137). London: Sage.

Bantz, C. R., McCorkle, S., & Baade, R. C. (1997). The News Factory. In D. Berkowitz (Ed.), *Social Meanings of News* (pp. 269-285). London: Sage.

Barker, C. (2000). *Television, Globalization and Culture Identities*. Buckingham: Open University Press.

Bell, A. (1982). Broadcast News as a Language Standard, MS, University of Reading.

Bennett, W. L. (1996). *News*. New York: Longman Publishers USA.

Berelson, B. (1949). What missing the newspaper means. In P. F. Lazarsfeld and F. N. Stanton (Eds.), *Communication Research* (1974) (pp.148-149.), New York: Harper.

Berelson, B. R. (1952). *Content Analysis in Communication Research*. New York: The Free Press.

Berg, M. E. van den (1986). *Language Planning and Language Use in Taiwan- A Study of Language Choice Behavior in Public Settings*. Taipei Taiwan: Crane Publishing.

Birn, R., Hague, P., & Vangelder, P. (1990). *A handbook of market research*. London: Routledge & Kegan Paul.

Blumler, J. G. (Ed.). (1992). *Television and the public interest: Vulnerable values in West European broadcasting*. London: Sage.

Blumler, J. G., & McQuail, D. (1969). *Television in Politics*. Chicago: University of Chicago Press.

Butcher, M. (2003). *Transnational Television, Cultural Identity and Change-When STAR Came to India*. London: Sage Publications.

Carroll, J. B. (Ed.) (1956). *Language, Thought and Realit:- Selected Writings of Benjamin Lee Whorf*. Massachusetts: The M.I.T. Press.

Casero, A. (2005). European-wide Television and the Construction of European Identity. The Case of Euronews. *Journal of Audiovisual Studies*., Retrieved December 12, 2005, from http://www.iua.upf.es/formats/formats3/cas_a.htm.

Chai, Trong R. (2003). *Formosa TV and me*. Taipei: Formosa TV cultural press. (In Chinese).

Chang, G. A., & Wang, T. Y. (2003). *Taiwanese or Chinese? Independence or Unification? An Analysis of Generational Differences in Taiwan*. Paper presented at the meeting of the International Conference on Taiwan's Election and Democratization Studies (TEDS), National Chengchi University, Taipei, Taiwan.

Chang, M. K. (2003). On the Origins and Transformation of Taiwanese National Identity. In P. R. Katz & M. A. Rubinstein (Eds.), *Religion and the Formation of Taiwanese Identities* (pp. 23-58). Hampshire: Palgrave Macmillan.

Chen, Yen-long (2000). *Television medium and the democracy of Taiwan: A case study in Formosa TV*. Dissertation from National Sun Yat-Sen University. (In Chinese).

Cormack, M. (1995). United Kingdom: More centralization than meets the eye. In Miquel de Moragas Spa & carmelo Garitaonandia (Eds.), *Decentralization in the Global Era: Television in the Regions, Nationalities and small Countries of the European Union* (pp. 203-216). London: England: John Libbey.

Corcuff, S. (2002). *Memories of the Future: National Identity Issues and the Search for a New Taiwan*. New York: M.E. Sharpe.

Crowley, T. (2003). *Standard English and The Politics of Language* (2nd ed.). New York: Palgrave Macmillan.

Crystal, D. (2000). *Language Death*. Cambridge: Cambridge University Press.

Curran, J. (2002). *Media and Power*. London: Routledge.

David.(2005).The DPP and Independence. In One whole Jujuflop Situation.Retrieved 20 December 2005 from http://jujuflop.yule.org/2005/05/22/the-dpp-and-independence. (In Chinese).

Dessewffy, T. (2002). 'Jumping into the Shinning Dark: the hope of European Enlargement'. Retrieved December 7, 2003, from http://www.opendemocracy.net/debates/article-3-51-711.jsp

Edwards, J. (1985). *Language, Society and Identity*. Oxford: Basil Blackwell.

Eliasoph, N. (1997). Routines and the Making of Oppositional News. In D. Berkowitz (Ed.), *Social Meanings of News* (pp. 230-253). London: sage.

Fishman, M. (1997). News and Nonevents: Making the Visible Invisible. In D. Berkowitz (Ed.), *Social Meanings of News* (pp. 210-229). London: sage.

Fletcher, F. J. (1998). Media and Political Identity: Canada and Quebec in the Era of Globalization. *Canadian Journal of Communication, 23*(3). Retrieved December 7, 2003, from http://www.cjc-online.ca/viewarticle.php?id=472&layout=html

Frost, C. (2000). *Media Ethic and Self-Regulation*. London: Longman.

FTV Communication (2001, November 15), (22). Taipei: Formosa Information. (In Chinese).

Fuller, J. (1996). *News Values: Ideas For An Information Age*. London: The University of Chicago Press, Ltd..

Galtung, J. & Ruge, M. (1965). The Structure of Foreign News. *Journal of Peace Research, 2*(1),64-91.

Gans, H. J. (1979). *Deciding What's News: A study of CBS Evening News, NBC Nightly News, Newsweek and Time*. New York: Vintage.

Gerbner, G.. (1992). Violence and Terror in and by the Media. In M. Roboy & B. Dagenais (Eds.). *Media, Crisis and Democracy*. London: Sage.

Glasgow University Media Group. (1976). *Bad News*. London: Routledge & Kegan Paul.

Golding, P., & Elliott, P. (1999), Making the News. In H. Tumber (Ed.), *News A Reader* (pp. 112-120). Oxford: Oxford University Press.

Greenberg, B. S. (1974). Gratifications of Television Viewing and Their Correlates for British Children. In J. G. Blumler & E. Katz (Eds.). *The Uses of Mass Communications: Current Perspectives on Gratifications Research* (pp. 71-92). Beverly Hills, CA: Sage.

Gunter, B. & McAleer, J. L. (1997). *Children and Television* (2nd ed.). London: Routledge.

Gunter, B. (2000). *Media research methods*. London: Sage.

Halberstam, J. (1992). A Prolegomenon for a Theory of News. In E. D. Cohen (Ed.), *Philosophical Issues in Journalism* (pp. 11-21). Oxford: Oxford University Press.

Hamers, J. F., & Blanc, M. H. A. (2000). *Bilinguality and Bilingualism*. Cambridge: Cambridge University Press.

Harwood, J. (1999). Age Identification, Social Identity, Gratifications, and Television Viewing. *Journal of Broadcasting and Electronic Media*, *43*(1), 123(1).

Harrison, J. (2000). *Terrestrial TV news in Britain*. Manchester: Manchester University Press.

Harrison, J., & Woods, L. (2000). European Citizenship: Can Audio-Visual Policy Make a Difference?. *Journal of Common Market Studies*, *38*(3), 471-495.

Harrison, J. (2006). *News*. London: Routledge.

Heeter, C., & Greenberg, B. (1985). Cable and Program Choice. In D. Zillmann, & J. Bryant (Eds.), *Selective exposure to communication* (pp. 203-224). Hillsdale, NJ: Lawrence Erlbaum Associates.

Herzog, H. (1944). What Do We Really Know About Daytime Serial Listeners?. In P. F. Lazarsfeld &F. N. Stanton (Eds.), *Radio Research* (1979), New York: Arno, pp.3-33.

Hirsch, P. M. (1977). Occupational, Organizational, and Institutional Models in Mass Media Research: Toward an Integrated Framework. In P. M. Hirsch et al. (Eds.), *Strategies for communication research* (pp. 13-42). Beverly Hills, CA: Sage.

Hoffmann, C. (1998). *An Introduction to Bilinugalism*. London: Longman.

Holsti, O. R. (1969). Content Analysis for the Social Sciences and Humanities. Reading, MA: Addison-Wesley.

Howell, W. J. Jr. (1992). Minority-Language Broadcasting and the Continuation of Celtic Culture in Wales and Ireland. In S. H.

Riggins (Ed.), *Ethnic Minority Media: An International Perspective* (pp. 217-243). Newbury Park, Calif.: Sage Publications Sage.

Hsiau, A-chin (1997). Language Ideology in Taiwan: The KMT's Language Policy, the Tai-yu Langauge Movement, and Ethnic Politics. *Journal of Multilingual and Multicultrual Development, 18*(4), 302-315.

Hsieh, J. F. S. (2003). *Ethnicity, National Identity, and Domestic Politics in Taiwan*. Paper presented in the meeting of the International Conference on the Taiwan Election and Democratization Studies (TEDS) Survey Taipei, Taiwan.

Huang, C. (2003). *Dimensions of Taiwanese/Chinese Identity and National Identity in Taiwan: A Latent Class Analysis Based on the TEDS 2001 Survey*. Paper presented in the meeting of the International Conference on the Taiwan Election and Democratization Studies (TEDS) Survey, Taipei, Taiwan.

Huang, Shuan-fann (1993). *Language, Society and Ideology: the Research of Taiwanese Language Sociology*. Taipei: Wun-ho. (In Chinese).

Huang, W. J. (1995). *The Crisis of Languages in Taiwan*. Taipei: Chien-Wei Publishing. (In Chinese).

Hudson, R. A. (2001). *Sociolinguistics* (2nd ed.). Cambridge: Cambridge University Press.

Hume, E. (1996). The New Paradigm for News. In K. Jamieson (Ed.), *The Anna of the American Academy of Political and Social Sci-*

ence: The Media and Politics. Thousand Oaks CA: Sage.

Humphrys, J. (2004). *Lost for Words*. London: Hodder and Stoughton, p.233.

Iyengar, S. (1991). *How television frames political issues*. Chicago: University of Chicago Press.

Janis, I. L. (1965). The problem of validating content analysis. In H. D. Lasswell et al. (Eds.), *Language of Politics* (pp. 52-82). Cambridge, MA: MIT Press.

Jankowski, N. W., & Wester, F. (1991). The Qualitative Tradition in Social Science Inquiry: Contributions to Mass Communication Research. In K. B. Jensen & N. W. Jankowski (Eds.), *A handbook of qualitative methodologies for mass communication research* (pp. 44-76). London: Routledge.

Jr., R. S., Straits, B. C., Straits, M. M., & McAllister, R. J. (1988). *Approaches to Social Research*. Oxford: Oxford University Press.

Katz, E., Blumler, J. G., & Gurevitch, M. (1974). Utilization of Mass Communication by the Individual. In J. G. Blumler & E. Katz (Eds.), *The Uses of Mass Communications: Current Perspectives on Gratifications Research* (pp. 19-32). Beverly Hills, CA: Sage.

Katz, P. R., & Rubinstein, M. A. (2003). The Many Meanings of Identity: An Introduction. In P. R. Katz & M. A.Rubinstein (Eds.), *Religion and the Formation of Taiwanese Identities* (pp. 1-22). Hampshire: Palgrave Macmillan.

Kerlinger, F. N. (1973). *Foundations of behavioral research* (2nd Ed.).

New York: Holt, Rinehart and Winston.

Kovach, B., & Rosenstiel, T. (2001). *The Element of Journalism: What News People Should know and the Public Should Expect*. New York: Three Rivers Press.

Krippendorff, K. (1980). *Content analysis: An introduction to its methodology.* London: Sage.

Krueger, R. A. (1994). *Focus groups* (2nd ed.). London: Sage.

Kung-Shankleman, L. (2003) Organizational Culture inside the BBC and CNN. In Simon Cottle (Ed.), *Media Organization and Production* (pp 77-96). London: Sage Publications.

Larson, E. (1992). *The Naked Consumer: How Are Private Lives Become Public Commodities*. New York: Henry Holt and Company.

Le Grand, J., & New, B. (1999). Broadcasting and Public Purposes in the New Millennium. In Graham, A, et al, *Public Purposes in Broadcasting: Funding the BBC*. Luton: University of Luton Press.

Levy, M. R. (1978). 'Television news uses: A cross-national comparison'. *Journalism Quartely*, 55, 334-337.

Liebes, T., & Katz, E. (1991). *The Export of Meaning*. Oxford: Oxford University Press.

Lin, Yan-Min (1997). *The Book of Investigating Taiwanese Language Culture. Taipei: Vanguard*. (In Chinese).

Lometti, G. E., Reeves, B. & Bybee, C. R. (1977). Investigating the Assumptions of Uses and Gratifications Research. *Communication Research*, 7, 319-334.

Lull, J. (1980). The Social Uses of Television. *Human Communication Research*, 6, 197-209.

Mackey, W. F. (2000). The Description of Bilingualism. In Li Wei (Ed.), *The Bilingualism Reader* (pp. 26-54). London: Routledge.

Marshall, C., & Rossman, G. B. (1995). *Designing qualitative research* (2nd ed.). London: Sage.

Marshall, C., & Rossman, G. B. (1999). *Designing qualitative research* (3rd ed.). Thousand Oaks, California: Sage.

Martin-Barbero, J. (1995). Memory and form in Latin American Soap Opera. In R. Allen (Ed.), *To Be Continued...Soap Opera Around the World* (pp. 276-284). London and New York: Routledge.

McCombs, M.E. (1982). The Agenda-Setting Approach. In: Nimmo, D. & Sanders, K. (Eds.) *Handbook of Political Communication*. Beverly Hills, CA.: Sage.

McManus, J. H. (1994). *Market-Driven Journalism: Let The Citizen Beware*? London: Sage

McMillin D. C. (2002). Choosing Commercial Television's Identities in India: a reception analysis. *Journal of Media & Cultural Studies, 16*(1), 123-136.

McQuail, D., Blumler, J.G., & Brown, J.R. (1972). The television audience: A Revisedperspective. In D. McQuail (Ed.), *Sociology of Mass Communications* (pp. 135-165). Harmondsworth, Eng: Penguin.

McQuail, D., & Windahl, S. (1993). *Communication Models: For the*

Study of Mass Communication. London: Longman.

Miller, J., & Glassner, B. (1997). The "inside" and the "outside": Finding realities in interviews. In D. Silverman (Ed.), *Qualitative research: Theory, method and practice* (pp. 99-112). London: Sage.

Millar, R. M.C. (2005). *Language, Nation and Power-An Introduction*. New York: Palgrave Macmillan.

Milroy, J. & Milroy, L. (1991). *Authority in Language: Investigating Language Prescription and Standardization*. (2nd ed.). London: Routledge.

Min Sheng Daily (2000). Newspaper from Min Sheng Daily on December 18, 2000. (In Chinese).

Morin, E. (1988). Europa Denken. Frankfurt/New York: Campus 1988.

Morley, D. (1980). *The Nationwide Audience*. London: British Film Institute.

Morley, D. (1986): *Family Television: Cultural Power and Domestic Leisure*. London: Routledge

Morley, D. (1992). *Television, Audiences and Cultural Studies*. London: Routledge.

Mowlana, H. (1998). Globalization of Mass Media. *Journal of Cooperation South*, 2, 22-39.

Palmgreen, P. C. (1984). Uses and Gratifications: A Theoretical Perspective. In R. N. Bostrom (Ed.), *Communication Yearbook, 8*, 20-55. Beverly Hills, CA: Sage.

Palmgreen, P. C. & Rayburn, J. D. (1979). Uses and Gratifications and Exposure to Public Television: A Discrepancy Approach. *Communication Research*, *6*, 561-580.

Palmgreen, P. C. & Rayburn, J. D. (1982). Gratifications Sought and Media Exposure: An Expectancy-value Model. *Communication Research*, *9*, 561-580.

Palmgreen, P., Wenner, L. A. & Rosengren, K. E. (1985). Uses and gratification research: The past ten years. In Rosengren, K. E., Wenner, L. A., & Palmgreen, P (Eds.), *Media gratifications research: Current perspectives*. Beverly Hills: Sage.

Paulston, C. (1986). Linguistic Consequences of Ethnicity and Nationalism in Multilingual Settings. In B. Spolsky (Ed.), *Language and Education in Multilingual Settings* (pp. 117-152). San Diego: College-Hill.

Payne, G. and Payne, J. (2004). *Key Concepts in Social Research*. London: Sage.

Peng, W. J. (2004). The Discussion of the Interactive Mode Between the Hakka Elements and Viewing Behaviours. Paper presented in 2004 Hakka TV conference. (In Chinese).

Perse, E. M., & Dunn, D. G. (1998), The Utility of Home Computers and Media Use: Implications of Multimedia and Connectivity. *Journal of Broadcasting and Electronic Media*, *4*(2), 435-456.

Peiser, W. (2000). Setting the Journalist Agenda: Influences from Journalists Individual Characteristics and from Media Factors.

Journalism and Mass Communications Quarterly, 77(2), 243-257.

Price M. E. (1995). *Television, The Public Sphere, and National Identity*. Oxford: Oxford University Press.

Ralph, F. (1990). *Sociolinguistics of Language*. Oxford: Basil Blackwell.

Rawnsley, Ming-Yeh T. (2003). Communication of Identities in Taiwan: From the 2-28 incident to FTV. In G. D. Rawnsley, & Ming-Yeh T. Rswnsley (Eds.) *Political Communications in Greater China: the Construction and Reflection of Identity* (pp. 255-289). London: Routledge Curzon.

Rayburn, J. D. (1996). Uses and Gratification. In M. B. Salwen & D. W. Stacks (Eds.). *An integrated Approach to Communication Theory and Research* (pp.145-163), Mahwah, N. J. : Lawrence Erlb.

Reese, S. D (1997). The news paradigm and the ideology of objectivity: A socialist at the Wall Street Journal. In D. Berkowitz (Ed.) *Social Meanings of News: A text reader* (pp.420-440). London: Sage.

Riffe, D., Lacy, S., & Fico, F. G. (1998). *Analyzing media messages: Using quantitative content analysis in research*. London: Lawrence Erlbaum Associates.

Riggins, S. H.(Ed.) (1992). *Ethnic Minority Media: An International Perspective*. London: Sage Publications.

Rubin, A. M. & Rubin, R. B. (1982). Older Persons' TV Viewing Patterns and Motivations. *Communication Research, 9*, 287-313.

Rubin, A. M. (1983). Television Uses and Gratifications: The Interaction of Viewing Patterns and Motivations. *Journal of Broadcasting, 27*, 37-51.

Rubin, H. J., & Rubin, I. S. (1995). *Qualitative interviewing: The art of hearing data*. London: Sage.

Schlesinger, P. (1996, March). From Cultural Protection to Political Culture? Media Policy and the European Union. Paper for the Europium Conference on "Defining and Projecting Europe's Identity: Issues and Trade-offs," Geneva.

Schrag, P. (1974). 'An Earlier Point in Time' Saturday Review/World, 23 March 1974, pp. 40-41, quote at p.41.

Shi Yu-Hui. & Song Mei-Hui. (1998). Code-mixing of Taiwanese in Mandarin Newspaper Headlines: A Socio-pragmatic Perspective. In S. F. Hwang (Ed.), *Selected Papers from the Second International Symposium on Languages in Taiwan*. Taipei: The Crane Publishing co., LTD.

Shoemaker, P. J. (1991). *Gatekeeping*. Newbury Park, CA: Sage.

Shoemaker, P. J. , Reese, S. D. (1996). *Mediating the Message: Theories of Influence on Mass Media Content*. New York: Longman.

Siegel, A. (1983). *Politics and the Media in Canada*. London: McGraw-Hill Ryerson Limited.

Sigelman, L. (1999). 'Reporting the News: An Organizational Analysis'. In Tumber H. (Ed.) *News: A Reader*. Oxford: Oxford University Press.

Silverman, D. (1993). *Interpreting qualitative data: Methods for ana-*

lyzing talk, text and interaction. London:Sage.

Singh, I. (1999). 'Language, Thought and Representation'. In L. Thomas & S. Wareing (Eds), *Language, Society and Power - An Introduction* (pp. 17-30). London: Routledge.

Sinorama Magazine (1998, February) *Chinese-English bilingual monthly.*

Siune, K. & Hulten, O. (1998). Does Public Broadcasting Have a Future?. In D. McQuail & K. Siune (Eds.), *Media Policy: Convergence, Concentration and Commerce* (pp. 23-37). London: Sage.

Skinner, E. C., Melkote, S. R., & Muppidi, S. R. (1998). Dynamics of Satellite Broadcasting in India and Other Areas: An Introduction. In Melkote, Srinivas R., Shields, Peter & Agrawal, Binod C. (Eds.)., *International Satellite Broadcasting in South Asia: Political, Economic and Cultural Implications* (pp. 1-17). Oxford: University Press of America, Inc.

Smith A.D. (2001) *Nationalism*. Malden, MA: Polity Press in association with Blackwell Publishers Ltd.

Soloski, J. (1997). News Reporting and Professionalism: Some Constraints on the Reporting the news. In D. Berkowitz (Ed.), *Social Meanings of News* (pp. 138-154). London: Sage.

Spolsky, B. (1986). *Language and Education in Multilingual Settings*. San Diego: College-Hill.

Taylor, J. E. (2007). From Transnationalism to Nativism: The Rise, Decline and Reinvention of a Regional Hokkien Entertainment

Industry. Retrieved March 1, 2007,from http://www.ari.nus.edu.sg/publication_details.asp?pubtypeid=WP&pubid=639

Telfer, J. (1973). *Training Minority Journalists: A Case Study of the San Francisco Examiner Intern Programme.* Berkeley: Institute of Governmental Studies/ University of California

Tsai, D. (2003). 'Shifting National Identities in Public Spheres: A Cultural Account of Political Transformation in Taiwan'. In P. R. Katz & M. A. Rubinstein. (Eds.), *Religion and the Formation of Taiwanese Identities* (pp. 59-97). Hampshire: Palgrave Macmillan.

Tsai, P. (2000). *The Present Situation and the Dilemma of Taiwanese* TV News. Article in 2000 Taiwanese Language Conference. (In Chinese).

Tsai, Yi-ling (2004, February 26). Hour Shiang-tyng Leaning Taiwanese and Sleepless at Night. *Evening Newspaper from the United Evening News*. (In Chinese).

Tsao, Feng-Fu (2004). Taiwan. In H. W. Kam & R. Y. L. Wong (Eds.), *Language Policies and Language Education- The Impact in East Asian Countries in the Next Decade* (pp. 307-328). (2nd ed.). Singapore: Eastern Universities Press by Marshall Cavendish.

Tuchman, G. (1977). The exception proves the rule: The study of routine news Practices. In P.M. Hirsch et al. (Ed.), *Strategies for communication research* (pp. 43-62). Beverly Hills, CA: Sage.

Tuchman, G. (1978). *Making news: A Study in the Construction of Reality*. New York: The Free Press.

Tuchman, G. (1997). Making News by Doing Work: Routinizing the Unexpected. In D. Berkowitz (Ed.), *Social Meanings of News* (pp. 173-192). London: Sage.

Tunstall, J. (1993). *Television Producers*. London: Routledge.

Vossler, K. (2000). 'Language Communities (1925)'. In L. Burke, T. Crowley & A. Girvin (Eds.). *The Routledge Language and Cultural Theory Reader* (pp. 255-260). London: Routledge.

Wang, Fu-Chang (2002). Ethnic Contact? Or Ethnic Competition? The Explanation of the Holos' Ethnic Consciousness Implications in Relation to Regional Differences. In *Taiwanese Sociology* (4),11-74. Taipei: Taiwanese Sociology Association. (In Chinese).

Waples, D., Berelson, B. & Bradshaw, F. R. (1940), *What Reading Does to People*. Chicago: University of Chicago Press.

Wardhaugh, Ronald (1998). *An Introduction to Sociolinguistics* (3rd ed.). Oxford: Blackwell Publishers Ltd.

Waner, W.L., & Henry, W.E. (1948). The radio day-time serial: A symbolic analysis. *Psychological Monographs*, *37*(1), 7-13, 55-64.

Weber, R. P. (1990). *Basic content analysis* (2nd ed.). Newbury Park, CA: Sage.

Webster, J. G,; Phalen, P. F. & Lichty, L. W. (2000). *Ratings Analysis: The Theory and Practice of Audience Research* (2nd Ed.). New Jersey: Lawrence Erlbaum Associates, Inc..

Wei, J. M. Y. (2003). Codeswitching in Campaigning Discourse:the case of Taiwanese President Chen Shui-bian. In *Journal of Lan-*

guage and Linguistics, 4(1), 139-165.

Wei, J.M.Y. (2005). Language Choice in Taiwanese Political Discourse. National Taiwan University Studies of Language and Literature, No. 14, pp. 81-106. Department of Foreign Languages and Literatures, National Taiwan University. Taipei, Taiwan.

Weinreich U. W. (1968) *Languages in Contact: Findings and Problems*. Mouton Publishers, The Hague.

White, D. M. (1950). The Gate Keeper: A Case Study in the Selection of News. *Journalism Quarterly*, *27*, 383-390.

Williams, K. (2003). *Understanding Media Theory*. London: Arnold.

Wimmer, R. D., & Dominick, J. R. (1994). *Mass media research: An introduction* (4ed ed.). Belmont, CA: Wadsworth Publishing Company.

Windahl, S., Hojerback, I. And Hedinsson, E. (1986). Adolescents Without Television: A Study in Media Deprivation. *Journal of Broadcasting and Electronic Media, 30*, 47-63.

Woodfield, A. (1998). 'The Obligation To Provide A Voice For Small Languages: Implications For The Broadcast Media In India'. In S.R. Melkote, P. Shields & B. C. Agrawal (Eds.), *In International Satellite Broadcasting In South Asia: Political, Economic and Cultural Implications* (pp. 105-120). Oxford: University Press of America, Inc..

Wu, Chii-taong (2005, May 30). Tyan Jia-da and Chern Shaur-herng Leaning Taiwanese. *Min Sheng Daily*. (In Chinese).

Wu, Sue-mei (2003). Hand Puppet Theater Performance: Emergent Structures and the Resurgence of Taiwanese Identity. In P. R. Katz & M. A. Rubinstein (Eds.), *Religion and the Formation of Taiwanese Identities* (pp. 99-121). Hampshire: Palgrave Macmillan.

Yi, Hui-tsyr (2004, November 27). Jang Chern-guang Learning Taiwanese to be a Drama King. *Libertytimes.* (In Chinese).

國家圖書館出版品預行編目資料

民視午間新聞幕前幕後：雙語產製與台灣認同的回顧與前瞻／陳淑貞著. ——初版.——臺北市：五南, 2010.07
面； 公分
參考書目：面
ISBN 978-957-11-5982-9（平裝）
1.電視新聞 2.新聞報導 3.國語 4.台語
897.52 99007824

1ZC2

民視午間新聞幕前幕後：
雙語產製與台灣認同的回顧與前瞻

作　者— 陳淑貞(270.6)
發 行 人— 楊榮川
總 編 輯— 龐君豪
主　編— 陳念祖
責任編輯— 李敏華
封面設計— 童安安
出 版 者— 五南圖書出版股份有限公司
地　址：106台北市大安區和平東路二段339號4樓
電　話：(02)2705-5066　傳　真：(02)2706-61
網　址：http://www.wunan.com.tw
電子郵件：wunan@wunan.com.tw
劃撥帳號：01068953
戶　名：五南圖書出版股份有限公司

台中市駐區辦公室/台中市中區中山路6號
電　話：(04)2223-0891　傳　真：(04)2223-35
高雄市駐區辦公室/高雄市新興區中山一路290號
電　話：(07)2358-702　傳　真：(07)2350-23

法律顧問　元貞聯合法律事務所　張澤平律師

出版日期　2010年7月初版一刷
定　價　新臺幣400元

凝煉知識 品味閱讀